U0143632

照 亮 阅 读 的 人

ぼくはこんな音楽を聴いて育った

我成长的音乐时代

OTOMO YOSHIHIDE

[日]大友良英 著　尹宁 译

北京联合出版公司
Beijing United Publishing Co.,Ltd.

出生后不久的我和母亲、外婆的合照。拍摄于 1959 年 8 月，横滨市矶子区杉田。感谢养育我的父母，感谢兄弟姐妹及家人！拍摄、冲印照片的都是父亲。

前　言

　　十几岁时，我做梦都没想过自己有一天能弹奏乐器。不过，在拥有自己的乐器之前，我就很想很想成为音乐家了。理由很难说清楚。我从记事起就很喜欢听音乐，从流行乐到歌谣曲什么都听，是个只要听到音乐就会随之起舞的孩子，但很讨厌学校里的音乐课。我小时候是个音痴，不识谱也不会乐器。在音乐课上我总是缩成小小一团。然而上中学时，我已经无法抑制想成为音乐家的渴望，这个梦想自然无法对人说出口。因为我真的是什么都不会啊。只能默默地苦恼，思考着怎样才能学会弹奏乐器，怎样才能进入音乐的世界。

　　这本书原本是为了介绍我所听过的有趣音乐而写，但在撰写的过程中渐渐变成了我的自传，记录下了我从孩童时期到离开福岛之前的故事。我听过的音乐和我的人生，就是如此地纠缠不休、难以分离吧。

　　书中提到的音乐，既有我当时特别喜欢的，也有不喜欢的，还有说不上喜欢却不知为何反复听的。有谁都知道的名曲，也有无人知晓的曲子。类型各种各样，没什么统一性。但唯一的共通点是，它们都在一定程度上左右了我的人生、为我的人生添上了浓烈的色彩。因此，若要把它划为介绍音乐的书就太过私人化了，书里都是一些说出来让人害羞的故事。不过，对我来说，音乐原本就是与个人记忆纠缠不清的东西。所以，这种介绍音乐的方式很符合我自己的风格。

　　曾经那样不擅长音乐的一个小鬼，是如何进入了音乐的世界呢？就先从我幼年时期有关坂本九的记忆开始说起吧。

　　开始喽，开始喽——

目　录

第一章　1959—1968 横滨时代

第二章 1968—1974 福岛时代（小学、初中篇）

第三章　1975—1978 福岛时代（高中、复读篇）

横滨时代

1959—1968

2岁左右的我。拍摄于横滨的野毛山动物园。
害怕亲戚家的孩子要抢自己的冰激凌而一脸
不悦。拍摄、冲印照片的都是父亲。

第 1 话　薄薄的大阪烧与黑胶唱片

坂本九《悲伤的 60 岁》

（1960 年，1 岁）

　　母亲的老家位于横滨的平民区杉田，每逢周末亲戚还有附近的邻居就会来聚餐。那儿并非什么小酒馆，就是一栋当时随处可见的木头平房。母亲家曾做过金鱼出口之类的生意，因此玄关的土间[1]特别宽敞，院子里还留有旧鱼塘的痕迹。屋里有三间比较大的榻榻米房间，还有檐廊、厨房，很像那种昭和时期[2]的影视剧里会出现的房子，比如晨间剧《康乃馨》、电视剧《寺内贯太郎一家》（向田邦子编剧）、电影《永远的三丁目的夕阳》等。大家就是在这样的地方闹腾，他们很爱笑，我记忆里只留下了他们的笑脸。

1　日本传统建筑里连接室外与室内的、地面为泥地或三合土的空间。——译者注，全书同

2　1926—1989 年。

1960 年，1 岁，于母亲老家。

　　或许因为我是长孙，所以特别受众人宠爱。小时候我总是很期待去这个全是大人的聚会，常对母亲嚷嚷说要去杉田。和现在不同，那时还没有卡拉 OK，我记不清他们聚会时都玩些什么了。我想象中的场景是大家围着美味的食物，用啤酒干杯，嬉闹，舅舅弹吉他，其他人跟着一起唱歌。大概就是这样吧。我的拿手节目是**花肇与疯狂猫**的**《素达拉节》**。听说那时我会伴着这首歌尽情舞蹈，但我完全不记得了。

　　这张照片奇迹般地保留了当时聚会的情形，摄于 1960 年（昭和三十五年）的夏天，我刚满 1 岁不久。当时的事我自然不记得了。不知出于什么因缘际会，这张我第一次出场的照片拍下的是欢乐的聚会，里面有吉他，有磁带录音机。感觉此后我全部的人生，都在这张照片里了。照片里左边是母亲的弟弟们，也就是我的舅舅们。右边烫了卷发的女性是母亲的妹妹，很漂亮吧。如果当时我和她差不多大，说不定会对她心动不已。前排中间的是我母亲，旁边角落里的小朋友就是 1 岁的我。后排中间拿话筒的帅气的姐姐，是住在隔壁的京姐。哎呀呀，要是放到现在，我肯定会被京姐迷得神魂颠倒。

那时大家都唱了些什么歌呢？可惜当时的磁带没能保留下来，若真的留下来了，或许就是我人生的第一张唱片了。我曾一度以为这个拿着话筒的帅气的京姐是我家的亲戚，没想到竟然只是邻居。不只是她，住在另一边的宫寺家的哥哥、阿姨，我也一直以为是亲戚，上了中学后才知道居然不是。这也说明那时邻居之间就是这样，一年到头聚在一起，不分彼此。当时已是昭和三十年代，却很有江户时代[1]长屋[2]里的风情。这也并不算特殊，是城市里平民区中随处可见的风景。

拍摄这张照片的是父亲。父亲有相当不错的相机，还会自己冲印照片。摄影虽说只是兴趣，但他技术很好。现在我们家里还留存着好几张他拍摄于昭和三十年代的黑白家庭照，每一张都好到让人惊讶。说起来，父亲用的八毫米胶卷

1　1603—1867 年。

2　将一栋狭长的房子分隔，租借给数户人家合住的住宅。

相机里应该有我伴着《素达拉节》跳舞的照片，那台相机去哪儿了呢？应该还在老家吧……

我最早主动地去听音乐，也是在母亲的老家。那里有黑胶唱片机和许多黑胶唱片。白天大人不在的时候，我会反复听**坂本九**的《**悲伤的 60 岁**》。这首发表于 1960 年、有独特中东风格的名曲，是我儿时有关音乐的最初记忆。歌中男主人公爱慕的女性是奴隶之身，他想为她赎身，为此拼命赚钱，成了金钱的奴隶，等到回过神时发现自己和所爱之人都到了令人哀叹的 60 岁……可是，为什么 60 岁就值得哀叹呢？60 岁也有 60 岁的人生啊。这一点或许是当时刚进入高速成长期的流行乐所想象不到的吧。那是一个无论流行乐还是歌谣曲都刚刚兴起的时代。

坂本九的这首歌是翻唱的，原曲是流行于中东地区的某首歌，节拍有中东风的跳跃感。或许是这个原因，还是孩子的我也能感受到它的乐趣所在。小时候我总是听着它，在狭窄的房间里转着圈跳舞吧。唱片 B 面的《**了不起的时机**》中"踢踏踢踏"的部分，坂本九唱得特别帅气。据说听到这里，我总是会全力跳起扭摆舞。

上小学之前，我是个只要听到音乐就会立刻跟着又唱又跳的孩子。是从什么时候开始不跳了呢？这个问题还是后面再写吧……

那时的我总是那般自娱自乐。当时在母亲老家，给我做午饭的有两位老婆婆。一位是很会做炒饭的外婆，一位是很会做手打荞麦面的婆婆。外婆的炒饭有着朴素的味道，现在的炒饭可没有那种风味喽。婆婆的手打荞麦面虽然面条的粗细不一，但味道相当正宗。无论是炒饭还是荞麦面都很美味，让我大快朵颐。唔，为什么母亲那边会有两位老婆婆呢？那时我可完全没想过这么麻烦的问题，我叫炒饭的老婆婆"外婆"，叫手打荞麦面的老婆婆"婆婆"，当时没觉得哪里不对劲。后来我才知道"外婆"是我的外祖母，而"婆婆"是外祖父哥哥的媳妇。当时我对这件事没有任何疑问。这两个人为什么住在一起呢？到现在我都不知道，但也没那么重要吧。如今想来，那时两人都还没到60岁呢，还不是被当作老婆婆的年纪，但在我眼里她们就是"老婆婆"。

　　宠爱我的外公当时也还健在。聚会上他必定会吹尺八[1]。对孩子来说，那东西听起来可真无聊，像是气息声，没有好好发出声响。因此幼小的我一直以为外公的尺八吹得很烂。我也是最近才知道他还会教人吹尺八，也就是说外公的水平相当不错，甚至在当地颇有名气，外公遗物里的尺八也是好东西……唔，当时真的完全不知道。在我5岁时，外公死于糖尿病。那时他才59岁，差不多就是我现在的年龄。我很喜欢总是笑眯眯喝醉酒的外公，也很喜欢两个温柔的老婆婆。

1　日本的代表性竖笛。标准长1尺8寸，故名。

那时"婆婆"在京滨急行线的杉田站附近开着一家小小的、造得像临时木板房的荞麦面店，卖炒荞麦面、大阪烧和刨冰。每次我们去杉田那边，都要先去这家小店然后再去母亲的老家。那儿的大阪烧烧得薄薄的，像可丽饼那样用报纸卷起来，带点酱汁的味道，真是美味。现在世上已经没有那般廉价又美味的食物了。我小时候也很爱这薄薄的大阪烧，但更爱粘在炒荞麦面的铁板边缘、沾满酱汁的锅巴，经常用手去抓着吃，为此挨了不少骂。

　　无论是音乐还是食物，制作的人不在了，便会永久地从世上消失。音乐还留有录音，但味道却无法存留，真正地消失了。唉，这就如同人生吧。曾经在聚会上总是笑眯眯的两个老婆婆还有外公，都去了另一个世界久矣。世上再无当时聚会的风景、大人们的欢声笑语、薄薄的大阪烧和炒饭，以及便携式磁带录音机和坂本九的黑胶唱片，而或许这些才是我生命的原点。

本书主人公，作者大友良英，出生在"二战"结束后 14 年的 1959 年。当时的日本首相是岸信介。这一年，古巴革命爆发、皇太子明仁亲王和正田美智子成婚、水俣病病因查明、《周刊少年 Magazine》《周刊少年 Sunday》创刊。在音乐、娱乐方面，日本唱片大奖始于这一年，第一届获奖的是水原弘的《黑色花瓣》。以迈尔斯·戴维斯的《泛泛蓝调》、比尔·艾文斯的《爵士群像》为首的一些爵士名盘

也于这一年爆红。往前推三年，日本发表了经济白皮书，宣称"日本已不是战后时代"。而在这一年的三年后，植木等的电影《日本无责任时代》轰动一时。

坂本九生于 1941 年，本名大岛九。1958 年作为水原弘的继任者加入丹尼饭田＆天堂国王乐队，第二年发行唱片出道。1961 年凭借《昂首向前走》走红。作词人永六辅、作曲人中村八大、演唱者坂本九，这一组合被称为"六·八·九三人组"。他们在那之后也为世间贡献了诸多名曲。《昂首向前走》于 1963 年在美国以《大阪烧》的名字发行，荣登美国榜单第一位，创下了日本人创作的音乐第一次在美国拔得头筹的纪录，那也是日本人的唱片第一次获金唱片奖。坂本九在那之后还发行了《抬头看看夜晚的星星》《还有明天呢》等众多名曲。1985 年他在日本航空坠机事件中身亡。

《悲伤的 60 岁》（1960）是坂本九的第一首名曲。它既具异域风情又富有幽默感。原曲是土耳其的《穆斯

塔法》，青岛幸男模仿花生姐妹花的《悲伤的 16 岁》创作了这首翻唱版的歌词。《了不起的时机》是丹尼饭田＆天堂国王乐队的唱片《比基尼装扮的大小姐》的 B 面曲，人气比 A 面曲还要高。从爵士摇摆舞曲到乡村音乐，坂本九都能信手拈来。若想品味他的深厚实力，推荐大家听听《精选坂本九 99》（2007）！ [1]

1　全书专栏作者为编辑须川善行，参照后记 P325 的说明。

第 2 话　看电视长大的孩子

星尘的肥皂泡假日
（1961 年，2 岁）

"小实——裕子——吃晚饭啦！不要就知道看电视，快点回来！"

每周日的晚上七点，我家隔壁一定会传来这样的呼唤声。

我在横滨市保土谷区的明神台团地[1]长大。家中有两间六叠[2]和四叠半的房间，一个两叠不到的厨房，还有一个跟木桶差不多大的烧煤气的浴缸，一个和式的冲水厕所。日本进入经济高速成长期时曾建造了大量的这种公共住宅。现在看来只是间小公寓，在当时却是年轻夫妇的梦想之家。

1　指密集的廉价住宅区。

2　1 叠约为 1.62 平方米。

当时我的父母通过抽签获得了入住权，在我出生的1959年（昭和三十四年），住进了明神台团地。这个团地里一共有50多栋钢筋水泥建造的四层楼房。41号楼406室，就是我从小生活的家。房子虽然很小，但因为有冲水厕所和煤气浴缸，在当时可谓最先进的住宅。与现在的公寓不同，当时房子的阳台与隔壁的连在一起，白天大家都不锁门，可以自由出入邻居家。邻居间交往密切，就像江户时代的长屋一样。小时候我像进出自己家一样出入邻居家。对了对了，那时许多家庭还没有电视机和电话。电话打到邻居家里，或者去邻居家看电视，都是很平常的事。

　　我家那时就没有电话，但因为父亲是电气技师，所以家

小时候速食拉面是我的最爱。这张在团地四叠半大的房间里拍的照片，可能摄于3岁左右吧。

明神台团地 41 号馆旁边的公园，小时候我常来这里玩。照片拍于团地被拆前的 2002 年，那时候似乎已经成为废墟了。

里有自制的电视机和收音机。从我记事起家里就有电视了。隔壁 405 室的邻居家里没有电视，他们家的小实哥哥和裕子姐姐就经常来我家看电视。我永远不会忘记当时我们的最爱——每周日傍晚六点半开始播放的《肥皂泡假日》。出演者是**花肇与疯狂猫**和**花生姐妹花**。那时应该还不是直播吧，我们都很痴迷于这档综艺节目，从音乐到搞笑应有尽有。

节目里播放过**植木等**的《素达拉节》，花生姐妹花会演唱诸多流行歌曲，真是梦一般的世界。节目里串场的搞笑段

1961 年左右。和母亲的兄弟姐妹在一起。大家气势十足，像电影明星一样。地点可能是横滨的野毛山动物园。

子"我可没叫你"和谷启的"嘎敲"[1] 等成为流行语。我们一边看着节目里机关枪连发般的搞笑短剧、当代一流爵士人的演奏、唱歌谣曲的歌手们闪闪发光的身姿，一边咯咯笑着。就那样沉迷地看着显像管对面的世界。

以免有人不知道，我要说明一下。或许这本书的大部分

1　花肇与疯狂猫成员谷启的搞笑段子。是一个拟态词，从魔术师洗牌的动作而来。

读者都不知道花筆与疯狂猫吧。花筆与疯狂猫是一支由当时的一流爵士人组成的喜剧乐队，队长是花筆。即便这么描述，许多读者还是不知所云吧。他们是昭和三十到四十年代，日本电视兴起时期，人气最高的团体。要说有多受欢迎呢，可能相当于 SMAP、岚和宫藤官九郎的合体吧。或许有人会说"完全不同吧"，嗯，确实不同，他们是一个在当下难以比拟的、拥有超高人气的乐队。而且团体里作曲人是萩原哲晶，作词和编剧是青岛幸男。怎么说呢，当时我还是个小鬼，但即便是我也能看明白，《肥皂泡假日》是一档面向大人的搞笑综艺，完全没有骗小孩的感觉。这点我特别喜欢。对我来说，不算父母和亲戚，他们是在我还不分善恶之前就对我产生了深远影响的人，这么说毫不夸张。花筆与疯狂猫的成员有花筆、植木等、谷启、樱井千里、石桥英太郎、犬冢弘、安田伸。后来，这些人都作为主力演员成为大人物。

《肥皂泡假日》的另一组出演者花生姐妹花，是由一对双胞胎组成的女性双人团体。当时她们才 20 岁出头吧，自然有偶像的一面，但独特的合唱技巧更是其魅力所在，这令二人红极一时，连国外的评价都很高。花生姐妹花的作曲和编曲由宫川泰操刀，他们的音乐精彩绝伦，不输花筆与疯狂猫。电影《摩斯拉》里南洋小岛的那对幼小的双胞胎姐妹，就是花生姐妹花扮演的，这么说或许有人能认出她们吧。

这档节目的赞助商是牛奶香皂，所以节目名叫《肥皂泡假日》吧。片头就是在肥皂泡的飞舞中响起牛叫声。我最喜欢的是片尾。在小号声的伴奏下，花生姐妹花用二重唱唱起《星尘》，而这时花肇就会说一些无聊的话，然后被花生姐妹花用胳膊肘顶一下，这是必定会有的戏码。我当时就想，我什么时候也能被唱歌如此动听的美人包围，被她们的胳膊肘这么来一下呢？……哈哈，不是的，怎么可能。对不起，虚荣心作祟的我说谎了。我其实不是那么早熟的孩子，但不知为何就是特别喜欢这一幕。直到现在想起那个场景，我还会不由得恍惚。可能对孩子来说，美好的女性、没用的男人、时髦的音乐再加上大人的欢笑，特别令人向往。或许也是出于这个原因，这首被美国众星演唱过的《星尘》，直到今日对 58 岁的我来说，仍是令人憧憬的成熟、时髦音乐的代表。而且，相比那些巨星演绎的版本——如**莱昂内尔·里奇**、**比莉·哈乐戴**、**莱斯特·扬**的古典版本、**路易斯·阿姆斯特朗**的明快版本等——我更喜欢花生姐妹花二重唱的、有日本口音的版本，这才是我心中绝美的《星尘》。

回到《肥皂泡假日》的话题吧。每次"用胳膊肘顶一下"的戏码过后，都是由花生姐妹花像无事发生一般、完美地唱完《星尘》收尾，最后小号演奏片尾曲结束。这对我来说又是令人恍惚的、难以形容的、最棒的成人世界的结束方式。但是，问题出现在这之后，在最后一幕要完没完的绝妙时机，每个周末就像约好了似的，必定会从隔壁传来这样的喊声：

"小实——裕子——吃晚饭啦！不要就知道看电视，快点回来！"

如此，我最爱的、属于成人世界的爵士乐经典曲《星尘》的结尾，就是隔壁妈妈的召唤声。若不听到这声喊，总有种无法结束的感觉。直到现在，即便我已经在属于大人的时髦世界中努力前行，也仿佛总会在收尾时听到那声召唤。

关于《肥皂泡假日》，南天群星的桑田佳祐也说过："说起时髦，立刻就会想到《肥皂泡假日》。"这是一档对那个时代产生决定性影响的电视综艺。

它于 1961 到 1972 年播出。制作方是日本电视台、渡边制片厂。主要出演者有那时正当红的花生姐妹花，和因《大人的漫画》备受瞩目的花肇与疯狂猫。编剧是青岛幸男、前田武彦、冢田茂、裤满绪、景山民夫。

音乐制作是宫川泰和东海林修。演奏者是宫间利之 & NEWHERD。名班底云集，节目本身也很红。

它音乐方面的水平之高，只要听听《热门游行 & 肥皂泡假日》(2007)这张唱片就能明白。《热门游行》和《肥皂泡假日》这两档节目我儿时都

爱看，但只要听听这张 CD 就会发现《热门游行》偏流行，《肥皂泡假日》偏正统，大致有如此的领域划分，我也是很久之后才领悟到这点。

花肇与疯狂猫是在《肥皂泡假日》中凭借《素达拉节》而人气爆棚的喜剧乐队，然而他们作为音乐人的才能在当时并未得到充分展示。以植木等为原型的电影《日本无责任时代》获得极高人气，在这之后，花肇与疯狂猫一举成为 20 世纪 60 年代最具代表性的艺人。《星尘》是作曲家霍奇·卡迈克尔的爵士乐经典曲，《肥皂泡假日》结尾播放的是罗斯·印第欧斯演奏的版本。

花生姐妹花分别叫伊藤惠美、伊藤由美，是一对在歌谣曲史上留名的双胞胎姐妹组合。日本流行乐第一人

宫川泰为她们创作了《恋爱假期》《东京的黄昏》等诸多名曲。她们也积极举办海外演出。对喜欢特摄片[1]的男人来说,《摩斯拉》中出现的"小美人"角色更是难以忘怀。

1　一种影片类型。使用特技效果拍摄现实中不能拍到的场面或难以达到理想要求的镜头。经典特摄片有《奥特曼》《假面骑士》《哥斯拉》等。

第3话　想成为忍者

奥特Q是通往异世界的大门

（1963—1966年，4—7岁）

　　上幼儿园时，我每天都忙于忍者修行，是个眼谗隔壁小实哥哥的手里剑的小鬼。十方手里剑、卍字手里剑、风车手里剑……我将右手覆在左手掌里的几枚手里剑上，以一种逼人的气势滑动右手，手里剑就"倏倏倏"地向敌人飞去，那气势连风都能斩断……至少在我想象中是这样。除了手里剑，有时我还需要用到隐遁术和火焰术来决一胜负，毕竟是忍者嘛。不过呢，手里剑是漫画杂志送的、印了图的厚纸片；隐遁术就是用包袱布把自己伪装成墙壁或被子；火焰术要动真格一些，用的是小卖部里卖的烟雾弹。

　　为何我如此钟情于忍者？可能是受当时的忍者电影，以及电视里每周都播的动画片《少年忍者风之富士丸》、特摄片《忍者部队月光》之类的影响吧。特别是《风之富士丸》

在每集开始前——还是结束后来着？——的解说短片《**忍术千一夜**》，是我们这些憧憬忍者的小孩必看的。后来，给我带来巨大影响的，是在电影院里看的电影《**人造人009**》和电视上开始播放的《**奥特Q**》。

《人造人009》让我知道了在人类和机器人之外还有一个中间区域的存在，这带给我极大的冲击。在那之前，我虽然也痴迷过《铁臂阿童木》《超级杰特》，但我不会梦想成为机器人或者从未来穿越过来的人，而人造人却是一个似乎触手可及的世界。飞镖和隐遁术已经过时了。人类自身就是武器，与邪恶战斗。自从看了《人造人009》，忍者就从我脑中完全消失了，每天晚上我都会躲在被窝里，一心思考如何才能成为人造人。顺便还要考虑如何才能和003那般美丽的人造人并肩作战——不，并不是顺便考虑，应该说这才是主要目的。在我思考着如何成为人造人、和003相遇然后携手作战时，基本就进入了梦乡。要说这样的行为有点傻，确实如此，但我是认真的。若拔高点说，这是一起重大的文明开化的历史性事件，它意味着我体内的日本自古以来的传统在西方近代文明面前的败北——在这外衣之下，它更是一起个人觉醒事件，自此我开始思考起了女孩子的事。

不过，和之前忍者被我忘在脑后的命运一样，这个闪闪发光的、我梦中的西方近代文明与女孩子的世界，也在谜一

峰冈幼儿园才艺表演会。敲小鼓的男孩就是我。站在旁边的女孩是安代同学，我那时很喜欢她呢。

般的异世界带给我的冲击下迅速溃败。人造人输给了电视上播放的特摄剧《奥特Q》。《奥特Q》的开场画面就很有冲击力，像要引发幻觉般的文字绵软地旋转着，最后变成标题。配乐也很厉害，听起来像什么东西被碾轧，这很可能是用磁带录制的声音，对孩子来说真的就像打开了另一个世界的大门，十分吓人。不仅仅是开场，剧的内容也很厉害。哥美斯、纳美贡、贝吉拉、凯姆尔人等剧中次第登场的怪兽和宇宙人，各有各的超能力，但却没有出现在这类剧中惯常会有的惩恶扬善的主题。剧中既没有正义的伙伴，也没有终极的恶人——不，严格来说还是有的，但与之前电视上看到的不同。就像在电影院中看到哥斯拉那样，在一个超越人类认知的神秘现象面前，肉体凡胎的人类受尽愚弄。总是被设定成恶的怪兽，也有他们的悲伤。而被看作是正义之举的行为，也会招致灾难。剧中呈现的主题直到今天看来都过于真实。在最后一集《给我打开！》中，怪兽没有出现，人们被困于在空中飞驰的列车内，真的非常恐怖。因为当时只看过一次，我已经不记得具体是如何恐怖的了，但那句"给我打开！"的呐喊一直留在我记忆深处，简直像是给我留下了精神创伤。《奥特Q》展示给我们这些少年少女的，或许就是看待现实的方式——自己无法掌控世间的全部；不合理的事物总是存在；许多事科学也无法解释；科学并非人们想象的那样既正义又无所不能；世上还有阴暗面的存在。

长大后再听《奥特Q》的配乐，发现其厉害程度远超我当年的记忆。电吉他的连复段，锯琴制造的漫天火点般的宇宙回响。管弦乐队的轰鸣声让我想到查尔斯·明格斯的大乐队。如此风格强烈的音乐，令人目瞪口呆，原来我就是听这样的音乐长大的啊。孩童时期，我们在无意识之中被灌输了怎样的音乐啊？——在进入音乐创作的世界之后，我带着这样的疑问，重新调查审视了儿时热衷的电视剧以及电影配乐。有关当年配乐的丰富程度，我想放在下次再写。作为专业的音乐人再去听《奥特Q》配乐，它给我带来的冲击成为我再度去研究这类音乐的重要契机。我慢慢听了很多这种配乐，过程中似乎渐渐明白了自己当初为何会迷上自由爵士、为何开始做这种特殊的音乐——是的，这种音乐，对少年时期的我来说，就是通往另一个世界的大门。并且，如今音乐仍是我通往异世界的大门。

《奥特Q》的播放时间紧接在我上一话写到的《肥皂泡假日》播完后，即周日晚上的七点到七点半，所以住在隔壁的小实哥哥可能没看这部剧，哦不，说不定那时他们家也已经有电视了。

追记

上文是我一边沉醉在回忆中一边写下的，交稿给编辑部后，总觉得心里不踏实，好像哪里不对……查了一下，果然错了！

《奥特Q》的播放时间是1966年1月到7月，《人造人009》最初的剧场版上映时间是当年7月。也就是说，我看完《奥特Q》后，才在电影院里看了《人造人009》。难道说我的记忆在何时被篡

幼儿园出游去了三浦岬。和住在杉田的、我非常喜欢的外公的合影。因为悬崖太可怕了，我脸上带着要哭的表情。我害怕高处。

改了吗？不，确实就是记忆混乱了。真实情况是，在看完《奥特Q》、感受了异世界之门打开的恐怖之后，我才看了《人造人009》，但还是想做人造人、想和003那样可爱的女孩子谈恋爱……也就是说，无论异世界存在与否，我喜欢近代科学和女孩子这点都是不会变的。结果成了这样一个没正行的故事吗？哎呀呀，才第3话就迎来了一个说服力为零的结尾，嘿嘿。

科幻漫画《人造人009》是石森章太郎的代表作。从1964年开始在《少年KING》上连载，之后也断断续续在各处连载过。"人造人"这个词是从"Cybernetic Organism"（直译即"人工头脑学的有机体"）而来，这个知识也是从该漫画里得知的。

它讲的是黑暗组织"黑色亡灵"要对从世界各地绑架来的九个人实施改造手术，这些人在吉尔莫博士的帮助下摆脱了洗脑，与恶势力持续斗争的故事。这九个人来自世界各地，因此也传达了希望世界和平的信息。每个人发挥自己的超能力造福世界的构思，或许参考了当时热门的《黄金七人》（1965）、《虎胆妙算》（参照第32话）等电影。另外，TV版第16话《太平洋的亡灵》讲的是第二次世界大战时，日本军队袭击美军的故事。

《奥特Q》于1966年播出，是日本圆谷公司"超级怪兽系列"的第1弹。讲的是三个航空公司的年轻飞行员，以万城目淳为首，在面临世界秩序崩坏时遇到的种种怪象。这个设定与剧中巧妙的特摄手法，在当年引发热潮，怪兽成为人们茶余饭后的热门话题。

据说当时的电视剧《恐怖剧场不平衡》，原本是作为《阴阳魔界》《迷离档案》的日本版策划的，但在制作的后半阶段却改为以怪兽为主要内容。在《奥特曼》之后，电视变成彩色的了，相比之下，没有英雄出场、黑白的《奥特Q》在孩童的记忆中就显得光影淡薄了。但只要看过《总天然色奥特Q》（2011）就无话可说了!

宫内国郎的《奥特Q主题曲》是让人百听不厌的名曲,应该是根据《詹姆斯·邦德主题曲》改编的吧。请务必去听《奥特原声殿堂系列 奥特Q原声碟》(2006)确认一下!

第 4 话　掀裙子运动的终结

归来的醉鬼与披头士

（1966—1967 年，小学一二年级）

　　1966 年 4 月，我进入横滨市保土谷区的星川小学。原本这所学校的入学对象，是住在相铁线星川站附近的工人家里的孩子，那段时期开始突然涌入了大量明神台团地的孩子。到我上小学二年级的时候，教室就不够用了。于是学校不得不在校园里建了临时预制板房充当校舍，还在体育馆内做出隔间充当教室。很多孩子因为体育课不能使用操场和体育馆而唉声叹气，而对向来不擅长体育的我来说，却是一桩开心事。

　　我是从同班同学中西君和安藤君那里，第一次听说了**披头士**。披头士于 1966 年 6 月来日本，我想可能正是那时的事情。我们会在打扫卫生的时候，拿着扫帚模仿披头士。中西君是我最好的朋友，不知为什么，他在那时就留着别人都没有的偏分头。后颈部发际的头发也没有剃，像披头士成员一样留长。他那如同棉花糖般蓬松的发型，让人觉得新鲜又帅气。毕竟对我们这些平凡的小鬼来说，最多只有刘海留长，后颈的头发都要剃短，而偏分头什么的只属于大人。当时的日本，男人都还没有留长头发的，因此对我们而言，比起音乐，披头士的影响更重要的是外形。他们是像女人般的帅气男人。也就是说，他们带来了一种观念上的冲击："男人也可以像女人那样留长发。"说得再深远点，他们表达了一种态度："无论男女，人可以自由决定自己的发型。"不过，也许小学一年级的孩子还想不了那么深远。

我们热衷于模仿披头士，但其实并不会他们的歌，只是学个样子。我们摆出架势，然后喊着"啊——耶——"什么的。眉清目秀的、长得有点像保罗的安藤君，自然扮演的是保罗。不过我们的"保罗"，也不会披头士的歌，只会用左手拿着扫帚唱"耶——！"。会唱披头士的歌的只有中西君。中西君有个哥哥，所以他比我们都要成熟。我们这帮拿着扫帚当吉他嚷嚷着"耶——！"的小鬼，真是一帮爱起哄的傻瓜，与其说是喜欢披头士，不如说就是讨厌打扫罢了。对了，要说为什么那时候流行掀女同学裙子，因为对男生来说，扫帚是个既可以当吉他，又可以掀裙子的魔法神器。

小学二年级的某天，中西君带了一张黑胶唱片到学校来，是**民谣十字军**的《**归来的醉鬼**》。放学后，我们瞒着老师，擅自用教室里的唱片机（那时的教室里有教学用的录音机和黑胶唱片机）播放了这张唱片，它带给我的冲击我至今难忘。全班同学都很兴奋。有些滑稽的伴奏配上回转变化的高音，唱着"我死掉了"，这就足以让我们兴奋了。更何况，歌中还出现了说关西话的神、奇特的效果音，更重要的是歌曲的情节非常有趣。那之前我从来没听过这样的流行乐。这首充满技巧的歌曲，能让七八岁的孩子听了都飘飘然，它虽是 1967 年流行乐的代表，但演唱者却从没在电视上出现过，这对我们来说也是一件新鲜事。世界变了，年轻人可以获得不同于之前文化的"自由"。作为孩子的我们对这些还不甚明了，但也多少有了这"很酷"的认知。

某天放学路上，我们看到一个穿破洞牛仔裤、长发及腰的大人，那是我第一次见到嬉皮士——不，准确来说，也许不是嬉皮士，只是个对流行事物比较敏感的年轻人。我们看到这个年轻人时，预感到超越披头士的新趋势就要来了。毕竟那人头发的长度是披头士所不能及的，连女性都很少留那么长的头发，再说那牛仔裤——当时是叫牛仔裤吗？——上面有好几个破洞。这个装束已经轻松超越了"男人也能留女人般的发型"这条自由信号的范围，直奔让人好奇思索"这人怎么回事？"的领域去了。我们不禁怀疑：难道把披头士发挥到极致，就会到达与乞丐毫无区别的境界吗？……那时，我们这个作恶多端的小鬼三人组，一边去拽这个奇奇怪怪的年轻人的长发，一边说"哎呀——乞丐啊——"，甚至还把手指插进他牛仔裤的破洞里，把洞撑得更大了。我们实在是很过分。走在流行前沿的年轻人一开始还开心地忍受我们的恶作剧，后来真的生气了。这件事的回味很糟糕，我一直都忘不了。过去这么久了依然介怀，可见真的是很糟糕了。

说起回味很糟糕，那时候我们因为一件大事，连那么流行的掀裙子都洗手不干了。啊，必须要说明的是，那时候全国小学生都盛行掀裙子，我们自然也不落人后，积极加入了掀裙子运动。

事件发生在一天下课时，伴随着"起立，行礼！"的声音，我们像往常一样看准时机，掀起了坐在我前面的、长得很漂亮的久保田同学的裙子。要在平时，男孩子气的久保田同学总会叫着"浑蛋！"来揍我们，可是那天不知为何她却哭了。我们很震惊。那样的久保田居然哭了。我其实很喜欢她。只是希望她能转身看我，才掀她裙子的。那以后，我们就再也不掀女孩的裙子了。学校里那么流行的活动，只有我们班上再也没有玩过。

有时是吉他、有时是掀裙子神器的魔法扫帚，也恢复了平凡扫帚的身份。放学后，我们开始认真打扫卫生——准确说，是装作认真用扫帚打扫卫生的本领越来越熟练了，巧妙地把讨厌的事糊弄完然后赶紧去玩。看到其他班级的男生掀裙子，还会不屑地想"真幼稚！"。这种变化是怎么回事啊？或许意味着我们这些笨蛋小鬼，在一步步地长成没用的大人吧。

还有必要介绍**披头士**吗？他们是一支发祥于利物浦街头、改变了20世纪后半叶流行乐面貌的摇滚乐队。直至今日他们还拥有数量庞大的粉丝，有关他们的研究著作也在不断出版，堪称是怪物级别的存在。1966年的披头士访日，是一件足以动摇日本的大事件，竹中劳的《披头士报告》（1966）就是对当时境况的珍贵记录。

民谣十字军的《归来的醉鬼》原本收录在解散纪念专辑《破廉耻》（1967）中，但因在深夜广播放引起关注，由东芝再度发行，于1968年创造了日本Oricon公信榜史上首张百万单曲的纪录。民谣十字军出道时的三位成员是加藤和彦、北山修和端田宣彦。

他们在《归来的醉鬼》之后创作

的单曲是《临津江》，这是一首涉及朝鲜半岛政治问题、颇有野心的歌曲。但唱片公司在发售前就停止了贩售，而用《无法忍受的悲伤》替代。据说后者是将《临津江》的磁带反向播放、采谱制成的。这也反映出了民谣十字军在政治上的立场，以及对音乐技术的关注。

虽然他们作为专业音乐人的活动仅持续了一年，但乐队解散之后，成员充分发挥了各自的才能。加藤和彦加入了Sadistic Mika乐队，也有个人活动。端田宣彦则在两支乐队活动，分别是端田宣彦与鞋带乐队、端田宣彦与巅峰乐队。北山修作为作词人、随笔作家，以及精神科医生等，活跃在多个领域。《归来的醉鬼》一曲因大受欢迎，大岛渚导演还将它改编成了同名电影（这也是一部怪异之作！），有兴趣的读者一定要看看。

掀裙子是提到当时的孩童文化就绕不过去的恶作剧。永井豪在漫画《破廉耻学园》（对，这里也用了"破廉耻"一词）创作了这个标志性的动作，从而在孩子中间爆发式地流行起来，几乎成为一个社会问题。

第 5 话 暑假上午的自由爵士

日本的自由爵士始于山下毅雄

（1967 年，小学二年级）

据说日本的自由爵士始于 1969 年 5 月 23 日录制的**富樫雅彦**的专辑《**我们现在创造**》。其实自由爵士的现场演出录音在那之前就有，但初次公开发行的应该就是这张专辑。乐队成员是鼓手富樫雅彦、吉他手**高柳昌行**、萨克斯手**高木元辉**、低音大提琴手**吉泽元治**。对曾经是自由爵士新手的我来说，这是一支由神一般的人组成的超豪华巨星乐队。这支前无古人、后无来者的乐队，仅录了这一张专辑。后来他们各自走上了不同的道路，也各自创作了属于日本的、独特的自由爵士。从这个意义上说，这张专辑是日本自由爵士最初期的珍贵历史记录。对此我深信不疑，任谁都不会怀疑吧。

但某日，我开始检视自己儿时都听了些什么音乐，于是找了日本当时电视上放的主题曲和配乐，有了不得了的发现。如何不得了？我竟然在1967年的日本电视节目里听到了千真万确的自由爵士。一开始我无法相信自己的耳朵，可那部从1967年10月到1968年4月播出的、以机器人为主题的真人版电视剧《铁甲人》，主题曲和配乐无疑就是自由爵士，并且个性十足，其精彩程度即便拿给全世界的前卫音乐粉丝听，他们也会不由得发出惊叹。里面特别厉害的是《断头台国王的挑战／格斗1》中伴奏仅一分钟左右的曲子，却像将**山下洋辅三重奏**大乐队化，又乱入自由爵士吉他手**桑尼·夏洛克**的感觉。了不起的不止这首曲子。《铁甲人》配乐不单单汲取了自由爵士的精髓，有几首曲子，可谓完全是自由爵士本身，充满独特氛围。并且不是**奥尼特·科尔曼**、**阿尔伯特·艾勒**那样的正宗美国自由爵士，更像之后在日本发展起来的山下洋辅三重奏的自由爵士。

制作了这些音乐的，是当年创作了无数电视配乐的作曲家**山下毅雄**。我越查越发现这个人很有意思，彻底迷上了他的音乐，以至于在1999年我制作了一张名为《斩杀山下毅雄》的专辑，重置了他的作品。制作这张专辑时，我写了下面这篇文章（刊登在杂志《声音工作室》第302期，2001年2月特辑《日本作曲家》上）。

对出生在昭和三十年代、看日本电视节目度过少男少女时期的人来说，山下毅雄的音乐就像婴儿记住了语言一样，萦绕在脑海中无法忘却，成为其人格的一部分。大多数人记住的不是"山下毅雄"这个名字，而是《超级杰特》《铁甲人》《鲁邦三世》等动画，以及《冲击时间猜谜》等电视节目。更准确地说，有关这些电视节目的记忆本身，是与山下毅雄的音乐塑造出的独特氛围共同存在的。

山下被称作"创作了数千曲的男人"，他的作品多集中在昭和三十至四十年代的动画及电视剧中。他按照委托要求量产着电视音乐，数量之庞大连他自己都记不清楚。除他以外，这样的作曲家也不在少数，用今天的观点来看，当时电视上出现的有意思的音乐的确很多。而在众多的作曲家中，山下和其他作曲家根本的区别在于，他的音乐在几乎要成为前卫音乐的边界上维持着危险的平衡，他的音乐是有阴影的。当时的电视音乐的做法，是先大致谱曲，然后由录音室的演奏者演奏。作曲家的工作就是谱曲，演奏家的工作就是再现音乐。山下先生自然也是按规矩来，但他工作的重点在录制现场。他找来一些信得过的、会即兴演奏的演奏家，有时仅凭简单构想的乐谱，就能制作出够一档节目使用的音乐。演奏家必须对着只有旋律的乐谱，边看山下先生指挥边即兴创作自己的部分。山下先生会兴奋地喊着"刚才那段太精彩了！"，如此这般，被他带动着如事故般偶然诞生的旋律，最终汇聚为有生命的音乐。看似随便的制作方法，却诞生了《恶魔君》这样的先锋音乐，也营造了《七人刑事》那充满紧张感的世界。不是只要认真就能出来好东西，这也是音乐的美妙之处。据说名曲《伽波天岛》是山下先生让当时还是小学生的儿子小透创作的，这种佳话实在是过于惊人，让人不知道说什么好。只要有山下先生在现场，就会诞生属于他的音乐，他就是有这样的魅力。

我是在小学二年级时沉迷《铁甲人》的，这部动画每年暑假上午一定都会重播，所以我小学期间看了无数遍。也就是说，暑假上午我一定都在听这部剧的自由爵士配乐。因此后来当这部剧的配乐被重新挖掘出来时，我觉得每一首都隐隐听过。听起来的感觉，比起自由爵士的晦涩难懂，更多的是令人怀念的童年记忆，我对这部动画的配乐就是有那么熟悉。不只是《铁甲人》，山下先生同时期创作的《恶魔君》的伴奏，应该算是现代音乐还是算自由爵士呢？那是即便现在听，也让人不由自主跟着哼唱的精彩音乐。我们是汲取了大量这类动画配乐长大的。我不禁要怀疑，我们这个世代之所以出了许多追求自由爵士的音乐人，就是因为大家儿时暑假听了太多这类音乐吧？

不过，这些配乐是在怎样的情形下诞生，山下毅雄又是出于何种考虑，才创作了这种风格的音乐，又是怎样的演奏家来演奏的？在山下先生去世前，我曾见过他一次，现在想来悔恨不已，如果当初问他这些问题就好了。

如今山下先生的配乐已数次被制成 CD，比较容易买到了，但没有人说他是改写了日本爵士乐历史的人。一个人也没有。为什么呢？大家都没有好奇心吗？人们把现代音乐视为艺术，把自由爵士视为亚文化之首，难道只因为山下先生的音乐发表在与它们场域完全不同的地方，就不能成为评判的对象吗？如果这就是艺术世界的法则，我深感遗憾。

说起日本的自由爵士，或许该从什么是自由爵士开始讲起。

简单来说，**自由爵士**就是不受和声或节拍限制、以自由演奏为旨趣的爵士乐。比波普[1]以后的爵士乐，在追求自由的同时，却被要求用和传统爵士同样的方式演奏，从而陷入两难的境地。打破这一境地的代表艺术家及唱片，当数奥尼特·科尔曼的《自由爵士》（1961）和塞西尔·泰勒的《单元结构》（1966）。日本的典型代表则公认是山下洋辅三重奏乐队。

富樫雅彦是值得日本骄傲的爵士打击乐手。从十几岁开始，他就与秋吉敏子、渡边贞夫等人组成乐队进行演出活动，很早就显露出过人的才华。他在1965年成立的四重奏，是日本首支自由爵士乐队。1970年富樫雅彦遭遇意外事故，导致半身不遂，但后来他以仅用双手弹奏的形式复出，留下了《精神的自然》（1975）等名碟。

高柳昌行是日本最重要的自由爵士吉他手。关于他，就先简单这样介绍一句吧，详细请看第26话！

高木元辉是日本的自由爵士领域不可缺少的次中音萨克斯演奏者。他1969年加入吉泽元治三重奏，在街头表演，1974年和近藤等则组成EEU乐队。在那之后，他也和很多音乐人共同演出过。2002年他原本预定在新潟的《AA》（音乐批评家间章的纪录片，导演青山真治）试映版完成纪念演出上演奏，却突然在演出前仙逝。

吉泽元治是受人爱戴的第一代自由爵士音乐家兼贝斯手。他从1970年开始个人贝斯演出。他不仅和国内外的音乐人共同演出，还积极和天井栈敷、红帐篷等剧团，以及由认知障

1　亦称"波普"。一种激进的爵士乐风格，可看作现代爵士乐的前身。其特点是和声复杂化、大量即兴不协和音的运用，演奏速度快，演奏技术要求高，强调自由表达，富于冒险性。在削弱爵士乐商业价值的同时提升了爵士乐的艺术品质，对爵士乐的发展产生深远影响。

碍者组成的 GYAATEES 乐队等共演。他独立创作的专辑有《内陆之鱼》（1974）等。

那么，终于要说到**山下毅雄**了。大友先生已在本话中对他做了非常详细的说明。山下毅雄生于 1930 年，是参与了众多电影电视音乐制作的作曲家。除了大友先生列举的作品以外，还有《花花女郎》《到时间了哦》《刚巴的冒险》等。不会事先将乐谱写得很详细，而是通过与音乐人即兴的互动来进行录音，是他的作曲方式，这种方式被称作"head arrange"，是爵士乐和流行乐创作的常用手法。

受《鲁邦三世》新一波热潮的影响，山下毅雄重新得到评价，市面上出了大量相关 CD。但除了大友先生提到的《斩杀山下毅雄》

（1999）外，大多已经绝版，实属遗憾。如果看到了《永远的山下毅雄》《硬汉山下毅雄》，一定要马上入手！相关图书有《尽享山下毅雄》（2000）。

漫画《**铁甲人**》，原作者是横山光辉，由东映制作拍成了特摄动画。断头台国王率领的邪恶组织 BF 团伺机侵略地球，他们开发制作了机器人 GR1。一个叫作草间大作的少年无意间学会了操纵机器人，后作为联合国秘密警察组织"独角兽"的一员，和 BF 团操纵的怪兽展开了持续战斗。

就像大友先生回想的那样，这是最受当年男孩子欢迎的故事，一再被电视台重放。《铁甲人》给后来的巨型机器人题材的电视剧和动画带来巨大影响，是一部丰碑式的作品。近年都还有 OVA《铁甲人　动画——地球静止之日》（2015）上映。

　　当时山下毅雄制作的音乐收录在专辑《铁甲人·音乐纪实》（1998）中，现在也能听到。令人吃惊的是，无论是 63 音轨还是 89 音轨（包含效果音）都是在一天内就收录完成的，速度之快令人惊叹。不愧是专业人士。

　　对了，据说铁甲人的脸是以斯芬克斯为原型设计的，现在想来在审美品位上也令人惊叹。

第6话　我不想转学！

石田良子《蓝灯横滨》

（1968 年，小学三年级）

　　1968 年，小学三年级的春天，父亲就职的公司决定在福岛开设工厂，曾是电气技师的父亲被指派去当厂长。那时日本经济飞速发展，东京不断在各地开设工厂。在四十几年后福岛发生核爆炸，引发严重事态，而彼时原子能正作为日本的希望之光开始了各种工程吧。其实当时父亲要出任的工厂选址还有另一个候选，居然是巴西。因为先遣部队去了以后，让当地试着做精密零件，居然连一个完全一样的都做不出来，所以才放弃了巴西，将新厂建在了福岛。若当初巴西那边的人再能干一点，我就要转学到巴西了，或许会过着与现在完全不同的人生。

　　总之在日本经济高速成长期，年轻人以去大城市为目标，工厂则渐渐开到越来越偏远的地区。而我只是一个与这些事毫无关系的小学三年级学生，心里只有对转学的不情愿。我不想离开横滨。这其中自然有和班里中西君、原田君、井上君等人关系好的缘故，但真正的理由，是我喜欢上了一个叫佐藤的微卷短发女孩。

当时我吵吵闹闹，委屈得不得了。也没法说出真正的理由，只好一味闹别扭。父亲不得不先孤身赴任。当时不知为何，我居然当了学级委员长，而佐藤同学是副委员长。看当时的照片，我天真无邪地笑着。还没有长歪吧，或许在同学中还有些声望。其实我喜欢的不止佐藤同学，还有园部同学，也很喜欢在掀裙子运动中被我们惹哭的久保田同学。

有一次，我和佐藤同学在班级活动中做主持人。班上最早熟的中西君说我们"不对劲，有点什么"，我被调侃了却并没有不快，反倒像被击中了一样，从那以后就开始变得在意起佐藤同学来。

放学回家的路上，我们几个好友经常一起沿着山坡回明神台团地。阳光透过树叶洒下来，我们沿着长长的"之"字形台阶向上走。只要看到走在前面的佐藤同学或园部同学的背影，中西君就会故意大声嚷嚷"热死了、热死了"之类的无聊话。被他这样闹，我肯定要条件反射地回他"你好烦"，假装生气，但其实内心很享受，巴不得他再多嚷几句。

我想一直见到佐藤同学。但出于我的原因，父亲不得不将家人留在横滨，自己孤身赴任，如今想来真是对不起他。

四五岁。和父亲、双胞胎弟弟在保土谷公园。

　　那年暑假，我们一家是在父亲就职的工厂旁的小房子里度过的。母亲带着我和双胞胎弟弟，乘东北本线去福岛。对了，不好意思，完全忘记写双胞胎弟弟的事了。我满 3 岁后的冬天，母亲生下了同卵双胞胎弟弟。所以说，在母亲老家的聚会上，在看《肥皂泡假日》时，还有在我扮演忍者的时候，弟弟们也都在。

　　两个弟弟的长相和声音都很像，外人可能完全无法区分，但对我们家人来说看一眼就能辨认，即便现在两人年过五十了，外人也很难分清吧。他们两个现在都定居在法国南部，做着复古车零部件相关的工作，这一点可以说完全继承了做电气技师的父亲的血脉。

那次，我和两个双胞胎弟弟一起，踏上了出生以来第一次的长途列车之旅。从上野出发历时 3 小时 15 分，乘的应该是名叫"云雀"的特快列车吧。那也是我们第一次出东京首都圈，因此极为快乐。

当时的福岛完全是另一个世界，这是身为孩子的我直观的第一印象。不止福岛，当时都市和农村之间的差别应该比现在要大得多。客气点说，是眼前所见、耳中所听全是新鲜事物——其实是冲击太大，我都蒙了，这是被带到了一个什么样的地方啊？印象最深的是，福岛的电视只能收到日本广播协会 NHK 的综合台、教育台和一家民间台，共计三个频道。相比起来，当时横滨光民间台就有五个，因此我本来每周守着看的节目在福岛就看不了，这让我到福岛第一天就泄了气。当年的我是有多沉迷电视啊！

尽管身边的大人都在说什么大自然多美啊，空气多干净之类的话，但我觉得这些根本不重要。工厂里有年轻的工人陪我们玩，田野上能看到青蛙、能捉到没见过的虫子，这些当然也有乐趣，但只过了两周，我就一门心思只想回横滨了。这自然有想看电视的原因，但其实更多的是想早点见到佐藤同学。这次旅行，父母是想让我们尽快适应福岛，而孩子们——不，是我太迟钝了——却完全没能明白他们的苦心。

暑假结束回到横滨后，我依然不愿意搬家，但终究还是被大人说服，跟着家人在 11 月搬到了福岛。那也是没办法的事。不，现在想来，只为当时的自己感到抱歉。那时孤身赴任并不常见，父亲和家人分开生活多奇怪啊。

离开横滨那天，我上午在班级里与同学们告别后回到家，家中行李已经基本打包好装上车了，那么狭小的团地公寓突然变得空无一物，显得特别空旷。我的心情说不上是悲伤还是寂寞，被难以言喻的感觉侵袭，一个劲地用半格相机拍着从团地看出去的景色。

乘出租车去横滨站的路上，我们路过了星川小学。经过的时间可能仅有几秒钟，学校正值午休，我看见大家都很开心地在校园里玩耍。中西君正大声喊着什么向原田君投球，

星川小学的一次远足。后排右数第六个是我。

是在玩躲避球游戏。若在平时，我也应该在那里的……我在车上迅速挥了挥手，但大家都沉浸在游戏中，谁也没有看见我。我没能找到佐藤同学的身影。我已经不在大家中间了。

那之后一路上是怎么到达福岛的，我已经完全不记得了。只记得和那次快乐的暑假旅行不同，那一天非常冷。因为家具家私还没有送到，所以到福岛后我们一家人先住进了旅馆，旅馆名好像叫"茑屋"。不知道那家旅馆现在还在吗？旅馆的电视也只能收到三个台，本来应该看《河童的三平 妖怪大作战》的时间，放的却是《门基乐队秀》，我根本不想看。

后来，我们顺利住进了位于阿武隈川和弁天山之间的福岛市渡利的新家。现在那里已经是幽静的住宅区了。那时候农田比房子多，如地名所示，怎么看都像住在河边的感觉。那是一幢两层木造小楼，虽是租的却是新建的楼，现在想来待遇还挺好的。但我一心怀念那个只有六叠和四叠半大的两居室，以及和邻居家不分彼此、像长屋一样的横滨团地。

转学到福岛的小学后，我完全适应不了，总是请假。倒不是故意偷懒不去上学，真的是因为身体不舒服。真是个敏感的小鬼，虽然现在已经脸皮厚到全无当年的影子。那时我唯一的乐趣就只有电视了，虽然看的时候也只觉得无聊。

到福岛的第二个月，我从无趣的电视上听到了**石田良子**唱的《**蓝灯横滨**》。她用从鼻腔发出的声音哼唱着"走着走着，我如同小船摇曳，摇曳于你的臂弯"，一下子就打动了我。

这是一种难以形容的感觉。小学三年级的孩子为什么会被这样的歌词打动呢？不管怎么想都觉得不能理解。可能对当时的我来说，这首歌就是佐藤同学，是中西君，也是曾同住明神台团地的小实哥哥，还是那个迟迟无法适应福岛小学的自己。现在想来，当时那种瞬间被击中的感动，非要用一个词替换的话，应该就是接近"伤感"的感情吧。在那之前，无论听歌谣曲还是乐队摇滚，我一向是带着愉快的心情。第一次听歌被有别于"快乐"的情感击中，就是这首。后来这首歌红起来的时候，我也交到了新的朋友，也出现了佐藤同学之外的初恋对象，这都是后话了。

石田良子的"摇曳于你的臂弯"意外地触动了早熟的大友少年。石田良子生于 1948 年，1964 年推出唱片出道，有《蓝灯横滨》《是你会怎么办》等名曲。《蓝灯横滨》一曲走红时，她才 20 岁（却已经发行了 26 张单曲！）。这首歌的气质很成熟。

石田良子在家里是姐妹四人中的老二，大姐石田治子是花样滑冰运动员，她下面的妹妹是歌手石田由利子（婚后改名为中西由利子）。2003 年

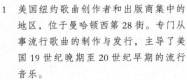

播出的朝日电视台的晨间剧《晴朗家族》就是以他们才华横溢的一家人为原型创作的，不知是否还有读者记得。而创作这部电视剧的原著的，正是由利子的丈夫中西礼。

石田良子曾多次上过红白歌会。1979 年之后，她将事业重心转向演员工作。1980 年她和被爱称为"小健"的萩原健一结婚，于 1984 年离婚……对流行乐粉丝来说，由矢野诚为她担任和弦编曲的软式摇滚《幻想》（1972）、叮砰巷[1]背景下的城市流行乐《联结时间》（1977）等名唱片，展现出俨然超越歌谣曲范围的魅力，让人难忘。

《蓝灯横滨》（1968）是石田良子的代表作，桥本淳作词，筒美京平作曲。筒美京平是后来日本屈指可数的热门歌曲创作者，而这首是他值得纪念的登上 Oricon 榜首的第一曲。这首歌后来也被千秋

1　美国纽约歌曲创作者和出版商集中的地区，位于曼哈顿西第 28 街。专门从事流行歌曲的制作与发行，主导了美国 19 世纪晚期至 20 世纪早期的流行音乐。

直美、伊东由佳里、平山三纪、上原多香子、柴崎幸等众多艺人翻唱，直到现在还很流行。田月仙的著作《被禁之歌——朝鲜半岛音乐百年史》（2008）中提到，即便在日本音乐被封禁的时代，这首歌在韩国也为人熟知，并对之后的韩国流行乐产生了深远影响。

第二章

1968—1974

福岛时代

（小学、初中篇）

初一的同学纪念卡。这是最近一个老同学寄给我的。只有我一个人写"微笑&和平"……什么嘛。当时大家为何写了这张卡片，我完全想不起来了。

第 7 话　合唱王国的恐怖

维也纳少年合唱团

（1968 年左右，小学三年级）

　　我转学的小学，位于福岛市中心，叫作福岛第一小学。之前在横滨念的小学，校舍是破破烂烂的木质房子和搭建在操场上的临时小屋，里面用隔板隔出教室，老师和同学们就在这样破旧的教室里上课。与这相比，福岛的学校很时髦，别的不说，校舍和体育馆都是钢筋水泥造的，还有游泳池。位置在福岛县政府的正前方，可能算是福岛模范学校吧。和我最初的"福岛就是乡下"的印象大相径庭。

　　只是与校舍的时髦形成鲜明对比的，是我转学第一天进教室时看见的情景，那情景过于特别，至今难忘。学生们都穿着深绿色的独特校服，男生的刘海都剪成一条直线，乖顺且没有表情……我这么写，福岛的同学们肯定要生气，希望他们能放过我……之前横滨小学的氛围是，大家都自由地穿衣服、自由地留任何发型，总是欢笑和吵闹着，有点不正经。福岛小学的氛围太不同了，我当时一定很害怕吧。那种绿色的制服叫什么名字来着？是叫"学生制服"吗？明明是公立学校却有校服，还穿得像幼儿园小朋友一样。怎么形容比较好呢？我在网上查了一些资料，据说这种制服叫"罩衫"。当时全国流行这样的小学生制服吗？我不是特别了解，但当初福岛市小学的孩子们都穿着这种感觉的制服。刚入学时只有我穿着自己的衣服，感觉很不自在。虽然内心不愿意穿这样土气的制服，但穿私服的感觉更让人坐立不安，好希望快点拿到校服。

　　班里的男生一定也觉得从大城市来了个装腔作势的家伙，敏感地认为我肯定在想他们是乡下孩子。一旦我忍不住跟他们解释"我才不会那么想呢"，话音刚落，他们就会学我的口音"……呢……呢"地取笑我。被"制服男孩"们这样群攻，我实在有点受不了。就这样，转学后不久，我就开始因为身体欠佳不去学校了。医生诊断为自体中毒[1]。放现在的话，可能会被冠以压力性之类的病名吧。拜这个病所赐，我成为一个宅在家里的老实孩子，开始听起了深夜广播节目，

1　非病毒细菌来源的中毒，多发生在身体偏瘦且较敏感的孩子身上。病因为受到各种精神压力（如感冒、出游、玩耍过度、被父母责骂等），主要表现为顽固性呕吐、腹痛、头痛、全身倦怠等。

迷上了流行乐和摇滚，最后自己拿起了吉他……对外我总是用这套说辞，但这其实是大幅度编排过的，实际情况并非如此。

首先，我记忆中自己是"宅在家里的老实孩子"，但向同学们求证后却发现并非如此，在他们眼中我是一个话多又引人注意的转校生。用现在的话说，就是烦人精吧。那自然是要惹人讨厌了。据说我还跟当时班里的孩子王小杉君，为争夺地位而打架呢。唔，真的是那样吗？我倒是记得跟小杉君关系很好地玩耍来着。

其次，我开始深夜听广播节目是始于小学六年级，开始弹奏吉他还要在那以后很久。所以，转学后那会儿我还没有爱上音乐。恰恰相反，因转学这件事，我变得极度讨厌音乐。当然，我听到《蓝灯横滨》等歌曲时会感到哀伤。我很喜欢歌谣曲，但托学校音乐课的福，只要听到"音乐"一词，我就会起鸡皮疙瘩。因为当时的福岛，不，现在也是吧，被冠以"合唱王国""东北的维也纳"之类的称号，音乐课上大家都要像维也纳少年合唱团那样唱歌，还得全员面带笑容。平时上课大家明明都没有表情，一到音乐课就全员微笑……我这么写，又要惹怒众多同学吧。真是对不起，对不起，我完全没有嘲讽同学或老师的意思。只是那时候就算跟我说要带着笑脸唱歌，但因为太莫名其妙了，完全是超出我认知的世界，说实话我真的不知道怎么办才好。在那之前我上的音乐课，只要求大家尽力大声地唱出来就好，也就是用真声唱歌。所以当看到同学们都用类似假声的清澈声音、带着挤出来的笑容唱歌时,我整个人都瘫软了。在这样的音乐课上,我发不出声音,内心呐喊着谁来救救我。不过即便如此,我还是努力试着唱出声,于是,一瞬间所有人都看向了我。

完蛋了……

我用的是真声,还是个音痴,可能声音还有点沙哑。大家一阵爆笑。从此我就有了个**"森进一"**的外号。不不,森进一先生当然是唱歌很好的一流歌手,这是毋庸置疑的。但对于小学三年级的孩子来说,却是个用"喀拉喀拉"的声音、唱歌完全不在调上的人。换作现在,要是被大家嘲笑,我会认为是个抢占众人目光、千载难逢的好机会,但对小学时的大友君来说,这却很难挨。从那以后,音乐课上我都只张张嘴不出声。在每个人单独唱歌测验时则会紧闭嘴巴、一声不吭,所以我的音乐成绩总是最差的。当时我做梦也没想过,将来会从事与音乐相关的工作。

话说回来,为什么福岛被叫作"合唱王国"或"东北维也纳"呢?先不说"合唱王国","东北维也纳"不奇怪吗?即便是想振兴合唱,福岛就是福岛不行吗?有必要成为维也纳吗?福岛作为福岛唱歌不就好了……我现在会这么想,也能自然地对大人表达这样的观点,但对当时那个小学三年级的我来说,完全没有能力考虑这种事。"为什么日本的小学生要在音乐课上，全员用维也纳少年合唱团一样的发声方式，笑嘻嘻地唱歌呢？"连这样朴素的问题，我都不曾想到过。因此直到初中毕业，音乐课上我都希望自己能变小一些，尽量不引人注目。唱歌测验时，我就站在那里沉默，等着钢琴伴奏结束。完全不是在反抗或耍帅，只是不想被嘲笑而已。日本学校如今还有那样的测验吗？还在要求孩子们笑着唱歌吗？说到底，为什么音乐需要考试呢？一唱歌就反射性地满面笑容，这种教育难道没错吗？情感不是可以教的东西吧？我说错了吗？唱歌什么的，让喜欢在人前歌唱的家伙唱不就好了吗？让喜欢笑的家伙笑就好了。没有必要硬摆出笑脸吧？不是这样吗？对我种小鬼来说，那样的时间真是地狱呀。

* 　下页有维也纳少年合唱团的照片。这张唱片封面，来自我记事起家里就有的七寸黑胶。我想起小时候很喜欢听这张唱片。

身穿水手服、以澄澈的歌声令粉丝心醉的**维也纳少年合唱团**。当时他们来日本演出的广告，曾在电视上反复播放。（现在他们每年也都会来日本。）宣传语自然是"天使之声"。这支合唱团原本是1498年作为宫廷礼拜堂的少年圣歌队创立的，1924年定名为"维也纳少年合唱团"。因海顿、舒伯特、布鲁克纳等人也曾是其成员而闻名。全日制住宿、满14岁就要退团的独特制度也很有名。合唱团

出过许多CD，最新的精选集是《维也纳少年合唱团精选》（2003）。

接下来再说说"合唱王国·福岛"这个关键词。福岛是世界上数一数二盛行合唱的地区，有无数强大的中学在全国音乐比赛中获奖。特别是郡山市被称为"音乐都市"。为什么会形成这种特色呢？

以郡山市的故事为原型的电影《百万人的大合唱》（1972）讲述了其中的来由——

昭和三十年代，郡山市是一个常发生暴力团伙斗殴事件的治安恶劣的地区，被称为"东北的芝加哥"。高中音乐老师新田、唱片店老板的女儿昭子以及医院院长宫原等人，为在这样的郡山市播下音乐的种子四处奔走。在克服重重困难后，市民的力量终于集结起来，击退了暴力团伙，郡山市也有了"东北的维也纳"之称……

这部电影制作于1971年。剧组去福岛当地采景，也拍摄过当地高中生合唱的镜头，算是当年福岛的一桩大事。可惜的是，作为东宝系的该电影上映第一天，正是"浅间山庄事件"

进行到最紧张的关键时刻。受这起事件影响，它留下了上座率极低的纪录。不过，对当时的大友少年来说，可能两者都是他不感兴趣、完全无所谓的事吧。

第8话 弁天山与初恋

老虎乐队《废墟上的鸽子》

(1968年，小学三年级)

　　这一话要讲的是发生在福岛、令人悲伤的初恋故事。酸酸甜甜的初恋，让人羞于下笔。可能会有读者毫不客气地吐槽说："你不是在横滨经历了初恋吗？"这个嘛，那个是那个，这个是这个。小时候嘛，初恋多少次我都欢迎啊。而且说起横滨时代，我可是经历过三段初恋呢，对象分别是幼儿园的小纱织、小学一年级的久保田同学、小学三年级的佐藤同学。再顺便羞涩地坦白一下，虽然我毫无记忆，但听说我很小的时候就说想和吉永小百合结婚。啊，对了，幼儿园的顺子老师也是我的初恋来着……真是够了，我这个笨蛋。

　　虽然我不厌其烦地说有多讨厌转学去福岛、多讨厌新学校，但在转学之初，我就早早陷入了刻骨铭心的初恋。说是陷入，其实并没有交往，只是自己在心中偷偷想想而已。只是想想，却也是极其认真地、不断地想着对方。对那个女孩非常喜欢，喜欢得不得了。她姓吉田。啊，直到现在光是写出"吉田"这两个字，我的心都怦怦直跳。吉田同学是年级的委员长，聪明出众，我虽然成绩还不错，却完全比不上她。更重要的是，吉田同学长得相当可爱。我找了一下当时的班级照片，却唯独没有她的。关于这一点后面会提到。

她家位于渡利叫作弁天山的小山脚下，离我家很近，因此我们上学、放学的路线相同。我喜欢远远地看着她，因为没法从近处看，她太过耀眼夺目了。我自然也从来没有对她说过我喜欢她。我明明曾是那样讨厌去学校，以致出现了自体中毒的不良反应，却因为吉田同学变得期待去学校了，甚至开始想：转学真是太好了！当然啦，音乐课还是最令我厌恶的，和班上的男生也总是起冲突，讨厌的事情也有很多，但这些都变得不重要了，我开始期待去学校。恋爱是无敌的，恋爱也是盲目的。

吉田同学喜欢**老虎乐队**。不仅是她，当时很多女孩子都喜欢。突然写到"老虎"一词，会让人误以为是阪神老虎棒球队吧。而当年提起老虎，指的却是**泽田研二**所在的拥有超高人气的老虎乐队。得知吉田同学喜欢老虎乐队，对我来说是至高无上的福音。因为我也喜欢。光这点就足够让人幸福了。她喜欢的歌是《**花的项链**》，果然是可爱的女孩子。我呢，最喜欢《**废墟上的鸽子**》。这倒是有点能看出日后勇往直前、冲向前卫音乐的少年的影子了，忍不住这样夸一夸自己。

我之所如此喜欢这首歌，是因为拥有绝对人气的主唱泽田研二，在这首歌中却转为第二主唱。由主音吉他手**加桥克己**担任主唱，这就让人很兴奋。要问为什么？或许有我自己会错意的部分吧，总之，我认为泽田研二这种"自己并非总是乐队中心"的态度，让他看起来很有男子气概，也呈现了一种是大家一起在创作音乐的氛围，让人感觉很好。并且，**岸部一德**的贝斯前奏深深刻在了我的心上，以及那似乎是受贝斯蛊惑才唱起的"这个人人都学会了恶的世界"的歌词，现在听来还是很厉害。容我在这里写一下歌词。

废墟上的鸽子
山上路夫作词　村井邦彦作曲

这个人人都学会了恶的世界
我们建造的乐园
崩坏　虚妄地崩坏

没有人看见　废墟的天空
一只鸽子在飞
一只洁白的鸽子

事到如今　我们才知晓
生之喜悦

为了在这大地上
重建一个没有恶的纯净的世界
人们睁开了眼睛

事到如今　我们才知晓
生之喜悦

　　2011 年 3 月，我突然想起这首歌，想再听一听，于是
买了 CD。日本福岛核电站爆炸事件，让我茫然失措，无端
想起了这首歌。岸部一德的贝斯声部和音色果然出色，我品
味着这些，深刻理解了歌词的含义。原来这首歌的贝斯与歌
声，如此深藏于我的心底与记忆。或许这也构成了我对事物
的根本看法。小学的我自然不是因为想到这种深刻问题才被
歌曲俘获。但当年尽管只是个孩子，也会听到环境问题、学
生运动、越南战争等等。当时我听着这首歌，在让人迷醉的

吉他声中，或许明白了在面对社会问题时，我们也该拥有自己的思考。如今再看这句歌词"一个没有恶的纯净的世界"，我会认为，人嘛，稍微脏一点也没问题吧。但对小学生来说，它却直击心灵。对看到福岛核爆事件后的我来说，这也是在各种意义上让人泪流满面的歌词。不过这些理由全是次要的，最重要的还是老虎乐队和初恋吉田同学有关。

在我转到福岛学校半年后的小学四年级初夏，吉田同学就转学去了别的学校。所以毕业纪念相册中没有她的照片。她转学那天，吉田同学一家来我家告别。因为我们双方父母关系很好，她弟弟和我的两个弟弟又是同级同学，我们两家常有来往。但是那天只有我没去打招呼。我很害羞，既害羞又有些别扭，一直待在二楼的房间里不肯出来。吉田同学离开时，我偷偷地在窗边目送她离去的身影，想着可能再也见不到了吧。

多希望这就是初恋故事的美丽结尾。可惜这个故事并没有就那么美地结束。我那时候的样子，全被住在附近的同年级的捣蛋鬼和也君看见了。在吉田同学从我视线中消失的瞬间，和也君突然冲进我的房间，大声唱起都春美的歌："再见了，再见了，我喜欢的人……锵锵锵，锵锵锵。"他不断重复这几句。

"烦死了，我讨厌都春美，讨厌演歌，也讨厌和也君，讨厌吉田同学，讨厌你们。给我放老虎乐队的歌，用最大音量放，贝斯响起来！Julie[1]——Julie——"

1　泽田研二的昵称。

老虎乐队当年是代表日本的Group Sounds[1]。"Group Sounds"（简称GS）是个日文里才有的日制英文。

老虎乐队于1967年发行唱片《我的玛丽》出道，乐队成立之初的成员有泽田研二、岸部修三、加桥克己、森本太郎、瞳实。1969年加桥克己退出，岸部修三的弟弟岸部四郎加入了进来。岸部修三就是后来成为演员的岸部一德（参照第17话）。

第二张单曲《海边》，为他们在女性群体中赢得了爆发式的人气。他们不仅发表了无数热门歌曲，还派生了《老虎乐队　世界在等着我们》

（1968）等相关电影。但随着GS的人气衰落，老虎乐队于1971年在日本武道馆举行了解散演唱会。

解散之后，泽田研二和诱惑者乐队的成员组成PYG乐队，之后也有诸多个人活动。他以性感的形象和可谓乐队灵魂的声音，改写了人们一直以来的对歌谣曲的印象，成为日本流行乐历史上的重要人物。他多年如一日地活跃在一线舞台。直到最近（2017）他还以短发、蓄胡的形象举行巡演，成为话题人物。

老虎乐队曾多次以"同窗会"的名义再度复活。在2013年12月的演出上，此前一直拒绝音乐活动的鼓手瞳实也参与了这场演出，乐队成员时隔44年齐聚一堂。

收录《废墟上的鸽子》的专辑

1　日本20世纪60年代后半期以吉他为主、由数人组成的摇滚乐队种类。

《人类文艺复兴》（1968），是老虎乐队的第三张专辑，也是在此之前都只按套路出牌的他们显示出真正干劲的觉醒之作。这张概念专辑，甚至描写了神与人类相遇导致人类灭亡的深刻主题。从传统经典的曲风，到让人不禁想起吉米·亨德里克斯的音乐，这是一张包含了太多野心的专辑。值得注意的是，它还首次收录了乐队成员作曲的歌。可惜的是，专辑封面的英文写成了"Human Renascence"，着实令人遗憾……（多说一句，正确的拼写应该是"Renaissance"。）

第9话　我也曾是20世纪少年

世博会主题曲与太阳33

（1970年，小学五年级）

　　浦泽直树的漫画《20世纪少年》的主人公设定生于1959年，在1970年日本举办世博会时是小学五年级学生。我正巧也生于1959年，因此漫画中少年们的想法和行为，很能让我产生共鸣，正是我们那个时代的少年样貌。去不去世博会，是当年大家热烈讨论的话题。漫画中的少年上中学后，开始喜欢摇滚，终于有了自己的吉他。这也与我的经历如出一辙，看漫画时我不禁连连点头："对对，就是那样。"我是偶然在咖啡店里拿起了这部漫画的第一卷，然后就沉迷地看到了最后。

　　提到漫画，毫不夸张地说，我的小学是和《周刊少年Magazine》共同度过的。《明日之丈》《巨人之星》以及《天才妙老爹》都令我着迷。《闪光的风》《阿修罗》等就过于恐怖了，我都是战战兢兢读完的。《**男同男同7**》写实风格的色情画面与犯傻的漫画风格，让人欲罢不能。《**泰次的乱七八糟小鬼道讲座**》看得我也鼻血喷薄欲出。[1]《明日之丈》《巨人之星》描述的核心精神是：无论什么人，只要付出穷尽人类智慧的努力和功夫，就能成为世界之王，就能生出魔幻之球，而代价却是本人的灭亡。真的太酷了。我一方面憧憬这样的故事，另一方面又受到《天才妙老爹》中笨蛋中年人的超现实主义生存方式的影响。他经常把"这样就可以了"挂在嘴边，笑嘻嘻地做出不合常识的事，总是乱来，这样的人生态度给我们的世代带来了巨大影响。对了，我一直觉得《明日之丈》比《巨人之星》帅气得多，后来才知道这两部漫画的作者居然是同一个人。我现在都记得知道真相后自己那微妙复杂、难以形容的震惊之情。在那之前，我们人生的中心就是忍者、机器人、怪兽，小学五年级时或许通过《明日之丈》《天才妙老爹》稍稍窥见了大人的世界吧。我们终于不再想成为009，看电视上重放的《**铁甲人**》也不再像一年前那般心跳不已了。

我们就是在这样的少年心境下迎来了世博会。在那之前，

1　这部漫画里有主人公看到女生内裤就会流鼻血的梗。

福岛第一小学五年级二班。我在第一排最右边。

未来呀，机器人呀，对我们来说都只是漫画或电视中的产物，而那时现实世界却仿佛在对我们说："未来、机器人，都不是假的哦……"我们这些傻男孩，当然兴奋不已。兴奋归兴奋，可悲的是福岛距离举办世博会的大阪十分遥远。可能有人要说乘新干线很快就到了，但当时只有东海道新干线，而东北新干线、东北自动车道¹连影子都还没看到，对我们来说大阪就是同国外一样遥远的地方。

　　"妈妈，妈妈，暑假大家一起去世博会吧。"

1　日本最长的高速公路。

当年可能不止我们家，几乎所有的男孩都曾经不止一次地缠着父母去大阪，我也很执着地要求过。

但是，班上真正去成的只有两家。我家自然不在其中。母亲不知道从哪里听说了"排好几个小时的队就为了看一块石头""好几百日元一份的咖喱难吃得要命"等诸如此类的消息，认定世博会在电视上看看就好。

然而我们还是无法停止对世博会的向往。邻居小都去过世博会，我们往他家跑了好几次，看他带回来的宣传册、照片，一边听他说着见闻，一边心驰神往。比起排好几个小时的队看一块月亮上的石头，我们更感兴趣的是可以自动清洗身体的"洗人机"、可以自动移动的人行步道。我们想象着未来每个家庭都可以装上自动写作业机什么的，真心觉得我们的未来好像还挺光明的。

大人的兴奋劲也不亚于孩子。连我们班主任都说："很快算盘就会从世界上消失，家家户户都会有一台电子计算机。"听了这话，我立马就不再去算盘补习班了。或许将来真的会是一个《铁臂阿童木》里那般的世界……那届世博会，不仅是孩子，大人也这样觉得。就在差不多同时期，福岛县双叶町开始建造东京电力福岛第一原子能发电所。当时还是孩子的我，对此一点印象都没有，可能比起世博会、《明日之丈》，原子能发电所什么的根本无关紧要。

世博会上，**泽纳基斯**来做了音乐，还有很多世界上非常厉害的音乐家也来日本举办了演出，但当时的我对这些也完全不感兴趣。提起世博会的音乐，我只能想起**三波春夫**唱的《万博音头》。

"你好，你好，全世界的人们。"

现在听来歌词很棒，充满希望，何况还有**中村八大作曲**，是一首能让人充分感受日本美好的歌曲。当时却觉得是首有些土气的怪歌。世博会明明都在展示月亮上的石头啦，洗人机啦，怎么到了主题歌就如此陈旧了呢？人类真的能制造出机器人吗？电子计算机真的能普及到千家万户吗？——没能实地去世博会的我，听到这首歌不由得怀疑起来。

43 年后的 2013 年，在大阪世博会旧址，以音乐人PIKA★为首举行了独立音乐节，名为"太阳33"，汇集了数千观众。对我们来说，这像是在回应 2011 年 8 月在福岛的四季乡举行的"福岛音乐节"。

活动场地内有一个手工搭建的舞台，舞台中央有一个高台，也是手工制作感十足。高台上有太鼓、架子鼓，参演者中既有嬉皮士打扮的年轻人，也有中年人、小孩，大家自由地敲着太鼓，围着高台转圈。

远处可以看见太阳塔。当年我那么想去的世博会场，在43 年后终于来了，而家家户户都有了电子计算机。现在是每个家庭拥有不止一台电脑的时代，大家的口袋里都有智能手机，虽然还没有人工智能的朋友，但已经足够有"未来感"了。

我看着PIKA★他们像嬉皮士一般的舞蹈，想到这就是我们曾梦想过的21世纪啊，笑得停不下来。我在心中哼唱起了《万博音头》，我很想告诉当年那个上小学五年级的自己——虽然没有自动写作业机，你们的未来，也就是眼下这个现在，尽管发生了大地震，尽管有核爆事故，但你看啊，我们居然在世博会的会场举办了自己的音乐节，未来充满光明哦！

浦泽直树的《20世纪少年》是从1999年到2006年间在《周刊大漫画精神》上连载的大热作品，讲述了过着平凡生活的便利店店主贤知身边接连发生的奇异事件。贤知发现，这些事件和自己小时候与朋友玩耍时制作的《预言之书》上的内容相吻合。

千叶彻弥的《明日之丈》（1967—1973）、川崎伸的《巨人之星》（1966—1971）两部漫画的原作都是梶原一骑（前者使用的是笔名高森朝雄）。《明日之丈》讲的是拳击，《巨人之星》讲的是职业棒球，虽是不同领域的竞技体育，但都是让少年们血脉偾张的热血体育题材长篇。特别是《巨人之星》，一度引起"体育精神"的盛大浪潮。

《天才妙老爹》（1967—1978）的作者赤冢不二夫，也是无厘头搞笑漫画《阿松》的作者。前者在极端的道路上走得更远，是一部丰碑式的作品。《天才妙老爹》是围绕傻鹏一家展开的家庭故事，但后来却一反漫画的常识与套路，进化成颠覆性的虚构搞笑漫画。

后来以《搞怪警官》风靡一时的山上龙彦创作的《闪光的风》（1970）是一部极度严肃的作品，描述了军国主义复活下的恐怖日本。乔治秋山的《阿修罗》（1970—1971）以平安时代末期的日本为舞台，描述了不知爱为何物、在如同地狱般的乱世中生存下去的少年的故事。因为漫画中涉及吃人肉等残酷描写引起极大争议。

源太郎的《男同男同7》（1970—1971），是讽刺漫画的先驱。漫画式画风与写实画风，在同一作品中毫无脉络地同时存在。现在看来也很新鲜。谷冈泰次的《乱七八糟小鬼道讲座》（1970—1971）将无厘头、对社会现实的讽刺、夸张的描写融为一体，是备受好评的搞笑漫画。其中，掀裙子看到女生内裤会高呼"喷鼻血"、夸张造型的Muji鸟叫着"早！"等段子，在大人中也很流行。

这个时期全日本最流行的话题，

自然是**世博会**，这届世博会以"人类的进步与和谐"为主题，1970 年 3 至 9 月期间在大阪的千里丘陵举行。这是日本向世界展示"二战"后经济复苏取得惊人成果的一大盛典，有 77 个国家参展，总入场人数超过 6400 万人。

苏联馆、瑞士馆、绿馆、住友童话馆、燃气展馆等，这些仿佛来自未来的建筑物排列在一起，委实壮观。其中尤其给人强烈印象的当数耸立在活动广场的"太阳之塔"，设计者是艺术家冈本太郎。尽管也有"太阳之塔是反世博会精神的"这一说法，使它受到不少批判，但至今只要提起大阪世博会，人们必定会想起太阳之塔。

当年的大阪世博会，还有众多现代作曲家参加。**泽纳基斯**就是其中一员。他基于数学理论的作曲法十分有名，在世博会上发表了名为《响·花·间》的曲子。此外还有现代音乐界的明星卡尔海因茨·施托克豪森，以及日本的武满彻、高桥悠治、黛敏郎、汤浅让二等人提供了作品。

大友先生写到的**《万博音头》**是世博会主题曲，正式名称为《来自世界各国的你好》（作词岛田阳子，作曲中村八大。有《三波春夫　精选集》[2008] 等版本可以入手。本页的照片是《三波春夫精选 & 精选》[1989]）。令人感到亲切的旋律配上三波春夫开朗的歌声，一时脍炙人口。追溯发售这首歌的 1967 年，有七家唱片公司竞相推出了坂本九、吉永小百合、山本琳达等人的版本。除了这首主题曲外，其实还有真的名为《万博音头》（作词三

宅立美，辅助作词西泽爽，作曲古贺政男）的歌。听起来有点绕吧。

"太阳 33"是以 Afrirampo 乐队的 PIKA★ 和 Macarthur a contti 乐队的 achako.please 为中心，为振兴都市而举办的项目。2013 年 3 月 3 日在大阪万博纪念公园举行了"太阳感谢祭"。主旨是面对 2011 年 3 月的东日本大地震以及福岛核泄漏事故，重新审视艺术——包括搞笑表演在内——所包含的种种能量。采取自由票价入场的机制（入场者自己决定给多少钱）。当天有各行各业的人来到会场，举办了交流会、放映会、游行、自行车发电等种种活动，到场人数超过 2000 人。该项目的执行委员会于 2013 年 11 月解散。

第10话 事件只发生在显像管中

深夜播放、浅间山庄事件，以及札幌奥林匹克

（1971—1972年，小学六年级）

　　我成了小学六年级学生。好不容易在小学五年级的班级变得开心起来，结果班级又调整了。我有点喜欢的远藤同学被分去了别的班。和我要好的男生，除了和良君以外也都去了别的班级。偏偏我应付不来的S君和K君都还在。真是让人不爽啊。这种时候我进入了发育期，好巧不巧，开始长胖了。

　　如果只长个子也就算了，唉，我的成长方式总是有点半吊子，令人遗憾。怎么看都不像样。本来就很不擅长体育，长胖以后就更难运动了，"单杠翻身"自然是做不来的，连跑步也总是最后一名……总之，迟钝得很。学习也没什么意思，于是去上学成了件郁闷的事。

　　或许因为这些，六年级以后我就很少出去玩。虽然完全想不起是怎么开始的，我会瞒着父母装作在房间里睡觉，其实是戴着耳机听便携式收音机。晚上九点左右，能收到世界各国的电波——在俄语、汉语、朝鲜语等各种语言的交错中，既有绵绵不绝、咒语般的电波（现在想来应该是朝鲜的间谍台），也有其他国家的人做的日语节目，还有像摩尔斯密码一样的神秘电波。一个孩子，在闻所未闻的异国音乐中，体会到了奇妙的违和感。尽管如此，从未去过的异国让人神往。在那个还看不到互联网影子的时代，只要转转旋钮就能和世界连接，这让12岁的少年雀跃不已。

来自异国的神秘电波固然不错，但我的首选还是东京广播的深夜节目。它让我感受到了令人怀念的横滨的芬芳气息。深夜听东京的节目，也是因为当时的福岛没有深夜电台。从遥远之地传来的、满是杂音的深夜广播令人沉迷。我最初听的是龟渊昭信、齐藤安弘、糸居五郎的《**日本夜未央**》。当时的深夜节目不仅有谈话，还穿插很多音乐。似乎从那时起，广播节目里的音乐不再只有歌谣曲，还会有意识地放一些西方音乐。人们逐渐意识到歌谣曲之外在日本也有流行乐。虽然还没有在电视上出现，但受年轻人支持的音乐确实存在。

在新宿有了 folk guerrilla[1]，还有了被称作"地下"的世界，在小小的房子里、地下室一般的地方，着装怪异的人们，做着形式怪异的活动。社会上的年轻人似乎都在愤怒。他们游行，和机动队发生冲突，遭受催泪弹袭击，新宿、御茶之水等地被学生们占领。姓三岛的小说家冲入自卫队切腹，日本军的部队被发现潜伏在南方小岛上几十年之久……对小学生来说，尽是些不能理解的事，而民谣、摇滚就是在这样的时代背景之下，掺杂着杂音，在广播中从彼岸向我袭来，引起新的回响。

我最初喜欢上的是**梅兰妮**、**卡朋特**。卡朋特的音乐直到现在我偶尔还会听，梅兰妮则是我现在写稿时突然想起的名字，那以后再也没有听过。虽然很想立刻在 YouTube 上搜来听一下，不过我此刻正在从马尼拉飞往羽田的飞机上，所以也没办法搜。记忆中她是美国还是哪儿的民谣歌手，不知道我记忆是否准确。啊，说起女性民谣，时代可能是那之前或之后，广播中出现了**本田路津子**、**贝琪和克丽斯**、**新谷则子**、**卡门·马基**以及**红鸟**，西方音乐则有**卡萝尔·金**。对小学生的我来说，那时还处在迷上艰深音乐的前夜，只是有意无意

1　日制外来语。是"民谣"（folk）和"游击战"（guerrilla）两个词的组合。指用学生和市民组织等在车站广场前演唱反战民谣歌曲为主要形式的活动。后来在东京新宿西站广场的集会者超过一万人，政府出动了机动队逮捕示威者。

地听着这些吹着时代之风的音乐。

对了，这个也必须写一下。差不多同时期，我开始自己制作收音机。因为父亲曾是电气技师，他给我买了《做收音机的方法》之类的书，家里有电烙铁、钳子、剪钳之类的工具，真空管、电阻、电容器等配件也随处可见。我就边看边模仿着制作出了收音机。我做的性能上比成品要差得多，但听到自己亲手做的收音机发出声响，还是特别开心。不知不觉间我就会读电路图了，也渐渐明白了收音机的构造。那时当然没想到这些会在我今后的人生中起到决定性的作用。

同时期还有两件令人难忘的震惊全民的大事件：札幌冬季奥运会和浅间山庄事件。冬季奥运会与**托瓦·艾·莫尔**[1]的《**彩虹与雪的叙事诗**》一起留在了我的记忆中。浅间山庄事件那次，学校还中断上课，老师和学生们一起观看了教室电视里的直播。冬季奥运会的时候，学校好像也中断上课看电视了吧。在那之前一直处于社会边缘的民谣，居然成了札幌奥运会的主题曲。这让我有点意外。我还很不知天高地厚地想道："终于不再像大阪世博会那样用很土的歌了，这才

---

1 由山室英美子和芥川澄夫组成的日本民谣组合。组合名原文是一句法语，意思为"我和你"。

是属于当下的音乐嘛……"那时的我，对社会不抱任何想法，只是一味接受着各种耀眼的信息。在电视中，我看到警察用巨大的铁球摧毁山庄墙壁突围，紧张地咽下口水；看到跳高选手笠谷获得金牌；对摔倒后还露出笑容的花样滑冰选手奈特·琳恩心动不已。

这些虽说都是国民大事件，但对我们来说，终究不过是显像管另一端的事。要说有什么是真正发生在眼前的，就是我们男生玩起了模仿冬奥会转播的解说名台词"跳了！笠谷决定性的一跳！"的游戏。有一次，我们在学校中庭堆出来的雪山上蹦蹦跳跳玩得正欢，结果不小心撞到了石灯笼，把石灯笼都撞碎了，被老师狠狠训斥了一顿。令人激动的大事件都发生在显像管的另一端，对我们这些小屁孩来说，似乎毫无瓜葛。我们就这样迎来了小学毕业。

---

* 下文专栏的照片，其实是我小学六年级买的《彩虹与雪的叙事诗》（1972），也不知道为什么封面皱巴巴的。

本章也有许多值得一提的人和事，重点讲一下音乐领域吧！

梅兰妮指的是创作型歌手梅兰妮·萨夫卡。没想到大友先生会首先提到她。她曾参加过伍德斯托克音乐节。独特的沙哑磁性嗓音是她的魅力所在。《全新的钥匙》曾获得全美最热单曲排行榜第一名。

卡朋特是留名世界流行乐史的兄妹组合。哥哥理查德是键盘手，妹妹卡伦担任主唱（初期也担任鼓手），贡献了《靠近你》《我们才刚开始》《昨日重现》《世界之巅》等众多热门歌曲。1983 年，卡伦因神经性厌食症引发的心脏麻痹去世。理查德则直到今天还在进行音乐活动。若有兴趣，大家可以听一下他的《40/40》（2009）。

本田路津子在 1970—1975 年间，发表了《明明不是秋天》《侧耳倾听》（1972 年 NHK 晨间剧《青出于蓝》的主题歌）等歌曲，成为与森山良子齐肩的具有代表性的民谣歌手。现在作为福音歌手活动。

贝琪和克丽斯是一支女性民谣组合。贝琪来自夏威夷，克丽斯来自爱达荷州。她们的出道歌曲是《白色是恋人的颜色》（作词人北山修与作曲人加藤和彦，也是一对民谣搭档）。她们备受好评的是极富透明感的歌声，长时间受到欢迎。1969 年，她们作为"夏威夷之声"的成员来到日本，之后被星探发掘。出道时两人都只有 17 岁！ 1973 年暂停活动。

新谷则子是以卖出了 80 万张的单曲《弗朗西尼的场合》而闻名的歌手。这首发表于 1969 年的歌曲，讲述的是因越南战争、尼日利亚争端等事件而痛心的弗朗西尼·蕾康特，在巴黎焚身自杀的事件。当时新谷则子本人也积极投身于学生运动，至今仍活跃在社会运动及歌手两个领域。

卡门·马基是剧团"天井栈敷"出身的歌手。1969 年演唱寺山修司作词的《有时像没有母亲的孩子》，大受欢迎。也曾上过红白歌会，之后转向摇滚乐。于1972年成立的Carmen Maki & OZ乐队，后来成了代表日本的摇滚乐队。这支乐队于1977年解散。马基如今也仍继续着音乐活动。

红鸟是1969年成立、1974年解散的民谣乐队。1969年他们在雅马哈轻音乐竞赛中，力压Off Course乐队和郁金香乐队而胜出，实力非凡。美妙的和声配合是这支乐队的特色。《竹田的摇篮曲/给我翅膀》创下了销量破百万的纪录。《给我翅膀》后来频频出现在合唱曲以及其他音乐人的翻唱中，成为超越时代的名曲。红鸟在解散后，分成纸气球、Hi-Fi Set、蜂鸟三个乐队，各自开展活动。

卡萝尔·金是流行音乐史上无法忽略的美国创作型歌手。她于1958年作为歌手出道，和第一任丈夫格里·戈芬共同创作了《动起来》等名曲。自20世纪70年代起，她正式作为创作型歌手开始音乐活动。第二张个人专辑《挂毯》（1971）获得格莱美的四项大奖，在美国专辑排行榜上连续15周获得周榜冠军，之后的约六年间也一直占据销量前100名的宝座。

托瓦·艾·莫尔是山室英美子（现随夫姓白鸟）和芥川澄夫的组合。两人原本各自单独活动，后来受渡边工作室邀请，于1969年成立组合。他们贡献了《天空啊》《没有人的海》以及札幌冬季奥运会的《彩虹与雪的叙事诗》（这张单曲居然是大友先生用自己的零花钱买下的第一张单曲！）等热门歌曲。他们在 1973 年解散，之后山室继续单独活动，芥川活跃于独立歌手、制作人等众多领域。两人于 1997 年再度成立组合。

第11话　为什么必须剃和尚头

暴龙乐队、永山君、校规

（1972 年，初一）

终于到了这个时刻。若将我 57 年来的人生最黑暗的时光做个排名，接下来终于要讲到的这个时期绝对能挤进前三。我总是在各种场合说我讨厌福岛，太讨厌所以就跑出来了。毫不夸张地说，半数理由就在这里。对，事件不再发生在显像管里，是近在身边了。

小学毕业后的春假，我们这些将要升上福岛市立初中的男生，都必须剃成和尚头。21 世纪的今天，福岛市已经没有这个习惯了，可能全日本都没有了，如今也就只有棒球部才会要求剃光头吧。还是说时至今日，就连棒球部也对发型不做要求了呢？我不太了解。但在 1972 年的福岛市，男生却必须人人剃光头。如果这都不算大事件，还有什么算是呢？和这比起来，浅间山庄、三里冢斗争、小说家的切腹自杀、札幌的冬季奥运会，都不过是遥远的存在罢了。

到了小学六年级第三学期，眼看就要升初中时，我特别渴望留头发。既然要留，就留到肩膀那么长，最好是弄成金色卷发。但当时并没有那种发型的小学生，话说回来，现在也没有吧。说到底，那发型本来就不适合我，我当然也没有那个勇气。不过是在内心期盼着，等待头发留长的那一天。但只是等待终究让人不爽，最后我坚持到了初中开学的前一天。当时的心情就是想留长发，哪怕再长 0.1 毫米也好。后颈的头发已经长了 2—3 厘米，光是这样都觉得高兴。这点微弱的抵抗，是我人生最初的反抗运动！

我以为班上的诸位男生，一定和我是同样的心情。但令人吃惊的是，却没有人对此有任何共鸣。我还以为我们都是抵抗剃头运动的盟友，这让本来就朋友不多的我无所适从。

初中入学典礼那天，我生平第一次穿上立领的学生服。按说这是一个令人高兴的时刻，但我却心情暗淡。看到镜子里的自己像军人般的立领上面，杵着一颗圆圆的和尚头，真叫人绝望，我哭都哭不出来。想着至少遮一遮和尚头，我试着戴上学生帽，却怎么看都是一副战时的装束。我无法理解，世间已经有了民谣、摇滚这些如梦如幻的事物，新宿的年轻人留着长发在扔石头，为什么我要穿得像个要当兵的人？

我不情不愿地去了学校，发现那里尽是一些看起来很成熟的家伙，像是隔壁小学毕业的永山君、高桥君。我很快就和他们打成一片。中学一个年级就有 400 人，比起小学生，这里的学生更加形形色色。和他们混熟了以后，我虽然依旧讨厌和尚头，但总算又有了活力。高桥君自然也是和尚头，但唯独将后颈（领子上方那一块）的头发微妙地留长了一点。那长度刚刚好不会被骂，这让我觉得这家伙真能干。永山君当时应该是学年委员长，并且会弹吉他、听摇滚，我被他的魅力俘获。他有一个哥哥，受哥哥影响他在音乐上比同龄人都更成熟。

我在永山君家用立体声音响大音量地听过**暴龙乐队**的**《纯金易动》**，这首歌给我带来极大的冲击。记得高桥君也一起听了。当时高桥君才初一就有了女朋友，并且已经实现了人生初吻，是我们中的最强早熟小鬼。

"锵锵锵锵锵，嘿嘿嘿！锵锵锵锵锵，嘿嘿嘿！"

——《纯金易动》中电吉他前奏的"锵锵锵"，以及他们一直在喊的"嘿嘿嘿"，有种不羁之感。这在我们这些留着和尚头、穿着立领学生服、一眼看去规规矩矩、全无不羁之感的 12 岁少年听来，无疑是最帅气的音乐。

第一学期的期中考试，不知道为什么我的成绩居然位列全班第一，在全年级也考到了第三还是第四名。永山君和高桥君也取得了相当不错的成绩。除了音乐和体育之外，我第一学期的科目几乎都是五分满分。不过呢，写这个有自吹自擂、招人嫌的感觉，但读者诸君大可放心，这就是我的人生巅峰了，正如诸君想象的，那次之后我成绩急速下降，后来就全是下坡路了。高桥君也和我一样。永山君直到最后成绩都很好。

有一次，我偶然翻了翻学生手册，发现上面并没有任何有关发型的明文规定。不管怎么看，都没有说一定要剃和尚头。里面事无巨细，针对制服、女生裙子的长度、女生发型，都有书面规定，唯独对男生的发型未着一字。可为什么我们却剃着和尚头呢？我就直接去和老师交涉。可能因为那时我成绩好，老师对我的态度一直不错，我就有点得意忘形了。我直截了当地说出了自己的想法。然而在发型这点上，我依然没有获得班级男生的认同，高桥君是什么想法我已经不记得了。总之，这件事最后成了我的个人行动。和我关系好的同学都说"这也是没办法的嘛"，甚至有很多人觉得和尚头挺不错的。这对我来说真是个打击。尽管如此，因为我太讨厌和尚头了，所以找班主任说了好几次。班主任那儿没反应，我甚至还去找了校长。我也和父母商量过，父亲认为原本强制男生剃和尚头就不对，因此很支持我，这让我更加不知天高地厚了。这件事的最终结果我已经不记得了，印象中似乎是校长几句花言巧语就唬住了我，事情就那么不了了之，以我的完败告终了。班主任还为此生气地教育我说："就因为你总是在说这些事，成绩才会下降的。"（这是偷换概念啊老师！）不过，我当时认为自己绝对没错，还暗自发誓：哪天等我长大了，一定要跟他们好好说说这件事……

40多年过去了，如今我还在不厌其烦地写这件事。二〇〇几年我重归故里，却发现市内已经看不见剃和尚头的中学生了。在街上找人一问，对方竟然说"啊，说起来过去是那样呢"。

真是让人不甘心啊。我好不容易成了大人，能表达自己的意见了，世界却根本不用我说就已经变了。唉，算了算了。可如果是这样的话，那时为什么非要剃和尚头不可呢？那时我是真的很讨厌、很抗拒，简直生无可恋。可能就因为如此，我才会一蹶不振，一味听着摇滚乐和深夜广播。比起学习，我更热衷于给广播电台寄明信片、打电话点歌。我还做出了性能不错的收音机。我家房顶上装了天线，在深夜听东京的广播电台完全成了我的习惯。初一的第二、第三学期，我的成绩不断下降，在初一结束时，我终于彻底成了问题少年，不过那是后面要讲的内容了。

给大友少年带来冲击的**暴龙乐队**，是 20 世纪 70 年代前半期大受欢迎的华丽摇滚乐队。马克·博兰是队长兼主唱也是吉他手。乐队一开始叫作"Tyrannosaurus Rex"，发表了有些另类的民谣作品。博兰的声音性感摇曳，歌词仿佛在梦一般的世界中彷徨，再加上鼓手史蒂夫·波特的鼓声，形成了他们独特的乐队风格。1970 年，他们引入了电吉他，鼓手成员也从波特换成了米基·芬

恩，乐队名变成了缩写的"T.Rex"，演奏上加入了贝斯和鼓，演奏变得更有张力。（外形包装上也采用了更为华丽的造型。）博兰是少年们的偶像，以华丽摇滚的旗手闻名。他发表的单曲几乎首首都成为热门歌曲，畅销专辑有《电子英雄》（1971）、

《滑动》（1972）等。后来因大卫·鲍伊、罗西音乐乐队等的活跃，华丽摇滚引发了热潮。

《纯金易动》是暴龙乐队于 1972 年发表的第八张单曲。它在英国的流行排行榜上获得了第二的成绩。朗朗上口的旋律与无厘头的歌词，是这个时期暴龙乐队的特征，加上博兰那极具魅力的外形与独特的歌声，他们的作品散发出异乎寻常的芬芳。这首歌没有收录到原创专辑中，只能在《大热点》（1973）等精选集中听到。（这个时期他们连续发表的许多单曲，都没有收录到专辑中。）

华丽摇滚的热度在 1974 年后急转直下，暴龙乐队也人气跌落，博兰仿佛回到了过去无人问津的状态。1977 年 9 月 16 日，离他 30 岁生日

仅剩两周时，就像他歌里预言般唱到的那样，"我可能活不到 30 岁"，博兰死于交通事故，他就像彗星般划过了世间。

第12话　最初的即兴演奏

卡朋特《靠近你》

（1972年，初一）

我最初的即兴演奏始于何时呢？若能说是高中时听到阿部薰或德里克·贝利开始的，那该是何等帅气的佳话。事实却并非如此。

故事要从初一的暑假说起。

自从我转学到福岛，每年暑假会有近一个月的时间，和家人一起在横滨的母亲的老家度过。这已经成了一种习惯，每年我都很盼望过去。虽然几年前老家造了新房子，小时候的那种周末聚会已不复存在，但能和亲戚家的孩子一起玩耍也让我很开心。

可是，初一的暑假却令我极度郁闷。因为被亲戚们，特别是其他小孩，看到我的和尚头，实在是太屈辱了。最初我试图戴帽子把这事混过去，但因为晚饭时还戴着帽子吃饭会被大人骂，最终只能露着光头。我整个人都蔫了，连门都不想出，整日窝在房间里。

在此窘境之下，是收录机抚慰了我的心灵。那是家里为了庆祝我升上初中给我买的一台黑色的索尼收录机，我总是抱着它。在当时，收录机是最时新也是中学生最想要的电子设备。搭配这台机器的，是一只跟头差不多大、同样是索尼产的黑色耳机，这也是大人买给我的。那时，我总是把耳机插在收录机上，听着广播或录在磁带里的音乐。有时边走路边听，有时是在乘车的途中听。在列车里戴着这样一个夸张的耳机，就会经常被搭话："小哥，你在听什么呢？"

那时距 Walkman 问世还有几年。估计没有什么别的人会走在街上或乘列车时拎着收录机、插着巨大的耳机，可能当时的我就是个让人感觉怪异、剃和尚头的中学生吧。

要问我当时用磁带录了些什么，自然是录电视或广播里播放的音乐了……说白了就是唱片太贵了，所以用收录机录下来听。除此之外，我还要用它来录下我们自己的声音。

那段时间，不想出门的我，琢磨起有什么可以让大家在室内一起玩耍的项目。于是拥有收录机的我，就和双胞胎弟弟、表兄弟姐妹一起组成了乐队（正确说应该是类似乐队的东西），开始用收录机录音。我们搜集了各种乐器——客厅里有小我 6 岁的表弟的立式钢琴、舅舅曾在聚会上弹过的吉他，还找来了孩子们在音乐课上用的口风琴、口琴、竖笛，以及旧的玩具钢琴和太鼓。我们还用平底锅、纸箱之类的组合成了类似架子鼓的东西。总之，有那么点乐队的样子了。

铁甲人、鬼太郎、明日之丈、奥特曼……大家一首一首地演唱这些知道的曲子，不，是一起吼，乐器也是随便弹。和弦、调音什么的完全不懂，只是一味地在乐器上弄出声响。乱弹乐器，加上公鸭嗓子。这样录完以后，大家边听边咯咯笑个不停。这就是我记忆中最初的即兴演奏，也是我最早有意识地做录音。

不过孩子总是很容易对一样事物厌倦。那时候参与录音的孩子除了我，其他都是小学生，因此根本玩不了几天。随着演奏越来越激烈，唱歌也成了比赛谁声音更大，大家很快就厌倦了这个游戏。60分钟时长的磁带里，留下的是走调的歌声和乱七八糟的演奏，少年少女们的"即兴噪音乐队"就这样自然地走向消亡。并且大家很快就忘记了这件事，各自忙着捉虫子、去附近的游泳池游泳、去后山玩耍什么的了。

至于我，虽然也同样厌倦了即兴演奏和录音，却也不再是热衷捉虫子的年龄，加上讨厌外出，也没兴趣和他们一起去泳池，只好一个人留在家里戴着耳机听音乐，顺便看家。那时，我收录机里播放的是**暴龙乐队**的《纯金易动》、卡朋特的《靠近你》《下雨天和星期一》、保罗·麦卡特尼 & 羽翼合唱团的《007/你死我活》、披头士的《永远的草莓地》《露西在缀满钻石的天空》等等。暑假结束后，我回到福岛，磁带里之前录下的大家的即兴演奏，已经被新录的广播里的**奶油乐队、吉米·亨德里克斯**的音乐覆盖，少年少女们的"即兴噪音乐队"已踪影全无了。

本章一开始就提到了阿部薰和德里克·贝利，不过因为他们还会在后面出现，所以先按下不表，请读者们稍微等待一下！

大友先生写到的有关收录机的兴奋心情，对经历过连录音机都属于稀罕事物的时代的年长者来说，确实会心有戚戚吧。自己录音是值得怀念的体验。和喜欢音乐的大友少年一样，当时喜欢音乐的孩子们会将广播里的歌曲录下来，这叫作"Aircheck"[1]。

那么，当时的大友少年的磁带里录的都是些怎样的音乐呢？

第 10 话中也略微提及的卡朋特

的《靠近你》是后来大友先生经常会在广播节目中播放的一首名曲。这首歌极具透明感，作词是哈罗德·莱恩·戴维，作曲是伯特·巴卡拉克。卡朋特的版本发表于 1970 年，成为全美热门曲第一名。原英文歌名是"（They Long To Be）Close To You"，翻译过来是《（她们一直盼望着）靠近你》。可能有人会觉得，这首歌很大程度上受 20 世纪 70 年代少女漫画的影响，但其实最初录制它的却是一名男性——演员乔治·理查德·张伯伦。他的版本听起来略显呆板。对比听过两版的人，可能会惊讶于同一首歌不同演绎版本之间的巨大落差。

《下雨天和星期一》是卡朋特 1971 年发表的单曲。作词作曲分别

---

1 将电视、广播中的影像、音乐录下来，事后回放、回听。

是卡朋特兄妹喜欢的保罗·威廉姆斯和罗杰·尼科尔斯。这对词曲人组合还为他们创作了《我们才刚刚开始》（1970），这首歌现在仍是美国婚礼上的保留曲目。

保罗·麦卡特尼＆羽翼合唱团《007/你死我活》是同名电影（1973）的主题曲。这是一首在动静之间张弛有度的名曲，也是羽翼合唱团演唱会中的高光曲目。

披头士的《永远的草莓地》和《露西在缀满钻石的天空》都发表于1967年，两首都堪称约翰·列侬的杰作，令听众进入充满幻觉的异想世界。

第13话 裸体冤案事件

埃默森、莱克与帕尔默

（1973年，初一）

"大友，你过来一下！"

初一第三学期的某天，放学后，班主任松本突然把我叫到生活指导室。

啊，对了，就算事出有因，我也不该直呼班主任的姓，真是失礼了，订正：松本老师。松本老师人不坏，但不知为何跟我就是合不来。

指导室里只剩下我跟松本老师两个人。

"这是你画的吧。"他拿出一张A5纸，上面用拙劣的笔触画了女性的裸体，旁边的对话框里写着"我喜欢××君哦"。

什么呀？这自然不是我画的，我可没见过这么拙劣的画。真不明白为什么老师会想到我，他居然认为我会画这么拙劣、幼稚的画，简直是在侮辱我。想到在旁人眼里我是会做出这种幼稚把戏的人，我当然很不开心，当时的我自认为已经是大人了。

"不是我，我画得比这好。"

我从书包里拿出笔记本，给老师看我画的明显技巧更高超的、长发迷幻摇滚乐队的肖像画。我态度坚决，我可不希望别人以为我画画那么差，想着这总可以洗清嫌疑了吧。谁承想却适得其反（现在想来也是理所当然，那时我比自己以为的要幼稚得多），涂鸦的笔记本被没收了，我还被带到了老师的办公室。在笔记本上乱涂乱画本来就是个问题，再加上里面还有女孩子的肖像——这恰恰提供了有力证据，老师更加相信那张拙劣的裸体图是我画的了。办公室的其他老师也被卷入了这场公案。最后一切都算到了我的头上。

我反抗了，因为毫无道理嘛。

"我才不会画这么拙劣的画呢！"

我如是强调，不断向老师说明我的涂鸦水准，再怎么画也不会画成那个样子……

后来，松本甚至还去了我家，事态一再恶化……不管我说什么，他都不听。现在想来，难得的是父母都相信我，没有指责我一句。和尚头事件那次也是如此。这可能是我唯一的救赎。

我本来就成绩下滑，又因头发的问题和老师起了争端，沉迷摇滚乐，在笔记本上画些神秘的速写，经常和高桥君勾搭在一起在教室后面吵吵嚷嚷。如今想来，对班主任来说，我确实是个大麻烦。他肯定也很愁到底要拿这个学生怎么办才好。松本君，直呼你姓真是对不起了！当年你肯定也很不容易吧。不过啊，那画真不是我画的，现在想起这事我还是很生气呢。

那次之后，只要是松本老师的课，我连课本都不打开，就那么一直瞪着他。松本老师肯定也不好受吧。初一快要结束时，他终于服软地对我说："那应该真的不是你画的。"

我却没能温柔地回给老师一句好话。

那段时间，我和永山君开始借唱片来听，其中就有**埃默森、莱克与帕尔默**的专辑**《地狱尸骸》**，这应该是我听到的第一张电子合成乐专辑。在 21 世纪的今天这般形容，也未必能有人理解——那是一种我们此前从未听过的、令人有些飘飘然仿佛要被吹起来的、富有未来感的音乐，让我们觉得非常厉害。当年 NHK 为数不多的摇滚音乐节目中，有一档叫作《新音乐秀》，里面也有过埃默森、莱克与帕尔默乐队出场。电视上的基思·埃默森被有一堆按钮的电子设备包围着进行演奏，这已经够酷的了，后面他居然还拿出刀去刺哈蒙德风琴，又把琴整个翻过来弹奏……现在看来，不过是些唬孩子的把戏，可对当时的我来说，真是足够暴力了。我在心里喊着"刺呀刺呀！全都毁灭吧！"，上头得很。我也好想拥有一台有一堆按钮的电子琴，太想要了，好想把这样一台乐器弄得乱七八糟。

但凡参加什么电视节目，我总是会说**吉米·亨德里克斯**是我喜欢上噪音音乐的契机。我真正迷上这种音乐，确实也是因为（初二还是初三）看了他在蒙特利流行音乐节上的演出影像。但其实，最开始让我深受震撼的却是基思·埃默森，那是我第一次看到有人在舞台上破坏乐器。我觉得自己这样对外宣称的做法有点逊，这种心情又是为什么呢？可能是我觉得说契机是吉米，会显得帅气得多吧。我对埃默森、莱克与帕尔默的喜爱也就持续了半年左右，后来听他们的音乐就觉得有点幼稚了。听音乐觉得幼稚，这种心情又是怎么回事呢？……总之，在我开始觉得他们幼稚时，当时流行的**绯红之王、是乐队**引领的前卫摇滚彻底俘获了我，这是下回要讲的内容了。

埃默森、莱克与帕尔默（ELP）是前卫摇滚的经典代表乐队之一。前卫摇滚出现于 20 世纪 60 年代后半期，以扩大摇滚的表现方式为目的，融入古典、爵士、现代、民族等多种风格的音乐，吸收其体裁、构架方式等等，在此基础上创造出新的音乐样式，简称为"Progressive"。

前卫摇滚有很多歌曲的歌词都值得一读。进入 20 世纪 70 年代，朋克兴起后，这种音乐逐渐落后于时代，退去了热度。

ELP 是由基思·埃默森（原尼斯乐队成员）、格雷格·莱克（原绯红之王成员）、卡尔·帕尔默（原原子公鸡乐队成员）组成的键盘三重奏乐队。他们以电子合成器为特色，在此基础上吸收古典、爵士的风格，

成为风靡世界的人气乐队。再加上成员的外形都很有魅力，他们获得了堪称偶像级别的人气。青池保子的少女漫画《夏娃之子》（1975—1979）中就有以他们为原型创作的角色。

ELP 于 1970 年成立，很快就成为超级乐队。1971 年他们发表了备受好评的第二张专辑**《地狱尸骸》**，并在《旋律制造者》[1]杂志的排行榜中，力压齐柏林飞艇登上首位宝座。2012 年的 NHK 大河剧《平清盛》在配乐中使用了《地狱尸骸》，很多人可能会有印象。1972 年 ELP 来日本，在后乐园球场举办了入场人数

1　英国的音乐周刊杂志，是世界上最早的音乐周刊之一。

101

达三万五千人的演唱会。

他们还发表过《脑部沙拉手术》（1973）等名碟，和前卫摇滚本身兴衰发展步调一致，ELP 也在 1978 年以后人气跌落，于 1980 年解散。

之后他们虽然也数次重组，但在 2016 年埃默森和莱克相继离世，令人唏嘘。

有关吉米·亨德里克斯的介绍，会放在第 20 话的专栏中讲述。

第 14 话　按不下的 F 和弦

绯红之王《太阳与战栗》《暗黑的世界》[1]

（1973—1974 年，初二、初三）

　　初二，我换了班级，就不在松本的班上了，真是件让人心情舒畅的事，况且还和永山君一个班。永山君偶尔会带木吉他去学校，弹奏井上阳水的《没有伞》、西蒙和加芬克尔的《斯卡布罗集市》，他弹得就像唱片里一样好。我很羡慕他。但我羡慕的不是永山君吉他弹得好，而是可以被女孩子包围仰慕。

　　我也想要一把吉他，也想像永山君那样会弹吉他，然后被女孩子们说："哇，你好厉害。再弹一次。"

　　当时由于民谣热潮，班级里不止永山君家里买了吉他，

1　《太阳与战栗》为专辑 *Larks' Tongues in Aspic* 的日本版名称。《暗黑的世界》为专辑 *Starless and Bible Black* 的日本版名称。为尊重原文，中文译名与日本版名称保持一致，后文此种情况皆做相同处理。

拥有吉他的同学就算没有一半，也相当多了。我也恳求父母带我去铃兰路（现在的 Paseo 大道）上的福岛乐器店买吉他。不过这事我没有告诉任何同学，连永山君也没说。为什么呢？或许是出于自尊心，或许是怕好不容易买来的吉他弹不好，又或许是弹吉他是想被女孩子仰慕的动机让我感到心虚。

父母给我买的是价值 7000 日元、造型普通的木吉他，也是当时初学者普遍用的一款。和吉他一起放在包装盒子里的，是附赠的定音笛、吉他教程以及备用的吉他弦套装。拿回家以后，我就开始尝试将松弛的弦调紧，以便和上调音笛，但最终有没有把音调准也不得而知。花了好几个小时，这也不行那也不对地调弦之际，还把稍细的两根弦弄断了。与现在不同的是，当时的吉他弦价格相当高，要是弄断了，很难再去乐器店买新的。就这样，买来吉他的第一天我就差点折腾哭了。

经历了这番周折，总算在第二天把弦调好了。接下来只要按照教程弹奏，我也能受女孩子仰慕了。然而世事无常。我完全按不动吉他的弦。再怎么努力按住，也弹不出声响。这么硬的弦，永山君是怎么按住的？明明同样都是人，同样都是初二男生。我一下有些气馁。

绝对不能去找永山君学吉他，我想。但一周后，我就毅然决然地带着吉他去了永山君家。

"是这样的，你不能直接按在品柱上面，要按品柱和品柱之间，大友。"

我试着按他说的做，果然响了！哇，那之前我都直接按在横杠上，这样等于弦是被消音了，再怎么用力当然也发不出声响。虽然很不甘心，但我跟永山君学会了弹奏和弦，很是高兴。之后他还教我调好音，这样就能发出好听的声响。确实如此！谢谢啦！永山君。

就这样我一下子学会了 Em、E、Am、G 以及 D 和弦的弹法。Em 最简单，但听起来让人心情烦躁，我不是很喜欢。最喜欢的是明亮活泼的 D 和弦。那以后我每天都只弹 D 和弦。这样说来，直到今日我还是最喜欢 D 和弦，可能也和那时的记忆有关吧。

埃默森、莱克与帕尔默第一张专辑中的曲子《幸运的人》的开头，用的就是 D 和弦。永山君教我弹会了这段后，我就每天只弹这首曲子的开头。即便如此，对初学阶段的我来说，已经非常满足，真是太快乐了。

不过有一天我突然意识到，这样依然没法受女孩子欢迎，还是应该像永山君那样能够完整地弹一首曲子。于是我开始哗啦哗啦地翻看有乐谱的歌谣曲集。可是几乎没有曲子是能只用我会的和弦弹奏出来的，就算有也都是些无人知晓或过时的曲子，这样肯定吸引不了女生的目光。而想弹的曲子，基本中间都会出现我不会弹的和弦，这让我非常受挫。不会弹奏的和弦中，第一道难关就是 F。弹吉他的人都明白。最初让我碰壁的就是，要弹出可恶的 F 就必须用一根食指按紧所有的弦。而且这个和弦的出现频率非常高。

这下完了，不管我怎么做，都没有办法按实所有的弦。就算是请教了永山君技巧，也完全不得其法。可能是我没有才能吧。除了 F，还有很多其他和弦我也按不了。要像永山君那样，弹出琶音或用三根手指弹奏什么的，更是做梦，那完全是我到达不了的境界。乐器好像真的很难啊。我可能不行。

这时候我遇到了**绯红之王**。最初听的是专辑**《绯红之王的宫殿》**中的**《21 世纪精神异常者》**。我已经想不起来最初是谁告诉我这首歌的了。怎么能发出那样的声音呢？真的就像 21 世纪的精神异常者，这给我带来了巨大的冲击。知道歌曲中怪异的声音来自萨克斯的变音，是那以后的事了。

这个扭曲了的萨克斯的声音，让我浑身发麻。我把它录在磁带里，戴上耳机，放最大的音量听。还有一张专辑也不记得是谁录的音了，我完全迷上了绯红之王的**《太阳与战栗》**。从第一首曲子开始，就没有节奏，和传统的流行乐及摇滚完全不同。而突然出现的大音量的节拍和鼓点，对当时的中学生来说也非常前卫。我很喜欢用最大的音量听这张专辑，并且想用更大的音量去听。于是我把从附近电工厂的垃圾箱中捡来的十几个音箱堆满房间各处，然后和我的收录机连在一起。音量调到十，听着音箱里咣咣咣发出的扭曲的声音。

"你看看现在几点啦！不要太过分了！"

做这种事父母当然会生气。

"我以为只要连足够多的音箱就能有立体声的效果。"

作为电气技师的父亲，很耐心地指正了我这种浅薄的想法。

"我说你啊。立体声根本不是那样的……"

啊？原来并不是音箱多了就能变成立体声的啊。

如果再讲一下这之后的事，应该是我上初三时，在国道边的中芝唱片店找到了绯红之王刚发行的新专辑《暗黑的世界》。专辑封面纸有一种粗糙的质感，让我心动不已，于是连内容都没听就买了。这是我人生第一张没有听内容、冲着封面就买单的专辑。有这么好的封面，里面一定不会差，我想。由于磁带拼贴的剪辑方式，歌曲中有些部分的声音会像发生事故一样突然断掉，这让我上瘾，反反复复听了许多遍。从这时起，我开始想要一个真正的盘式录音机（Open Reel Tape Recorder）。

因为迷上了这些，民谣吉他渐渐变得无所谓。当时我是这么想的，现在看来是说谎。其实只是不想承认自己没法弹F 和弦，不想承认自己想通过弹吉他获得女孩子欢迎的梦想破灭了而已。出于这个原因，我渐渐疏远了民谣吉他。不知不觉间也不再去永山君家里了，到了初二冬季，吉他已经蒙上了一层薄薄的灰尘。

前文出现的 ELP 的《**幸运的人**》，是格雷格·莱克在小时候创作的民谣曲调的作品。埃默森只在曲子结尾使用了声音合成器加工了声音，让人怀疑就这样作为乐队的单曲是否合适。但埃默森的本事，会在下面一张作品《地狱尸骸》中体现。

格雷格·莱克还曾经是**绯红之王**的成员。罗伯特·弗里普是乐队的吉他手兼队长。绯红之王是以华丽摇滚为

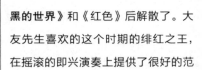

方向的著名乐队。1969 年《绯红之王的宫殿》超过披头士的《艾比路》，在英国成为拔得头筹的专辑（关于这一点，好像至今没有准确说法），让人惊艳，红极一时。名曲《墓志铭》，日本的花生姐妹花及西城秀树也翻唱过。第一次听时，发现一帮乐器达人中，不演奏乐器的作词家彼得·辛菲尔德的名字也位列其中，让人震惊。

而且，长期作为乐队代表曲的《21世纪精神异常者》，现在标题改成了《21 世纪 Schizoid Man》，[1] 这点要对大友先生保密哦。

1972 年，绯红之王的成员除了弗里普以外都发生了更迭，音乐上也风格大变，代表新风格的《**太阳与战栗**》发表于 1973 年。就在乐队无论是巡回演出还是精力上都尚能驾轻就熟之时，却于 1974 年留下《**暗黑的世界**》和《红色》后解散了。大友先生喜欢的这个时期的绯红之王，在摇滚的即兴演奏上提供了很好的范

---

1 《21 世纪精神异常者》一曲的英文原文为"21st Century Schizoid Man"，在日本发行出现过两个版本的译名，即早期的《21 世纪的精神異常者》和后来的《21 世纪のスキッツォイド·マン》，后者是将"精神异常者"一词翻译成了外来语，用片假名标记。

例。在《宫殿》中，即兴演奏已经成为他们的代表特色，这一特点又继续在《太阳与战栗》中得到了延续。是打击乐器的演奏者杰米·缪尔将这点向前推了一步（他只参与了本张作品就隐退了）。缪尔在绯红之王之前参加了《音乐即兴公司》专辑的制作，而本张专辑的核心，就是即兴演奏的关键人物德里克·贝利。请读者诸君记住这个名字，这是一条重要的伏线！而绯红之王在那之后也经历了数次重组、解散，直到现在还在持续活动。

第15话　制作声音合成器

罗伯特·穆格博士

（1973 年，初二冬）

民谣吉他蒙上微尘之时，我正痴迷于制作声音合成器。曾经的合成器大到能把音乐工作室塞满，这时已经缩小到可以搬运的大小。刚刚出现的小型合成器，是我们这种前卫摇滚少年憧憬的乐器。我在报道上看到迷你合成器是由名叫罗伯特·穆格的博士发明的，更感到振奋不已。毕竟是博士啊。居然有博士在音乐领域做出贡献，未来已经到来的感觉特别强烈。不过，即便是迷你合成器，定价好像也有 80 万日元左右吧。就算拼命打工，外加向父母讨要，也不是一个初二孩子能买得起的价格。即便如此，我还是想拥有一个合成器，本节要讲的就是这样一个中二少年的糗事。

时间稍微往前一点，倒回初二的暑假。我同往常一样，要么骑着自行车去唱片店，一个劲地翻看唱片封面，拜托店员给我放唱片试听；要么在书店站着翻阅摇滚杂志和漫画。就是那段时间，我在杂志《初步收音机》——我之前也偶然买过一期，上面有制作收音机教程之类的东西——上居然看到了合成器的电路图。

"有了这个说不定就能做合成器了！"

我忍不住在书店跳了起来。已经能用简单的晶体管和真空管做出收音机的我，马上相信"我也能自己做合成器"，于是立刻买下这本杂志。那算是什么水平的电路图呢？如果连孩子也认为自己能做的话，应该连声音合成器的替代品都算不上，只是将能发出"哔——"音的发信器和键盘整个连接，可能比电子风琴还要原始。当年我可没想这么多，一味希望快点做出能发声的合成器。对了，这次写到这里，我本想确认当年看到的是什么电路图，于是去查找了旧资料，无奈没能找到。只是查清了确实是出现在《初步收音机》（1973年7月号）上的内容。这么说来，我应该是在暑假前发现那本杂志的。

每年夏天，我回横滨老家按照惯例会去秋叶原。当年的秋叶原，还不像现在这样是以女仆咖啡店、手办、cosplay扮装为主的圣地秋叶原，而是一条以电气零部件及制品为主的硬派街道。既有卖废弃零部件、废弃电路板的旧货店，也有那种林立着面积不到一叠大小的零件店的会馆与百货商店，零件店里小木头格子呈方阵排列，里面整整齐齐堆放着大量的冷凝器、电阻、晶体管等小零件。我就是个在这些店中沉迷徘徊的小鬼。

我带着《初步收音机》里的合成器电路图，为了尽量低价购入图里需要的零部件，多次往返于旧货店及零部件商店之间。光做这件事本身就很开心了。暑假结束时，电路图上的配件也差不多集齐了，进入了制作阶段。可是，无论电路图再怎么简单，我那时也只不过是个初二的学生呀。一个接一个的错误尝试，让父亲看不下去了，他说："你用这种方式焊接，晶体管都要成佛了。"

父亲给了我很多建议。啊，对了，"成佛"指的是要死了，也就是要完蛋的意思。因为晶体管不耐热，焊接时如果磨磨蹭蹭，热度会让晶体管报废。"成佛"这个说法，现在还说吗？父亲倒是经常用这个词。

我的手真是不灵巧。哎呀，倘若按照世间一般的标准，我应该能归到"灵巧"一类。但在我家，在这个父亲、母亲、弟弟们都会焊接的家里，我的手肯定是最笨的了。想起小学时，父亲会带一些可以在家里做的活儿回来，然后全家一起做。比如把零件的电线分切成同样长度，然后焊接。这种水平的单纯的手工作业，我们会全家人一起做。我和弟弟都能因此获得零花钱。做得最差的就是我，做得最好的是母亲。好像从那时候起，我就做什么都很不灵活。手不巧，运动也

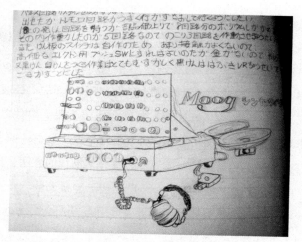

初二的日记。翔实记录了初次制作的电子合成器的事。

不好，运动神经为零，却还想着要弹奏乐器、做合成器，这就是"做不好的却要偏爱"吧。

合成器比我想象的还要难。但最终我勉强做出了使用晶体管的发声电路，虽然可以发出声音了，但我不喜欢那些电子部件裸露在外面。放到现在，可能会觉得电路露出来也不错，但当年受迷你穆格[1]的影响，一心只想要接近那种外观。于是自己加工铝板、机壳等，在上面钻了很多旋钮的孔，总

---

1 穆格合成器的便携式版本，在前卫和摇滚音乐人中大受欢迎，并在迪斯科、流行乐、电子乐中被广泛应用。

算是让外表看起来像迷你穆格了。最大的问题在于键盘，到底要怎么做才能做成那样呢？我完全没有头绪。最终把躺在家中壁橱里的玩具钢琴分解了，在键盘里面装上了切成小块的铝制电极，这样按键盘的时候，就会触及下面的电极通电。做完这个，假期也接近尾声，制作合成器耗费了数月之久。如果是现在，我可能会想到将每个电极都塞上海绵，或者使用废弃的现成键盘连接电极等种种更简单易行的方法，但对初二的孩子来说，能做到这一步已经很不容易了。

　　我原本想的是只要做八个键能发出声音，就算成功。结果因为电路有几个做得不顺，最终只做了一半，也就是做了四个音。即便如此，只要按下键并旋转，就能听到"咻——"的声音，还可以调节音程，让它发出接近合成器的、独特的具有宇宙感的声响。虽然和罗伯特·穆格博士做的有云泥之别，但能做出这"咻——"声，对我来说已经是看见了天堂。只要把这个家伙带到学校，大家肯定会神魂颠倒。说不定八班做乐队的桑原君、阿部君都会来请我加入他们。女孩子肯定也要朝我尖叫，我要成为校园英雄了。整个寒假，我都妄想着带合成器去学校会发生的事，而民谣吉他被我完全忘在脑后，蒙上尘埃。

　　第三学期总算开始了。我将自己做的声音合成器，作为假期的自主研究课题带去学校。如果一下子放到教室的前面也有点太露骨了，于是我把它放到教室后面架子上不太显眼的地方。哎呀，就算是放在了不显眼的地方，这可是合成器啊，想低调点也不行吧……这么想的我可太天真了。

"好像做了个不知道是什么的东西嘛，大友。"

除了班主任评论了一句话，谁也没有关注合成器。更没有人说想听听声音。为什么呢？我只好自己开机器弄出了声音，一年到头跟我混在一起的同班同学竹岛君、小信、明彦君他们，也就"嗯"地反应了下，也没有表现出太大兴趣。"可以用这个弹奏一首什么歌吗？"问了这么一句就结束了。其实我根本不会用合成器弹曲子，只会弄出这么一声"咻——"。如果大家对这声"咻——"毫无感觉，那就没法聊了。班上女生的眼神好像也冷淡得很。我被打击到兴致全无，最终也没有勇气带到八班给桑原君他们看。毕竟，当时和桑原君还不认识，我也不是那么积极的孩子，就这样带着遗憾的心情，回去时为了不让别人再看到合成器，我用报纸把它包好，捆在自行车后座上带回了家。这一天，回家的路程好像特别遥远。

声音合成器，对20世纪70年代前半期的摇滚少年来说，是梦幻般的存在。毕竟有过诸多宣传："可以发出任何声音！""一台就能制造匹敌管弦乐团的声响！"而其中最具代表性的就是"穆格声音合成器"。时至今日，应该moog[1]才是正确的发音，但孩童时代输入的记忆不容易更改，真是麻烦呢。

制作者**罗伯特·穆格**博士，1934年生于纽约。他在哥伦比亚大学读电气工程学，又于康奈尔大学修习机械物理学，之后于1964年发明了冠以自己名字的穆格

声音合成器。穆格合成器以昵称为"衣柜"的Moog Modular为首，还有量产型的迷你穆格、Polymoog、Moog Taurus等类型次第上市销售。

披头士、沃尔特·卡洛斯（后改名为温迪·卡洛斯）、基思·埃默森、瑞克·威克曼、富田勋、史提夫·汪达、发电站乐队等众多音乐人都曾用过穆格合成器。

合成器是以电的震颤为原理的乐器，大友少年参照《初步收音机》做出来的合成器是怎样的东西，越发引起了我们的兴趣。另一方面，他后来入手的国产仿冒合成器（当然是非穆格牌的）是个代用品，任谁看了都忍不住要困惑："咦？不是说可以发出任何声音吗？"人生真是无法随心

---

1 moog一词的发音，在大友先生儿时发ムーグ，如今为モーグ。

所欲呀。

20 世纪 80 年代, 迎来了数码合成器、采样器的时代, 穆格合成器的影响变弱了, 但 2004 年还出了有关穆格博士的纪录片《穆格》, 它所呈现的独特的世界观在世界范围内赢得好评。遗憾的是, 翌年穆格博士因脑瘤去世, 享年 71 岁。

第16话　我想做摇滚

井上尧之乐队和八班的桑原乐队

（1974 年，初三）

　　写到初二，我想起来了，自己是个性格非常讨人厌的孩子。记得小学六年级，因为过于招人嫌，我被老师叫去谈话。他说："你还是好好反省下自己的性格吧。"那时候，我虽不服地想这家伙在说什么啊，但还是低落了一段时间，现在想来老师说得一点都没错。我确实一年到头都在跟人吵架，总是喋喋不休地对人恶语相向。特别被老师讨厌。上课若老师说错了什么，就立刻不失时机地在大家面前指出来。本就不是那种爱黏着大人的孩子，在老师那里就更不受欢迎了。啊，光是想起来都觉得不好意思。真是个让人讨厌的孩子。感觉也对不起同学。

　　不，别说小时候讨人厌了，直到现在我的性格还是让人讨厌，以至于自己都会这么想。虽说相对而言我笑嘻嘻的时候比较多，会让人觉得"是个好人"，但其实全然不是那么回事。在舞台上释放乱七八糟的噪音，才是我的本性。大家可千万别被我骗了。

算了，先不说这些无聊话。话题回到中学时期。上次我写到，我就读的中学也有了摇滚乐队。八班的桑原君是吉他手，阿部君是贝斯手，吉见君是萨克斯手，鼓手是谁来着？有时放学后听到他们练习的声音，就感到非常羡慕。阿部君、吉见君明明都是我的小学同学，看起来却像是颇为成熟的大人了，炫目到让人不敢打招呼。我只能在教室里听远远地传来的他们练习的声音。

学园祭[1]时，这支乐队在体育馆的舞台上唱了**井上尧之乐队**的《**向太阳怒吼！**》，实在是太帅了，赢得全校师生的喝彩鼓掌。我羡慕到无法用言语表达，我想做乐队，激动得身上的每一个细胞都在颤抖。我也想站在舞台上，弹奏出效果声，博得女孩子们"啊——啊——"的尖叫。

"果然还是应该搞电吉他，而不是电子合成音乐！"

我开始专门研究摇滚杂志广告上的电吉他照片。可我连F和弦都不会啊，怎么弹得了电吉他嘛，而且还有升学考试要准备，但我的脑子还是被电吉他占满了。

1　校园开放日，校园文化节。

一再烦恼之后我得到一个结论：

"对了，可以弹电贝斯！"

贝斯的话，可以不用按和弦，弦也只有四根，或许更简单。而且外观比电吉他的琴颈长，显得更帅气，我想。**吉米·亨德里克斯**虽然很酷，但**绯红之王**的**约翰·韦顿**、奶油乐队的**杰克·布鲁斯**都是弹电贝斯的，他们弹奏的那种变音的噗噗声更炫酷，好的，就决定是电贝斯了！我如是想。

如此这般思来想去后，最终我没有买吉他，而是选择了电贝斯。买不起福岛乐器店里的贝斯，初三的暑假我回母亲老家时，在新宿厚生年金大楼后面叫"ELK乐器"的店里买了"Gibon"这个牌子的SG贝斯。之所以选择SG，当然是因为杰克·布鲁斯也用过。"Gibon"这个牌子，是和名正言顺的电吉他的本家"Gibson"仅有一字之差的仿制品。价格上却便宜太多，记得好像是两万日元不到。现在已经完全不流行盗版商品了，但那时的乐器行却有很多类似的东西。不要小看这些产品，虽说是仿品，20世纪70年代日本制品的质量好得出人意料。我那时还买了可以改变声音的效果器Big Muff，这也是Electro-Harmonix的仿制品，但也很好用，以至于直到最近我都还在用。

面临升学考试必须复习的我，却在这时沉醉于弹贝斯。其实也没有好好弹，只是用Big Muff改变声效，做出类似"咕锵——"的效果，然后在耳机里听，一个人满心欢喜地配合着绯红之王或者奶油乐队的歌随便弹而已。"咕锵——噗哇——"好像和现在做的事已经没有什么区别了。但是单纯乱弹尚觉不足，我还想在人前弹奏。但这时已经是初三冬季考试的季节了，桑原乐队都停止了活动。没什么机会吗？我也可以弹贝斯哦。就在我这么想的时候，机会来了。

那是初三第三学期的音乐课。小学以来，我就对音乐课像过敏般厌恶，唯独初三中岛老师的课可以接受。他的音乐课，应该说飘浮着自由的芬芳，或者说老师没那么正经？我虽然还是应付不了学校的音乐，但是喜欢中岛老师。这位老师，在第三学期的最后提出大家可以在课堂上进行自己喜欢的音乐表演。有人唱歌，有人吹奏单簧管，有人弹钢琴，大家都可以按照自己的方式自由表演。我也决定要演奏贝斯。由于班上没人能一起，我只能选择独奏。我选的曲子是**披头士的《昨天》**。这是首大家耳熟能详的歌，电贝斯教程上也有它的贝斯谱子，我每天都看着这首谱子练习。这还是我有生以来第一次照着谱子练习。和随便乱弹不同，我对着谱子总是弹不好，但配合着披头士的唱片，就渐渐弹得有那个意思了。好的！这样的话应该可以了！我被女孩子包围尖叫的时刻终于要来了！

到了表演的那天，我将贝斯和音乐教室的扩音器一连，开始了弹奏，重低音在教室响起。好的！这下可以了！

"接下来我要演奏的是披头士的《昨天》。"我介绍说。

贝斯的四根弦吟唱出低音。感觉不错。也没有弹错音。等着演奏结束后接受喝彩与掌声吧。人生初次的人前演奏超级顺利……我如是想。可是从演奏中间开始，我就注意到教室中似乎充满了微妙的气氛。"嗯？"我有些畏缩了。就在这时老师不失时机地发话："好的好的，那就到这里吧！刚才弹的是什么？《向太阳怒吼！》吗？"

整个教室的人都爆笑起来。我完全无法理解，陷入呆滞状态。仔细想想，《昨天》的贝斯声不配合歌声，只是弹奏，而且贝斯只发低音，确实让人无法听出是什么歌，更不用说还是初学者弹的贝斯。无论在同学还是老师看来，都只是我一个人在很高兴地梆梆梆乱弹，好像永远都不会结束的样子。但是，当时我并没有意识到这点，也不知道大家为什么笑，只好呆愣在那里。直到音乐课后，我的朋友小信、竹岛君和明彦君告诉我到底是怎么一回事，我才理解了事态。明白之后，我羞耻得不行，真想就那样消失。去学校时，我拿着贝斯恨不得让大家都看见，回家时却给贝斯包上了报纸，躲着大家回去。这是继电子合成器之后第二次用报纸了。福岛冬天的风无情地吹着，走过阿武隈川上的天神桥时，我甚至想把贝斯就那样扔进河里。雪花飘打在我的脸上。通往摇滚的路程还无限遥远。

井上尧之是在前文的专栏中也不时出现的 GS 乐队蜘蛛乐队的吉他手。1941 年出生在神户，吉他居然是自学成才。

蜘蛛乐队解散后，他加入了泽田研二以及原诱惑者乐队成员小健（萩原健一）的超级乐队 PYG，同时也以井上尧之乐队为名开展活动。名曲《花·太阳·雨》是 PYG 的出道单曲，作词岸部修三（后来的岸部一德），作曲井上尧之。

不仅是大友先生，对在 20 世纪 70 年代经历了少年时代的人来说，印象最深刻的当数《向太阳怒吼！》和《伤痕累累的天使》（参照第 17 话）的音乐。（《向太阳怒吼！》电视剧主题曲的曲作者，是蜘蛛乐队及 PYG 成员的伙伴大野克夫。《伤痕累累的天使》的主题曲，由井上尧之和大野克夫共同创作。）

戏仿《向太阳怒吼！》的作品很多，以至可能会有人先看到戏仿的作品，不由得想："这个戏仿的原作是什么呢？"电视剧《向太阳怒吼！》讲的是以石原裕次郎为主角的七曲警察署搜查第一科刑警们的故事。从 1972 年到 1986 年持续在日本电视台放映。制作方为东宝电视剧部。最初该剧以描述在前辈老手中成长起来的新人刑警为主线。萩原健一、松田优作、胜野洋、渡边彻等都是以该剧为契机成为名演员。该剧的特色是刑警间以昵称相称、新人警察最终总是会殉职，后来老手警察也不断殉职，让剧的走向渐渐奇怪。

井上尧之，后来成为泽田研二的班底，共同经历了 Julie（泽田研二）

123

的黄金时代。他还参与电影、音乐剧的音乐创作，担任疯狗乐队的音乐制作人，当过演员，展开各种各样的活动。2005年出版自传《谢谢蜘蛛乐队！》。2009年井上尧之在官网发布了作为专业音乐人隐退的消息。现在则作为志愿者，以自己的节奏进行音乐活动。

到1975年为止，一直在井上尧之乐队中担任贝斯手的，是加入过老虎乐队及PYG乐队的岸部修三（后改名为岸部一德）。有关这位音乐人请参照第17话的专栏内容。而读正文内容，则能感受到大友先生很喜欢像岸部先生那样存在感极强的贝斯。约翰·韦顿在绯红之王中的贝斯演绎则过于经典。杰克·布鲁斯同样在奶油乐队中担任贝斯，比起伴奏，他的演奏听起来独奏的感觉更为强烈。

约翰·韦顿是一位实力很强的贝斯手兼歌手。他辗转于Mogul Thrash、家庭、绯红之王、罗西音乐、尤拉希普、U.K.等众多乐队。20世纪80年代成立的亚洲乐队红极一时，但成员变动过于频繁，不够稳定。约翰·韦顿在进行乐队活动的同时，也从来没有停止过个人活动，遗憾的是，他于2017年病逝。

杰克·布鲁斯作为在摇滚史上留名的奶油乐队的贝斯手知名。奶油乐队是拥有埃里克·克莱普顿、金格·贝克的三重奏乐队。乐队成立于1966年，给摇滚乐界带来巨大的影响，但由于成员内部冲突，于1968年解散。布鲁斯后续既有合作也有个人活动，2005年奶油乐队举办了重组演唱会。布鲁斯2014年因病去世。

Big Muff是Electro-Harmonix公司于1969年发布的吉他效果器。原本电吉他接上扩音器，如果声音输出过大的话，就会产生扭曲的效果，感觉非常帅气。效果器是为了更加简单地做出这一效果而开发的。效果器发出的效果声，叫作"法兹"。Big Muff是效果器里面的保留产品，因其声音的延展性好，所以是稳定系法兹的元老级产品。从吉米·亨德里克斯到坂本慎太郎，喜欢用这款效果器的音乐人不计其数。

第17话 伤痕累累的天使与高中入学考试

绯红之王、现代音乐及山口百惠

（1974 年，初三）

《伤痕累累的天使》给我的人生带来可谓重拳般的冲击，我该怎么来写这一段呢？

这个电视剧开始于初三的秋天，那时我不得不好好准备高中入学考试。主角木暮修由昵称为"小健"的萩原健一扮演。水谷丰留着力怎头[1]，饰演他的弟弟乾亨。福岛会在周日深夜档播放这部剧，那时候大家都睡着了，就我一个人偷偷在客厅里看。剧里会猝不及防地出现性爱镜头，不适合跟家人一起看，因此能放在深夜播出真是太好了。

这部剧刚一播出，就受到班上男生的好评。周一早上男

1　在日本是黑道、小混混、不良少年的一种标志发型。将两旁的头发往后梳，后面的头发变成"Ｉ"字形。

生都在模仿小健或水谷丰的表情及说话方式，我也不例外。上次班上男生这个样子，还是初二学李小龙。对了，李小龙时期，班级最高的石川君和最壮的南条君进行了双截棍对决，可以想见后来双截棍被禁止带去学校。没有运动神经的我自然成不了李小龙，成为《伤痕累累的天使》里这种无厘头的侦探说不定还有希望……当时肯定是出于这个想法，我模仿起小健和水谷丰，喊道："大哥——"

这个时候高中入学考试迫在眉睫，本不是沉迷这些的时候。为了考上志愿学校，我也暂且开始不看电视，努力学习。但只有《伤痕累累的天使》例外。给这部剧配乐的**井上尧之乐队**太棒了，如今听也觉得**岸部一德**的贝斯声部着实精彩。除此之外，**市川森一**等人的剧本，**深作欣二**、**神代辰巳**、**恩地日出夫**、**工藤荣一**等优秀的导演阵容，**岸田今日子**、**岸田森**、**西村晃**等有力的配角阵容，**池部良**、**绿魔子**、**吉田日出子**、**桃井薰**等当年闪闪发光的客串嘉宾，电视剧里居然会出现如此强大的阵容，对初三的男生来说实在有趣。后来小健在自传里，毫无保留地描写了当年拍摄该剧时的疯狂情形，让人读时不由得说"果然啊"。现实比电视剧更精彩。

不过我本话开头写的"重拳般的冲击"，指的却不是电视剧的内容。接下来我要写的，是有些青涩感的事，不过毕竟是初三男生会想的事，青涩自然难免。因此虽然感到很不好意思，我还是会写下来。那么开始吧。

嗯，中学生得好好学习、考好学校，继而上好大学、进好公司。对于这套大人们主张的天经地义的价值观，宣称喜欢摇滚的少年自然是要反对的。我是摇滚少年，因此也不例外。对中学生来说，大人的文化 vs. 反主流文化泾渭分明，一目了然。但事实上，支持反主流文化的年轻人，依然是比我大得多的大人，在这一点上我感到了强烈的隔阂。当时的我也很难解释清楚这是怎么一回事。

学生运动和革命运动尤其能让我感受到这种隔阂。三里冢运动、巴勒斯坦局势、浅间山庄事件，以及虽然不是学生运动的三岛由纪夫切腹自杀事件等，说实话，对初三的我来说都无法理解。青年间有种自然要支持这些事件的感觉。但班上同学间不会讨论这些事。也不知为何，那阵子我心里有些烦躁。备考也觉得没什么意思，不知道自己为什么要学习，可是如果不学习，我能做点什么呢，哪儿是我的容身之所？除了去朋友家玩，就无处可去了。每天都这样内心烦躁煎熬。沉溺于深夜广播，一个劲地写明信片寄给电台，或许也是出于这个原因吧。就在这种说不清道不明，似乎是被大人逼着应试的季节里，这部主角初中退学、接连受挫的电视剧《伤痕累累的天使》击中了我的内心。主角们总是诸事不顺，被大人们欺骗，每集结束时都带着无法理顺、没有出口的情感。

就这样，其他同学都在认真备考时，我却沉迷于贝斯，成绩一个劲地下滑。最后考试时勉强到合格线。我原本以为，这般下滑肯定会考不上志愿学校，谁知和预想相反，居然考上了。不过，我的心情复杂。本想着考什么试啊，却反而考上了，而想上同一所学校的朋友却落榜了。这让我的心情难以形容。一直以来都是共同玩耍的朋友，为什么一定要排个优劣？当时我无法用语言说清楚这件事，也因为我考上了，感觉自己没有立场说这种话，总之有种不舒服的感觉。因此虽然考上了理想的学校，却一点都不开心。如今想来虽然幼稚，但当年的心情，真是无可救药地低落。

　　这时候我最常听的就是**绯红之王**的《**太阳与战栗**》和《**暗黑的世界**》、NHK 播放现代音乐的电台节目，以及山口百惠。初三最后的时光就只听这些。戴着大大的耳机，用巨响的音量一个劲地听。现代音乐到底是怎么一回事，我当时完全不懂，啊，现在也完全不懂。但在广播里听到连名字都没听说过的人做的磁带剪辑或使用电子音制作的作品，就足以让我感到振奋了。电贝斯受挫之后，我开始想，说不定我能做现代音乐。真是个不长记性的家伙。当时广播里播放的现代音乐，应该是**卡尔海因茨·施托克豪森**、**埃德加·瓦雷兹**、**小杉武久**等人的作品。这些完全不是中学生能做出来的音乐，只不过我听了这些作品，单纯地以为和摇滚是一回事。

我的房间里贴着山口百惠的大海报。我看着山口百惠，听着《暗黑的世界》或现代音乐。班上的男生分为**樱田淳子**派和山口百惠派，樱田淳子派占八成，山口百惠派占两成。当时眼睛圆溜溜的樱田淳子处于绝对优势，我却喜欢有点忧郁气质、细长眼、用低音唱歌的山口百惠。她有种不媚俗的感觉。仅比我大一岁的偶像，却很成熟，太帅了。再加上我也不太喜欢听明快的音乐，用现在的话来说，就是个傲娇的孩子吧。

　　初中最后的春假快要结束时，《伤痕累累的天使》也完结了。最后主人公木暮修没能逃亡到海外，搭档乾亨也因感冒恶化病逝，看不见任何希望，电视剧就这样结束了。我很想和同学们讨论下大结局，但大家因考试四散各地，很难有机会相聚。进入高中后，我终于可以留长头发了……我脑中想的也不过是这些无聊事。

电视剧《伤痕累累的天使》于1974年10月到1975年3月约半年间播出，给人印象最深刻的当数小健和水谷丰这对搭档。热心的粉丝也很多，即便过了多年，也有如阪本顺治（电影，1997年）、山田骑士（漫画，2000年）、矢作俊彦（小说，2008年）等创作向其致敬的作品。

岸部一德不管作为演员还是贝斯手，都是大友先生热烈崇敬的存在。他生于1947年，作为老虎乐队的队长，展现了成熟魅力。当年他的昵称是萨里（Sally），岸部先生身高181厘米，这一昵称来自摇滚名曲《高个子萨里》。1975年他离开音乐圈，正式迈出了演员的步伐，作为著名配角活动。

本话提及的电影、电视界人士有点太多了，所以在此仅列举他们的代表作：

市川森一，剧作家，代表作有《奥特曼A》（1972—1973）、《寂寞的不止你一个》（1982）、《幽异仲夏》（1988）。**深作欣二**，导演，代表作有《黑蜥蜴》（1968）、《无仁义之战》（1973）、《大逃杀》（2000）。**神代辰巳**，导演，代表作有《欢场春梦》（1973）、《青春之蹉跎》（1974）、《棒之哀》（1994）。**恩地日出夫**，导演，代表作有《伊豆的舞女》（1967）、《我想再活一次，新宿巴士纵火事件》（1985）、《蕨野行》（2003）。**工藤荣一**，导演，代表作有《十三刺客》（1963）、《逃离之街》（1983）、《必杀！3：里或表》（1986）。

岸田今日子，演员，代表作有《黑暗中的十个女人》（1961）、《卍》（1964）、《犬神家族》（1976）。**岸田森**，演员，代表作有《怪奇大作战》（1968—1969）、《呐喊》（1975）、《歌麿·若梦浮生》（1977）。**西村晃**，演员，代表作有《赤色杀机》（1964）、《水户黄门》（1983—1992）、《帝都物语》（1988）。**池部良**，演员，代表作有《青色山峦》（1949）、《干花》（1964）、《昭和残侠传，请君归天》

（1970）。**绿魔子**，演员，代表作有《不良少女洋子》（1966）、《归来的醉鬼》（1968）、《盲兽》（1969）。**吉田日出子**，演员，代表作有《日本春歌考》（1967）、《上海浮生记》（1988）、《枕边书》（1997）。**桃井薰**，代表作有《恋人怎么了》（1971）、《不再托腮遐思》（1979）、《艺伎回忆录》（2005）。

大友少年当年听的NHK电台播放的"现代音乐的节目"，指的是当时近藤让担任主持的《**现代音乐**》。通过这个节目开始了解现代音乐的孩子出乎意料地多。直到现在这个节目还在，由西村朗先生担任解说。

卡尔海因茨·施托克豪森年轻时就被世人看作天才，制作了世界上最初的电子音乐，是使用音列技法的作曲家。他的曲风变更过数次，到晚年还在积极活动。有关其活动的意义将在第21话的专栏中讲述。

埃德加·瓦雷兹是使用打击乐器、电子乐器甚至非乐器的物件，给西方音乐带来全新声音的作曲家。只用打击乐器的作品《电离》或许给少年时代的弗兰克·扎帕带去巨大冲击吧。

小杉武久在读艺术大学期间就参加了"激浪派"（Fluxus）运动，还成立了音乐团体，担任梅尔赛·坎宁安舞蹈团的音乐导演，成立泰姬陵旅行乐队。他就是这样一个自由自在的作曲家、演奏家。

山口百惠和**樱田淳子**是讲述20世纪70年代歌谣曲不可或缺的存在。两个人都是在1972年《明星诞生！》节目中出道，和森昌子一起被叫作"花中三重唱"。山口百惠因走"青涩性感"

132

路线而获得人气，21 岁时和三浦友和结婚并隐退。（专栏里的照片是山口百惠《百惠的季节·15 岁的主题》[1974]。）淳子则渐渐将演员作为事业重心，后来传说她加入了统一教会，终止了演艺活动。

第18话　写在雪地上的那个女孩的名字

点唱机里的 BBA

（1974年，初三）

前面写了略伤感的旧事，啊，我想起了一些忘掉的事，那时真实的日常要白痴许多。

《伤痕累累的天使》播出最后一集前的春假，我和同班的小信、和树两个人去藏王滑雪，在那里住了一晚还是两晚。好像是和树的亲戚之类经营的山中旅馆，我们就住在二楼四叠半大的房间里。嗯？看到我会滑雪感到意外？不是说自己运动神经很差，体育课也很不行吗？读者诸君或许要这样吐槽。实际上我转学到福岛以后，会在周末滑滑雪。虽然水平很差，好歹可以自由滑动了。

在藏王是如何滑雪的，我已经完全忘了，只记得第一次要和朋友去住山中民宿那跃跃欲试又兴奋的心情。到了晚上，三个男生自然而然地开始了谁喜欢谁的真心话告白大会。我们用小便在雪上写喜欢的女孩子的名字，不知是谁最先说起的，只要能用一笔写完就能实现爱情，真是莫名其妙。于是各自在雪地上大大地写下隐藏在心里的那个名字。

我用小便在雪地上大大地写下"玲子"。

小信、和树都很厉害地用一笔写就完了名字。

啊，男生真是白痴。上话写到的阴暗、幼稚又别扭的青春确实存在，而这种无聊又愚蠢的样子，无疑也是我。

山中民宿里有个很大的投币式自动点唱机，可能如今的孩子已经不知道那是什么了吧。投入 100 或 50 日元，选择喜欢的歌曲，按下按键，就会有一个类似机器人手臂的东西把藏在机器里面的黑胶唱片拿出来，放到唱机上，用大音量播放。不知道这样解释能否理解，不明白的人可以上网查一下视频什么的。点唱机里大量的民谣或歌谣曲唱片中，居然有 **BBA 乐队（贝克，博格特 & 阿皮斯）**的《**迷信**》和《**甜蜜的屈从**》。忘记是和树、小信，还是民宿中其他客人点了这首曲子。只记得大音量播放的《迷信》，噗噗噗的声响让我的腹部都随之震动了。**蒂姆·博格特**的贝斯声部和**卡迈恩·阿皮斯**粗犷的鼓声，让我整个人发麻。沉溺于**绯红之王**、现代音乐、**山口百惠**等略灰暗音乐的我，久违地点燃了摇滚之魂。这种感觉是初一听**暴龙乐队**以来再没有过的。我把头伸到点唱机音箱那里听了一遍又一遍，并想：耶！去了高中，我要留**杰夫·贝克**那样的发型！……哎呀，这跟上回写的阴郁内容一点都对不上啊。唔，虽说对不上，但那种少年心境是事实，这里也不假，两边都没有错，都是我。

被我用小便写下名字的女孩子，后来进展如何，那就不用说了吧。某日大家聚在小信家，我受大家撺掇，当即下决心给玲子打电话。真是人来疯，还自诩喜欢阴暗的音乐，真是的！好不容易接通了电话，但我因为过于紧张，慌乱之中居然向接起电话的玲子的姐姐告白了。而这位姐姐从小学起就与我同校。从那之后，我如何向玲子姐姐告白的事，自然也在同年级里传开了。玲子也完全不把我放在眼里。小信与和树的恋爱，也同诸君预想的一样，在单相思中无果而终。初中最后的春天，我学会的唯一一件事，就是在雪地上用小便一笔写完了喜欢的人的名字，也没有任何效果。让诸位见笑了！

BBA 乐队（贝克，博格特＆阿皮斯）是由杰夫·贝克、原香草软糖乐队的蒂姆·博格特、卡迈恩·阿皮斯三人组成的超级乐队。乐队成立于 1972 年,仅留下一张唱片《贝克,博格特＆阿皮斯》（1973）就解散了。他们当年发售过一张只在日本上市的现场专辑，今日听也能感受到乐队强有力的冲击。

杰夫·贝克是留名摇滚史的璀璨夺目的吉他英雄。对 20 世纪六七十年代长大的人来说,提起贝克指的就是这位。和他曾同属雏鸟乐队的埃里克·克莱普顿以及吉米·佩奇三人，被称为"三大吉他手"，人气极高。贝克退出雏鸟乐队后，和他人组成了布鲁斯风格的乐队，是为杰夫·贝克乐队的第一期。后来又组成了放克风格乐队，是为杰夫·贝克乐队的第二期。两支乐队都各自留下了辉煌的成果，但他还觉得不满足，又和以前乐队的成员共同组成了 BBA。乐队成立了，但就像前文所述，很快又解散。20 世纪 70 年代中期，他连续发行了偏融合爵士的伴奏专辑《吉他杀人者的凯旋》（1975）、《连线》（1976），盖过其他吉他新手的风采。其后他在电子音乐、鼓打贝斯等方面做出尝试，对音乐的探索与好奇心长盛不衰。贝克时代之后的吉他英雄们，比起手速，更追求炫酷花哨的效果，贝克更重视的则是演奏的气息、拨弦、音色的微妙变化、多彩的构思以及存在感吧。

蒂姆·博格特在演奏气息与音色方面，让贝斯的存在面貌从根本上发生了改变，是一名改革者。**卡迈恩·阿皮斯**则被看作硬核摇滚的旗手。时至今日，还会不由得想，如果这个三人组能再出一张专辑就好了。

1975—1978
福岛时代
（高中、复读篇）

最终话里出现的，于澳大利亚，和山崎比吕志先生的合作。演奏一结束就获得很大的欢呼声。摄影：Peternal Gannushkin/DOWNTOWNMUSIC.NET

第19话 四叠半的平克·弗洛伊德与 世界摇滚音乐节

GOK SOUND 近藤祥昭

（1975 年，高一）

进入高中，我变得连教科书都懒得翻。似乎突然有点无精打采，上课总是很困，基本都在睡觉。我原本就讨厌考试，但在高中之前，很喜欢社会科、理科和数学，到了高中却兴趣全无。加上一时半会还没交到朋友，整个人提不起劲来，毫无生气。放学回到自己的房间，就漫无目的地摆弄父亲为庆祝我入学买的盘式录音机，这是一台有四个频道的索尼牌录音机。我每天如此度日。

我就读的高中是一所男子高中，里面都是些成绩相对较好的学生。对我来说，学习内容突然变得很难，教授速度也过快了。大家的目标是考上大学，这也在情理之中。于是，高一春天的第一次期中考试，我的成绩就突然垫底了。后来才知道，我不仅是班里的倒数，还是当时一年级十个班级里的倒数。之后我整个高中都是年级倒数前十。不过也没有就此做起不良少年或者玩乐队。只是双目无神，希望早日把头发留长，漫无目的地调着收音机度过了高一的春天。自制的电子合成器、买来的贝斯，都已蒙上灰尘。如今再回想，当时或许有些轻度抑郁。我几乎没有关于这段时间的记忆，只记得对曾经那样喜欢的**绯红之王**及**山口百惠**，也变得漠不关心。一味地用大音量放 BBA 来获得快感。

就在那时，传出了 BBA 的吉他手**杰夫·贝克**将率领乐队来日本的消息，参加的活动叫**世界摇滚音乐节**。一年前的初三夏天，我错过了在郡山举办的日本第一届摇滚庆典"一步之遥音乐节"，于是决定这次不能再错过，何况还可以看到杰夫·贝克本人，这更加坚定了我要去摇滚节的决心。1975 年夏天，一个留着长发、穿着牛仔喇叭裤和迷幻图案 T 恤、肩上背着磁带机、戴着大耳机、打扮荒诞的高中生，乘上急行列车，历时四个半小时，从福岛去东京。目的地是举办世界摇滚音乐节的后乐园球场。

我应该是坐在最前排，期待到胸口快要炸裂。然而一进球场我愣住了。位子是在最前排没错，但舞台很遥远，差不多是二垒和外场之间的距离，远到难以辨别舞台上是谁。而演出开始后，我就更吃惊了。忘记最初上台的是**四人杂子**还是 Carmen Maki & OZ 乐队，只记得演奏真的很帅气。然而厉害归厉害，声音却仿佛从很远处飘来，风一吹，就被吹走了。

效果远不如放大音量的点唱机。和今日不同，当时的声音传送体系（PA）对于在后乐园这种地方举办摇滚演出，可能还是太勉强了吧。我想象中的摇滚演出，明明应该是音量大到连脑髓都震得咣咣作响。

不过，当杰夫·贝克的乐队出现在眼前时，我还是不由得情绪高涨，特别是第一首就是《迷信》。听到这首曲子的前奏时，我"哇"的一声几乎要跳起来。但是，杰夫·贝克乐队的演奏与BBA完全不同，不知道该说是爵士还是放克风，并且声音也比其他乐队小，风一吹就完全飘散了。都特地来东京了，必须要喜欢这个舞台啊，我怀着这样的心情听着。无奈音乐一直被风吹散，心情也越来越低落。难得出场的**纽约娃娃**声音也很小。不过当音乐节进行到最后，**山中乔、内田裕也、竹田和夫、费利克斯·帕帕拉尔迪**等人出现时，我还是和其他观众一样，全情投入地跟着摇摆。摇滚音乐节就是如此吧。和去时的心境完全不同，我带着复杂的心情，乘上了摇摇晃晃回家的电车。

回到福岛几天后，我听说高中的前辈们要做摇滚演出，地点在当时高三的键盘手前辈手冢的家里。我和喜欢摇滚的朋友一起去了。说是演出，其实只是在木造的四叠半房间里，挤挤挨挨地堆放了管风琴、合成器、扩音器、架子鼓等器材。当时的福岛市连能够租借的Live House都没有，要演出的话只有在市民馆或学园祭之类的地方。但由于当时是第一次亲眼看到合成器、莱斯利音响等设备，足以让我情绪高涨。

盛夏的福岛很热，温度随随便便就超过了 35 摄氏度，而且湿度高，当年还没有空调。观众席仅有数名高中男生汗流浃背地抱腿而坐，等待演奏开始。坐在架子鼓位置的是一个不认识的长发大学生，可能是手冢学长的前辈。吉他手也是高三学生，他突然弹出一个音，演奏就开始了。好响！音量非常大。光这一点就让人发麻。演唱的是**平克·弗洛伊德**的《原子心之母》。由于大音量的压迫感，我不由得觉得这比原唱还要厉害。就是这个！这才是我想象中摇滚应该有的样子。说起来，这也是我首次近距离观看架子鼓演奏，既感受到了音乐的魄力，又觉得鼓手的样子十分帅气。世界摇滚音乐节带来的不满足就此烟消云散。我果然还是想做摇滚，想做超大音量的摇滚，想做砰砰砰有低音鼓的摇滚。那时的我一边汗流浃背，一边模糊地想着这些事。

这段经历还有后续。那是 2000 年的某一天，距离那时已经过了 30 年，我去一家常去的模拟信号录音室中录音。它位于吉祥寺，名叫 GOK SOUND。这家录音室由工程师近藤祥昭经营，在声音制作方面，他给了我诸多重要的影响。实际上，近藤先生也是我高中的前辈，比我大三级。我读高一的时候，他已经到东京做工程师了。我们的共事始于 20

世纪 90 年代，高中时并不认识。最初一起做的工作，好像是制作梅津和时先生负责的电影音乐录音。我们这种做音乐的，基本都会和近藤先生有接触，所以那时候我以为我们读过同一所高中不过是偶然。

从那以后，我几乎每个月都要用到近藤先生的录音室。录音的间隙，会一起聊天，从闲话到音乐，什么都聊。直到那天，也就是 2000 年后的某一天，我们不知为何谈起最初看过什么受到冲击的演出，我讲了高中时在手冢前辈家看的演出对我造成了很大的冲击。那个瞬间，近藤先生做出了一种不知如何是好、有些为难的反应。手冢先生是比我大两级的前辈，近藤先生比我大三级，莫非他们之间有什么瓜葛？我于是有些担心是不是说错话了。

谁知近藤先生却说："那时候的鼓手，就是我啊！"

欸?！近藤先生竟是当年的大学生鼓手?！对了，好像确实听他说过高中打鼓的事。但我没想到那名长发大学生竟然就是近藤先生。这也就意味着，我最初就是受近藤先生的影响才开始做音乐的？——不是偶然去了他的录音室受到影响，而是从一开始就是因为他？所以说，我是必然地、像被引导一般开始了音乐之路，走着走着最终走进了近藤先生的录音室？是这样的吗？唔，或许，确实如此吧。但真不想承认。说到底，那场平克·弗洛伊德的演出真有那么了不起吗？或许只是因为我初次近距离接触摇滚，才会觉得冲击巨大？当年的录音没有留存，如今已无从考证。但是，对高一的我来说，这场演出的震撼已经足够让我有了做乐队的想法，这是事实。

原来如此，当年小野洋子也参加的"一步之遥音乐节"，举办地确实在福岛！大友先生当年没能去看实属遗憾。这场音乐节的举办时间是 1974 年 8 月 4 日至 5 日、8 日至 10 日，会场在郡山市开成山公园的综合陆上竞技场。有内田裕也、创造乐队、外道乐队、泽田研二、Sugar Babe、蜂蜜派、四人杂子等 30 多组日本音乐人参加，被称为"日本最大的摇滚节"。2013 年，当时的音源、影像被整理出来公开发行。不过，为什么这样一场演出会选在郡山呢？

第二年，札幌、名古屋、京都、东京、仙台，都举行了"世界摇滚音乐节"。这是内田裕也为了让日本音乐人和海外音乐人能平等演奏而进行的策划，最终得以实现。在后乐园球场召开的音乐节，时间是 1975 年 8 月 7 日。大友先生最想看的杰夫·贝克那时刚发行了他的《吉他杀人者的凯旋》。谁不想看啊！

四人杂子、Carmen Maki & OZ、创造乐队都是 20 世纪 70 年代中期日本摇滚的佼佼者。**四人杂子**是一支乐队名像民谣、吉他风格像布鲁斯、整体像前卫摇滚的乐队。他们的《一触即发》（1974）是必听的名碟。**Carmen Maki & OZ** 是在第 10 话专栏中介绍过的卡门·马基转向摇滚之后成立的乐队，代表曲有《我是风》，后来因中森明菜翻唱过闻名。**创造乐队**是由当时排名第一的吉他手竹田和夫率领的乐队，如今仍在活动中。代表作《Spinning Toe-Hold》被美国拳击兄弟的组合"芬克斯兄弟"用作开场曲，受到广泛传播。

纽约娃娃是以华丽摇滚出道但后来给朋克摇滚带来巨大影响的乐队。世界摇滚音乐节来日之后，强尼·桑德斯退团，乐队改名为"娃娃"。

山中乔曾是花朵旅行乐队的主唱，该乐队于 1973 年解散。这次音乐节，山中乔是以个人名义展开活动的。1977 年他作为演员出演了电影《人间的证明》，为该电影演唱的同名主题曲获得了销量破 50 万张的成绩。

前面也出现过的**内田裕也**是日本摇滚乐守护神一般的存在。虽然没有大热的曲子，但其强烈的存在感至今还在。他在《不要滑稽杂志！》（1986）等电影中，作为演员的活跃表现也不容错过。

费利克斯·帕帕拉尔迪生于 1939 年，曾担任过奶油乐队的制作人等，1969 年成立了重摇滚乐队山脉乐队，并担任乐队的贝斯

手直到 1972 年乐队解散。之后他作为制作人回归业界，负责前文讲到的创造乐队，在日本引起很大反响。1983 年，他被妻子射杀，最终以这样具有冲击性的方式结束了一生。

平克·弗洛伊德是前卫摇滚的代表乐队。初期以鬼才席德·巴瑞特为中心，演奏风格迷幻、自由奔放。巴瑞特退团之后，以罗杰·沃特斯为中心。他的音乐制作充满了飘浮不定的游离感和讽刺性的理念。1973 年的代表作《月之暗面》销量达 5000 万张，1979 年《迷墙》也创下了销量达 3000 万张的热卖纪录。《迷墙》还被制作成电影，成为邪典电影的经典。1985 年沃特斯退团，但乐队本身还继续存在。2014 年发表最后一张专辑《无尽之河》后解散。

《原子心之母》是平克·弗洛伊德 1970 年的作品，它大胆引入了古典乐器，以"摇滚与古典融合！"的概念引起轰动。唱片封面上只有一头牛，这也给世界带来了冲击。担任唱片封面设计的是以席德·巴瑞特的高

中同学斯托姆·索格森为中心的设计团队"催眠",此后他们也以超现实主义风格的设计为武器,在世界范围内成为热门设计团队。

第20话　我想要电吉他！

蒙特利的吉米和福岛的吉米

（1975 年，高一）

　　我想要一把电吉他。初中时在民谣吉他和电贝斯上的挫败，我全当没发生过，又开始想要一把电吉他。NHK 电视台播放了**吉米·亨德里克斯**在伍德斯托克音乐节上的演出，他用破坏性的方式演奏美国国歌，给我带来了冲击。再加上 BBA 的影响，以及高中前辈们演奏的平克·弗洛伊德，都使我想要拥有电吉他。那之后只要听说哪里有演出，我就会骑自行车前往。演出的基本都是当地的业余乐队，在河边的公民馆之类的地方，进行即兴布鲁斯合奏类的演出。当时有个左撇子吉他手，他像吉米·亨德里克斯那样，左右来回弹奏芬达吉他，真的非常帅气，让我为之震撼。真想像他那样！我总是用羡慕的眼神，看着这位如同吉米·亨德里克斯再世的左撇子吉他手。时至今日，我已经想不起他的名字了。问当时福岛的朋友，大家也都不记得。难道那是一场幻觉吗？福岛的吉米·亨德里克斯到底是谁呢？应该是个比我大三四岁的吉他手吧。

曾一起去藏王滑雪的伙伴和树，他的父亲在邮局就职。高一的冬天，我去了和树父亲的单位打工，现在还记得时薪是 230 日元。我自然是为了买电吉他。

那个时期，我加入了高中的滑雪部，虽然只有几个月而已。因为我感觉滑雪部里的家伙都很温和，加入他们应该会很开心吧。前文说过，高中时我学习不好，也没有马上交到朋友。后来虽然学习依然不好，但是和一帮同样学习不好的人混在一起，总算有了朋友。当初加入滑雪部的具体原因，我已经不太记得了。有可能是受那些吊儿郎当的家伙邀请，我顺水推舟地就加入了；也有可能是我觉得就算只是做做样子，也该加入一个什么社团。

到了寒假，在山上积雪、大家都积极去滑雪的时候，我却退出了滑雪部。原因是我参加了一次滑雪部的集训。那次我跟着大家上山，一起住进山上的宿舍。各校的滑雪部都来了，自然也有教练们。集训目的是为之后的大赛做准备，因此每天的训练非常严格。我明明只是为了开心才去滑雪的，这种集训方式与我想象的相去甚远，况且我也没有任何想要竞赛的激情。我更想做的是摇滚，更想要电吉他。在家里懒散地翻着音乐杂志、就知道看吉他广告的人，怎么可能受得了严格的滑雪集训。

"我滑雪不是为了竞赛，只是想单纯地享受滑雪的乐趣而已。"我跟老师说了类似的话，结果惹怒了老师。于是在滑雪集训第三天，我就从山上下来了。

拿着打工赚的钱，以及滑雪集训的退费，我径直去了铃兰路上的福岛乐器店。自然是为了买电吉他。我买了一把Greco[1] 出品、售价三万日元的荧光色的芬达吉他，带它回了家。

"我回来啦。"

没去滑雪反而带着电吉他，而且不到一周就回了家。我自己也觉得情况似乎不太妙。可能也为怎么跟父母解释烦恼过。但究竟是怎么解释的，以及他们是什么反应，我已经全忘了。唯一记得的是我当时以为父母应该会很生气，但其实完全没有。从那之后我才知道，不管是我妈还是我爸，都丝毫不反对我做音乐。

---

1 神田商会旗下的日本吉他品牌，因隶属于"芬达日本"而闻名。

吉米·亨德里克斯，即便在吉他英雄中，也是非常伟大的存在。他作为吉他手，无论是演奏技巧，还是音乐品味都很好，以其华丽的舞台风格俘获了观众。他最大程度上利用了扩音器的效果，将电吉他的表现力提升至一个完全不同的境界，谁也无法否认这一功绩。电吉他自身存在的意义，以他为分界线，发生了根本性的变化。

吉米 1942 年生于美国。他从陆军退伍后，于 1966 年来到英国，和尼尔·雷丁、米奇·米切尔共同组成吉米·亨德里克斯之体验乐队。他们以《嘿，乔》出道，以《紫雾》走红，吉米也因此一跃成为音乐界的宠儿。乐队的名碟有《电子女儿国》（1968）等，他们在 1969 年留下三张原创专辑和精选集后解散。第二年的 1970 年 9 月，吉米在睡眠中因呕吐导致窒息而身亡，享年 27 岁。真是英年早逝，令人惋惜。

给大友少年带去巨大冲击的"美国国歌"，是在伍德斯托克音乐节上演奏的《星条旗》。1969 年 8 月 15 日开始的为期三天的伍德斯托克音乐节，以"爱与和平"为主题，成为美国 20 世纪 60 年代反主流文化的标志性活动，是户外大型摇滚音乐节的先驱。当时到场观众多达 40 万人。没有伍德斯托克音乐节，就不算夏天！

吉米是最后一天的压轴，但直到第二天早上才出场，在那个大部分观众都已经回去、空荡荡的会场上，吉米用吉他声模拟轰炸机的空袭声、哭泣叫喊声、民众的逃离避难声等，控诉越南战争。当年音乐节的实况，被制成电影和原声专辑，吉米的身姿在电影《伍德斯托克》的导演剪辑版（1970/2009）中也能看见。专栏里的照片是《体验亨德里克斯》（2012）的专辑封面。

第 21 话　犹犹豫豫，犹犹豫豫

施托克豪森和皮埃尔·舍费尔
（1975 年，高一）

买了电吉他固然好，可是对于不会弹吉他的我来说，首先要做的是改造吉他，然后把吉他发出来的各种古怪声音，用盘式录音机录成磁带之后，或改变磁带转速，或倒转，或把一部分剪辑出来，制造出各种奇怪声响。我对这些事情非常沉迷，乐此不疲。那些哗哗、啾啾、咕叽、嘎嘎嘎嘎的声音……好像和今日所做的，也没有太大差别。整个寒假我就一直在做这些事。

那时我自然还不知道"噪音音乐"，应该说当时还没有噪音音乐这回事，也不知道即兴演奏，只是在 NHK 电台的现代音乐节目里听过**卡尔海因兹·施托克豪森**的《接触》之类的电子音乐、**皮埃尔·舍费尔**的具体音乐（*Musique Concrète*）、**披头士**的《革命 9》等。我很自大地认为通过磁带拼接，也能做出类似的音乐。拜中学时代在乐器上屡战屡败的经历所赐，尽管手上都是些便宜货，但这时我也有了吉他、贝斯，甚至还有自己做的效果器。就连麦克风和扬声器都有，是我从旧货铺里找来自行改造的。将这些组合在一起，编辑磁带，就有了种自己可以制作音乐的感觉。我还从乐器店里买了售价和白送差不多的电机风琴。和电风琴不同，电机风琴靠马达传送空气发出声音，过去的音乐教室里放的就是这种。将电机风琴和法兹效果器连在一起，编辑磁带录音，就能做出听起来像现代音乐的东西，我一时沉迷在这种现代音乐游戏中。

当时录的磁带还有一部分留到了现在，今日听来觉得也挺不错。但当时的我虽乐在其中，却全然不觉得自己做的这些东西有多好。要说为什么，因为我不会乐器，觉得做这些东西有取巧作弊之嫌，和真正的现代音乐相比又显得有些迟钝。还有，我认为自己是因为做不了真正的摇滚乐队，不得已才做这些事的。现在想来，如果我没有自我怀疑，堂堂正正地继续当时的音乐路线，可能现在会过着一种全然不同的音乐人生。好像在很多方面我都有些软弱。

高一的第三学期，我开始和初中就做乐队的桑原君及阿部君有了交流，他们经常来我家玩。我们的高中不同，但在小小的福岛，喜欢摇滚的人还是会自然而然聚在一起。我就这样和初中时向往过的人不知不觉间有了交流。

2月的一天，我和桑原君、阿部君一起在我家用盘式录音机录了《绯红之王的宫殿》。啊？居然做了这么了不起的事？因为当时只有我家有盘式录音机，可能这两个人去我家玩也是出于这个目的吧。桑原君负责吉他和唱歌，阿部君负责贝斯，我则负责桑原君教我的电动风琴以及制造除乐器外的特殊声音。这回我终于不再玩即兴或现代音乐游戏，而是和别人一起演奏乐曲。对我来说，这是第一次。桑原君和阿部君都有过做乐队的经验，因此这对他们来说或许不算什么，但于我这却是有生以来的第一次合奏体验，所以只是单纯地感到非常开心。在一年前的初中礼堂上，我看着他们演奏，羡慕到无以复加。因此能和他们一起演奏，对我来说真是比什么都高兴。那天我过于开心，带着一种几乎要升天的心情，反复听着与他们合录的磁带。

我想做的，果然不是在家里玩音乐过家家的游戏，而是做乐队。以这个录音为契机，我的这种想法变得更加强烈。可是，桑原君和阿部君都比我强太多了，我实在无法向他们说出"我们一起做乐队吧"这种话。而且桑原君当时是福岛高中摇滚乐界的标志性人物，已经相当有名了，全然不是我这种现代音乐初学者能一起组队玩音乐的对象。况且在那之前，我除了玩现代音乐游戏，什么也没有弹奏过。

怎么办呢？犹豫再三之后，我找了同班同学岩崎君，岩崎君也是和我同属一类的学习不好的乐器初学者。我们两个商量后，决定一起加入手冢前辈所在的轻音乐部。在那里，不仅可以使用吉他扩音器，还可以向前辈们学习……我是这么考虑的。可是一个人去太可怕了，不敢说出"请让我加入"这样的话。所以我就拖着当时要好的岩崎君一起去了。我果然还是太弱了啊。

可真不能小看我的软弱。我带着电吉他，岩崎君带着我的电贝斯，我们一起到了轻音乐部。那里聚集了人数可观的吉他手，排队等着连吉他扩音器。当时正在弹奏的，是前文提到的手冢乐队里弹吉他的前辈。他在弹奏一首**叉骨灰乐队**的曲子，水准之高就像乐队亲自演奏。看到这一幕，我和岩崎君都不由得害怕了，这我们肯定不行，于是便逃之夭夭。

就在我们仓皇逃出轻音乐部的社团活动室时，一个长发驼背、外表邋遢的神秘学长叫住了我们："喂，我说！你们，站住！"

他睁着细细的死鱼眼。这是谁？真的是高中生吗？

我恐惧到身体都动不了了。

有关这次命运的际会，留到下回分解。

卡尔海因兹·施托克豪森和皮埃尔·舍费尔，大友少年提到的音乐真是恰到好处！他们的音乐本身算不上流行，但各自的音乐构思都有同声音合成器及采样器结合的部分。

第 17 话也略有提及的**卡尔海因兹·施托克豪森**是 20 世纪现代音乐的重要人物之一。将音乐的音高、音阶、音量、音色等数列化，从而自动生成的音乐方式，叫作"序列音乐"，施托克豪森是这一流派的旗手，也

是电子音乐的先驱。序列音乐和电子音乐的原理虽然看似完全不同，但其实都能将音乐或者声音分解成参数，自由地重新组合，从而产生无尽的表现方式，从这个意义上来说两者或许又是相通的。

皮埃尔·舍费尔是具体音乐的创始人，这种音乐指的是将磁带录音的音乐或噪音重新组织、创造成音乐。声音合成器和采样器都出场了。

后来，施托克豪森将不确定性导入音乐，开始了按照文本——而非乐谱——指示演奏的"直观音乐"，还让演奏家乘直升机演奏音乐等，做过各种激进的尝试。将来或许会有人对他做的事给予重新的定义与评价吧。令人遗憾的是，舍费尔 1960 年以后就很少发表作品，而他的合作伙伴、作曲家皮埃尔·亨利后来却成为电子音乐作曲家，可谓一脉相承。

叉骨灰乐队是 1969 年成立的英国摇滚乐队。以双主吉他为招牌，最初成立时的成员有安迪·鲍威尔、

泰德·鲍威尔、马丁·特纳、史蒂夫·厄普顿。经历成员更迭后，现仍从事音乐活动，代表作则还属早期的《百眼巨人阿格斯》（1972）。

第22话 误打误撞进入爵士社

柯川和埃尔文·琼斯

（1975 年，高一）

接着上回讲。

轻音乐部的难度之高，让我和岩崎望而却步，就在我们逃出社团活动室时，一个长发驼背、外表邋遢的神秘学长叫住了我们。

"喂，我说！你们，站住！"

他睁着细细的死鱼眼。这是谁？真的是高中生吗？

我恐惧到身体都动不了了。

"你们想做摇滚吧？"

"是……是的。"

"想做摇滚，先学会爵士就很简单了。"

呃，这个死鱼眼在说什么呢。

"来我们这儿吧，来了马上就能用上吉他扩音器。"

嗯？他怎么知道我们在想什么？真是太奇怪了。可是学长的外形实在过于可怕，我只好保持沉默。

"好了，快跟我来！"

"嗯。"

我们跟着驼背学长往棒球部所在的校舍外围走去。要是待会儿被要挟怎么办？这家伙会不会瞄上了我们的吉他和贝斯？我脑子里各种猜测妄想转个不停。

棒球部的活动室，不知为何不在校舍中，而是建在校园边。那是幢木制旧小屋，很有"昭和学校"之感。旁边有个像是入口的地方，学长就从那里大摇大摆地钻了进去。我们也跟着进去了，居然看到房间里陈列着架子鼓、吉他扩音器，连贝斯扩音器都有。怎么回事？来这所学校近一年，我居然不知道学校里还有这样的地方。

"你们都不知道吧，这里啊，是爵士社的活动室。现在成员只有三个，等高三的一毕业就只剩我了，所以你们也加入吧。可以吧？"

不不不，就算说加入……就在我犹犹豫豫之间，学长又说："把贝斯给我。"

驼背学长突然把岩崎身上的贝斯像剥皮一样拿下来，连上扩音器，弹出噗噗的声音。

"听好了，这就是爵士。"

噗噗噗噗噗噗噗噗噗——噗噗噗噗噗噗噗噗——

什么？听起来完全不像爵士。就像在乱弹。

"你把吉他也给我。"

咕嘎、咕嘎、咕嘎咕嘎、咕咕咕——

这个人没事吧？不好，被危险的人缠上了，得让他赶紧还我们乐器，然后逃走。

这位驼背学长，就这样给我们听了差不多 30 分钟的贝斯和吉他的神秘弹奏。本人似乎总算也厌烦了。

"那我来打鼓，你们弹点啥。"

不不不，怎么可能一下子合奏得起来……我还在这么想着，驼背学长已经开始打鼓了。

咚锵，咣咣咣咣咣，滋滋滋滋滋，咚锵，咣咣咣咣——

一上来就是不得了的声响。趁这个空当逃吧。我和岩崎君对视：就是现在！

然而身体却动不了。不是因为害怕，而是因为学长的架子鼓演奏太厉害了。和摇滚完全不同，如同暴风雨般乱七八糟的连续击打，让我们呆住了。大概又演奏了 30 分钟左右，我们就那样呆呆地看着。我不得不佩服，厉害，居然有这样的高中生。

"你们两个知道**埃尔文**吗？"

完全不知道。这人又在说什么。虽然玩架子鼓有一手，但果然是个怪人。

"跟你们说，埃尔文可是**约翰·柯川乐队**的鼓手呢。刚才我演奏的是埃尔文的 6/8 拍，懂吗？可不是随便乱敲的。全都是有节奏的小节，记着，这就是爵士。要是会了这个，摇滚什么的不在话下。所以你们得加入爵士社，对了，贝斯借我。我想练习一下。"

糟了。如果被这个人抓住可就完了，我想。这次再次和岩崎视线对上时，我们终于逃跑了。

然而事情并没有就这么结束。第二天，学长又来约我们。岩崎完全不想再跟这家伙扯上任何关系，很有男子气概地断然拒绝了。但软弱如我，却不知怎么还是被带到了社团活动室。说实话，也不全是软弱的原因，我也想试试那里的吉他扩音器。

驼背学长还像昨天一样开始打鼓，边打边示意我连上扩音器弹吉他。我拿着吉他，诚惶诚恐地连扩音器，试着弹奏出声响。因为不知道究竟该怎么做，总之就先咕哇乱弹了起来。这样行吗？跟学长如此合奏了一会儿，鼓声就戛然而止，对方发怒了。不，说发飙更合适。

"我说你，什么都不会弹吗？就没有会弹的曲子吗？"

我什么曲子都不会弹的事实，就这样突然暴露在青天白日之下。

学长突然又说："我知道了，你带钱了吗？"

确认我身上带了 500 日元后，驼背学长带我去了爵士咖啡馆。这是我有生以来第一次去爵士咖啡馆。就在我心里七上八下时，学长却突然从口袋里掏出烟抽了起来。

对了，要先说明，那时高中生吸烟还挺普遍的。驼背学长不算是这方面的异类。那时不像现在，对十几岁的年轻人在烟酒上管控如此严格。学长递了根烟过来，我拒绝了。

"你真是没用，所以弹不好吉他哟。"

抽烟跟弹吉他可没什么关系吧？我腹诽。但我终究还是没抽烟。总觉得高中生抽烟，是为了装大人，十分难看。再说，我也讨厌对驼背学长唯命是从。

驼背学长装出一副自大的样子，跟店员点歌，他点的是约翰·柯川的《转变》，曲子的鼓手则是埃尔文。约翰·柯川的音乐从巨大的奥特蓝星[1]音箱中缓缓流淌出来，张力十足。在那之前，我全然不懂爵士乐的好，只认为是成人世界的古旧音乐，却在那时第一次体会到了乐趣。

"你知道这个节奏吗？从哪里开始，几几拍，知道怎么打复合节奏吗？"

我一点也不懂他在说什么。驼背学长于是拿出鼓槌，对着呆愣的我，在桌子上敲打起来。

"你看好了，这里就是节奏的起头，三拍子和四拍子就是这么杂糅在一起的，明白吗？踩钹的声音从这里进来……"

学长给我解说是不错，可他拿着鼓槌在桌上使劲敲打，

---

1 美国老牌音响制造商。

我担心店里的人随时要找我们发难。最后他动作太大，一个不小心把咖啡杯打翻在地弄碎了。啊……学长，不管怎么说，这都不太好啊。

"岛田君，这是第三次了，你收敛一点，再有下次就不许你踏进店门。"店里的老板娘很严厉地发威道。

我们垂头丧气地出了咖啡馆。

原来学长叫岛田啊。

"说起来，你叫什么名字？"学长问我。

看吧，我们就这么互不知姓名地相处了两天。从那以后，我每天都去爵士社的活动室报到。和要排队的轻音乐部不同，这里可以独占扩音器。虽说有个奇怪的学长在，这人还有点莫名其妙，他讲解的爵士乐我半点也听不懂，但毕竟他打鼓很厉害，而且也不是坏人。只需一年，等驼背学长毕业后，我就可以自由地搞摇滚了……

如此思量的我，不免有些精明算计，但也是因为这些想法存在，才加入了爵士社。谁知那却是所有错误的开始。

1975 年的爵士乐界流行的是跨界爵士（后来被称为融合爵士）。"这是商业主义，不可取！"对当年持这种观点的人来说，爵士乐可能就意味着约翰·柯川。

约翰·柯川，用一句话来形容的话，就是"爵士乐界的巨人"。他在迈尔斯·戴维斯（参照第 24 话）及塞隆尼斯·蒙克（参照第 37 话）的乐队中修行以后，以个人名义出道。他将声音铺满的演奏技巧，被称作"音瀑"（Sheets of Sound）。

但柯川的厉害之处在于，他此后的个人风格一直在变化，从硬波普[1]到现代爵士，之后又到自由爵士。这种永不厌倦的探索和求道，尤其抓住了日本爵士乐迷的心。他实际活动的

时间很短，但留下的录音非常多。而在这之中《巨人的步伐》（1959）、《至上的爱》（1964）两张碟则绝对是经典之作。

柯川从《升天》这张专辑开始投入自由爵士之中。《转变》（1965）是在此之前过渡性的作品，但在品味柯川的音乐变迁这一点上来说，它趣味无穷。

埃尔文·琼斯是很长一段时间内，以作为柯川左膀右臂而闻名的鼓手，和约翰·柯川、麦考依·泰纳（参照第 27 话）、吉米·加里森一起，被称作"黄金四重奏"。后来他自己率领

---

1 20 世纪五六十年代发展出的一种热烈并具有强烈驱动性的爵士风格。其出现是对冷爵士太过典雅和精致的"欧洲味"的回应，主张回到黑人布鲁斯音乐、福音歌曲等中寻找素材，恢复爵士乐的摇摆节奏和自由大胆的即兴演奏。节奏较比波普松散。

名为"爵士机器"的乐队活动。

　　驼背学长，也就是岛田学长所说的"复合节奏"，不管是 4/4 和 3/4，还是 4/4 和 7/8，指的都是不同的节拍同时进行。创造出柔软节奏感的埃尔文，是以敲打复合节奏出名的鼓手。如果没有他，柯川的专辑《非洲／铜管》（1961）或许就无法完成。

第23话　爵士咖啡馆的日日夜夜

查理·帕克和埃里克·杜菲

（1975—1976 年，高一、高二）

　　我和学长用架子鼓和吉他这种奇妙又变化多端的组合，进行着像爵士又不像爵士的即兴合奏。这样过了几天后，有一天，我放学照例去爵士社的活动室，却看到了一个没见过的穿着私服的帅哥。他半睁着眼睛，慢慢地抽着一根 Short Peace[1]。这谁啊。

　　"噢！你就是新人吗？给我弹点什么听听。"

　　这人看起来很傲慢，但我也不能反抗大人，只好按照平时与驼背学长排练的感觉，乱七八糟地弹奏了起来。

　　"虽然也听说了，但你弹得还真是烂啊，会按和弦吗？"

　　原来爵士社不只有驼背学长。曾经创立爵士社的第一代

1　和平牌（peace）香烟最初不带滤嘴的款式。

部长大森学长考完试从东京回来了。明明还是在校生，却穿着浅蓝色的喇叭裤和牛仔外套，甚至还留了点胡子，怎么看也不像是高中生。整个人飘散着一种让好几个女孩哭过的气质。吞云吐雾之际，他突然把身边的次中音萨克斯拿过来，用很不得了的气势啪啦啪啦地吹奏起爵士乐来。这个人真的是高中生吗？不会是哪儿来的专业音乐人吧，我那时候想。

与只会和我弄出些声响的驼背学长不同，大森学长如此绅士，首先从爵士乐和弦的基础开始教我。原来如此……我一边想一边试着按 Cm7、F7、Bb7 及和弦，渐渐弹得像爵士了。那天我就去了大森君家。

"大友，爵士的基本是**查理·帕克**，首先要从他听起。"

他为我一张张地放查理·帕克的旧黑胶唱片。时至今日，我已是查理·帕克的超级粉丝，但那时仍是摇滚少年的我，完全不理解帕克的趣味所在。就算和约翰·柯川比，帕克听起来也更古老，我不觉得哪儿好听。再说了，我本来就不是想做爵士，为什么必须具备爵士的基本素养呢？

"大森君，帕克听起来很古旧，好像很没意思啊。"

我虽软弱，却也是个不知天高地厚的小鬼。第一次见面的学长就叫人家"大森君"。不过随和又绅士的大森君，完全不在意这些，还是给我听了许多唱片。现在想来，他是为了让自己创立的爵士社团存续下去，不得不把唯一人社的高一学生培养成爵士乐粉丝吧。还是说并非如此？总之不管为何，那些唱片听起来都像古典音乐，毫无趣味。

但这其中唯有一张唱片引起了我的兴趣：美国六重奏管弦乐队的《暗刀麦克》专辑。知道这张专辑的人应该不多，它是**迈克·兹韦林**将**库尔特·魏尔**的名曲重新编曲的爵士乐隐藏名碟。**埃里克·杜菲**在曲中的即兴演奏出奇制胜、超越常规。居然还有这样的爵士乐。这是我和埃里克·杜菲最初的相遇。

发生了这些事之后，我已经完全泡在爵士社中。原本完全不知所云的爵士节奏、和弦，也开始懂了一点，虽然还是很拙劣，但能和大森君及驼背学长一起合奏了。

我高二了。大森君大学入学考试落榜了，唉，这也是理所当然的。他在去补习学校之余，有时间就会来爵士社的活动室。高三的驼背学长还是一成不变地每天打鼓。我的话，已经完全融入了爵士社，从那时起开始旷课。问我逃课干什么？基本不是在爵士社的活动室，就是泡在市内的几家爵士或摇滚咖啡馆。去这些地方，与其说是喜欢爵士，不如说是喜欢那里满溢的成人世界的气息。咖啡馆里既有大学生，也有不知道做什么本职工作的戴墨镜、留长发的成年人。我喜欢在这些人的附近待着。

最初我常去的一家叫"涅雅"，位于离福岛站很近的一条小路上。那是间开店时间不长、仅有数个吧台位和两三个桌位的小店。如此小小的店里，却放着巨大的奥特蓝星音箱，在这里听爵士乐，声音绝美。驼背学长和大森君自然是这家店的熟客。来这里我不点咖啡，而是点一份260日元的咖喱饭。这样就可以待在店里好几个小时，想来对店家而言是完全赚不了钱的客人。现在想想，真是对不住店家。跟父母的说辞则是，我带的便当上午就吃掉了，中午不买个面包的话身体受不了，然后用这份买面包的钱光顾咖啡馆。这家店的老板娘也很美，现在想来，当时只是个25岁左右的年轻女孩，但对高中小鬼来说，已经是很成熟的大人了，所以有一半的目的是为了去看老板娘。在这期间，我渐渐迷上了曾经认为古旧的爵士乐，这将放到下回叙述。

查理·帕克，外号"大鸟"，是中音萨克斯手。他是将即兴演奏发挥到极致的超级天才，几乎以一己之力创造了比波普的语法，被称为"现代爵士之父"。但另一方面，他在酒精、大麻、女人方面生活混乱，不惜命的他年仅 34 岁就与世长辞。

帕克 1942 年来到纽约，1945 年首次作为主导乐手进行了录音，在那之后的短时间内他爆发出了满腔的才华。每一个作品都充满才华与灵感。在

一个摇滚全盛的时代，他的爵士或许听起来有些陈旧，但广受莫里斯·拉威尔、保罗·欣德米特、巴托克·贝洛、斯特拉文斯基等众多音乐人的喜爱，而现在再听帕克的音乐，也颇有新鲜感。

埃里克·杜菲也是爵士史上的重要人物之一。ONJO（大友良英新爵士管弦乐队）的第二张专辑《魂不守舍》（2005）和杜菲的专辑（1964）同名，是大友先生用他自己的方式对杜菲该张专辑所有曲目的重新演绎。

杜菲的特点，也是当年令让大友少年感到惊异的理由，即独奏部分出人意料。再看看以最初的《魂不守舍》为代表的现场专辑，就更可见他的构想能力非同一般。

另外，他作为乐队班底参与的作品，也多是能体现他个人风格的名碟。奥尼特·科尔曼的《自由爵士》（1961）、查尔斯·明格斯的《查尔斯·明格斯推荐查尔斯·明格斯》（1960）、乔治·拉塞尔的《艾扎德美学》（1961）以及美国六重奏管弦乐队的专辑《暗刀麦克》（1964）。从今天的视角看，

那是一张将爵士乐史上各种各样的变化，都以清晰明了的方式展现出来的专辑。和帕克一样，杜菲也英年早逝，不知在他眼中爵士乐的未来是怎样的呢？

第 24 话　Passe-Temps

X 级、山下洋辅三重奏，以及阿部薰
（1976 年，高二）

高中时代的后半段，我几乎不再去学校，终日泡在爵士和摇滚咖啡馆里，这就是本节要讲的内容。

爵士咖啡馆"涅雅"已经完全记住了我这张熟客的脸，我莫名为此感到高兴。驼背学长因太过胡闹被禁止再去店里，我就自己一个人去了。在这里我邂逅了音乐风格刚进入电子时代的**迈尔斯·戴维斯**，尤其喜欢收录在《追赶》里的《X级》。现在听来这首曲子以激烈的放克为基调，但当时没有这个概念，只是一味地听，觉得是自由的电子音乐。同年级的同学加藤君在书店向我推荐了山下洋辅的第一本书《风云爵士帖》，说读一下这本比较好哦。以此为契机，我也开始反复听**山下洋辅三重奏**的曲子。**坂田明**的气势浩大的萨克斯、

森山威男的鼓，再加上山下洋辅激情四溢的演奏，一起从涅雅那巨大的音箱中流淌出来，沉溺其中很有快感。那时"朋克"这个词还没有登陆福岛，但对我来说，可能《X级》和山下洋辅就是朋克。如果听到这两种音乐之前，我先知道了朋克一词，肯定就会被带去朋克那边了吧。

常去的摇滚咖啡馆当数"Power House"。这家倒是没有熟到能记住我脸的程度，只是会与中学时代就认识的桑原君、小润、筱木君、阿部君等偶尔光顾。那时我的兴趣正从摇滚转向爵士，不知不觉间就不再去了。不过，就在那时我认识了吉田。吉田是个打扮成嬉皮士风格的人，不知道是大学生，还是已经步入社会了。他有个做演出策划的哥哥，于是大家都会去这个嬉皮士的家里混，给吉田帮忙参与的演出干活，帮他分发传单等。记得还因此看过**桑·豪斯**、**安全乐队**、**忧歌团**的演唱会。后来我在大地震后的福岛盂兰盆舞活动上再次遇到吉田，那时他自然不再是嬉皮士打扮，但当年的嬉皮精神还在，仅是这点就让人足够高兴了。吉田先生，那时候承蒙您关照了。

说回爵士咖啡馆。除了"涅雅"以外，另外一家我去得最多的，是位于福岛大学附近的 Passe-Temps。如今大学都搬到了郊外，但当时福岛市内却有几所大学，因此那是一个街上都是闲逛的大学生、咖啡馆生意很好的时代。把大学弄到郊外去不知是谁规定的，我觉得还是在市内比较好。年轻人在街上闲逛，对街道来说更好吧，对学生来说也更好。Passe-Temps 也是一家大学生经常出入的店。

为什么我开始出入 Passe-Temps 呢？我已经忘记最初的缘由。Passe-Temps 里不仅放爵士乐，有时候还会策划演出，比如举办**阿部薰**、**高柳昌行**、**金井英人**、**中村达也**等自由爵士音乐人的演出；放映评论家**副岛辉人**先生拍摄的八毫米胶片纪录片，讲述当时在德国开始的前卫爵士音乐节。这让高中生的我不时接触到新鲜事物。对刚开始听爵士的我来说，这些信息过于深奥，完全无法消化，但毫无疑问很大程度上影响了我今后的人生。十几年前我曾在杂志《游步人》的2002 年 11 月号上写过这段经历，在此引用一部分。

> 我开始出入爵士咖啡馆是在高二中间的时候，有了许多非校内关系的奇怪朋友。当时的爵士或摇滚咖啡馆，是一些在学校混日子的家伙的滞留场所。但他们也不是那种会打架斗殴的不良少年，都是些态度温和的家伙。有的人明明是高中生却摆出一副识遍世间女人的模样，有的人用烟和酒装出大人的样子，还有的人总是高谈阔论着哲学和现代音乐……和还是小鬼的我不同，他们都

很成熟，而且看起来很酷。和这些人玩耍的过程中，不知不觉我也真正迷上了爵士。原本是为了做摇滚才加入爵士社团的我，开始和驼背学长一样，想要做爵士了。

有次听说 Passe-Temps 里有很厉害的演出，于是我就去了，却见几乎没人的店里有个脏兮兮的、打扮得像嬉皮士的人，在胡乱打着鼓。结束以后，他又突然像疯了一样吹了一个小时的萨克斯。当时我已经开始喜欢山下洋辅那特攻队般的自由爵士，也喜欢上了电子化的迈尔斯·戴维斯的密集音簇的管风琴那激烈的音乐，但即便如此，也觉得那天的演出难以理解。虽然不能理解，却不知为何被吸引。随后一周，这个人演出时，我又去了。客人依然仅有几人。我一到现场，就听他说要借我的吉他，拿过吉他后他突然开始了演奏。他的独奏音量很大，让吉他一味发出啸叫。这样也可以吗？我当时想。吉他独奏结束后，又开始了那种音量超大的萨克斯独奏。唔，果然还是听不懂啊。即便如此，每次他出现时我都会去。我不知道这个男人就是当时传说中的萨克斯演奏者阿部薰。只是莫名奇妙被强烈地吸引着。

这里出现的阿部薰以及自由爵士的话题，是稍微后面的事了，之后会单独详细展开。不过读这篇文章时我突然想起 Passe-Temps 的热三明治，真是美味啊。在那之前，我还没见过热三明治这么时尚的东西。里面夹的是煮鸡蛋和美乃滋搅拌在一起的馅，嗯……该怎么说呢，虽说就是常见的鸡蛋三明治馅料，但用热压机一样的机器加热烘烤，做成吐司形状的热三明治，真是美味得不得了。它和"涅雅"的咖喱饭一起，算是我高中时代外食中最常吃的了。因为过于怀念这个味道，我二十几岁独居时，还曾买了做热三明治的机器，自己制作煮鸡蛋和美乃滋的馅料，每天就只吃这个。

说起来，直到现在我还有喝咖啡剩下一点的习惯，这也是来自高中时期。去爵士咖啡馆里点杯咖啡，因为没有续杯的钱，所以会留下1/4，然后几个小时都留在店里。点一杯咖啡，赖在店里，听几个小时爵士。那时开始，我只听激烈的爵士。随着音乐听得越来越多，耳朵是被磨炼出来了，在爵士社的演奏，却还是一如既往地烂，完全不成样子。

迈尔斯·戴维斯的《X级》，果然会让大家热情高涨啊！当整个乐队一齐发出轰鸣时，使用工作室内的混音设备，在意想不到的地方加入人工的停顿。但如果是现场演出，这样演奏似乎就不太合适了……

迈尔斯·戴维斯作为小号手，和前辈迪兹·吉莱斯皮个性相反，构筑了一个纤细且充满紧张感的音乐世界。年轻时，他就在冷爵士[1]、硬波普、流

行爵士、电子爵士、融合爵士等诸多

爵士的新领域不断开拓，这一才华与能量让他配得上"爵士之王"这一称号。《泛泛蓝调》（1959）、《即兴精酿》（1970）是历史性的两大名碟。收录了《X级》的《追赶》（1974）是一张合辑，但拥趸众多，也是所谓"电子迈尔斯"时期的杰作。

作为日本本土的自由爵士翘楚，**山下洋辅**在20世纪60至80年代以三重奏引起反响，他的影响不仅限于日本，也波及欧洲。他是当下仍十分活跃的爵士钢琴家，还是散文作家。他以肘击或头击键盘等前卫激进的演奏方式，以及超越字面意义的跳脱文体而闻名。与其说山下洋辅是一个过度张扬的人，不如说他是个洒脱的人。他发掘了 Tamori，担任过日本中华冷面协会的第一代会长，其影响已经

---

1 亦称"酷爵士"。现代爵士乐的一种风格。出现于20世纪40年代末，盛行于50年代。由于其发展集中在美国西海岸，故又称"西海岸爵士"。通常为3—5名乐手组成。乐器包括钢琴、贝司、鼓。音乐旋律流畅、节制，节奏舒缓、松弛，音色清亮悦耳，具有柔美特质。

超越了音乐的边界。有关 Tamori，将在下一话的专栏中讲述。

阿部薰在第 38 话的专栏，**高柳昌行、副岛辉人**则在第 26 话的专栏中有详细提及。**金井英人、中村达也**都是和高柳昌行缘分很深的音乐人。这里的中村，和原 BJC 乐队的中村达也碰巧同名，但不是同一个人。现在中村也还在世界范围内开展活动。

第 25 话　荞麦屋、荞麦屋

Tamori 的日本夜未央
（1976 年，高二）

　　我在本书中写了许多有关爵士社的事，其实不仅限于爵士社。高二后，或许因为不再去学校了，我在校外还交到了许多摇滚方面的朋友。对了，在这之前，还是先说说 Tamori 吧。

　　前文写过我喜欢听广播，特别是深夜节目。但和中学时相比，我高中听广播的时间明显减少了，电视也不怎么看了。曾经可是那么爱看电视的孩子呢。可能是我发现了现实远比电视有趣吧，也可能和我在家的时间大大减少了有关。从那以后直至今日，我都不怎么看电视。明明从事电视行业的工作。拜不看电视所赐，我对从 20 世纪 70 年代后半期直到现在的流行趋势，都不太了解。我的人生就只剩下了音乐、音乐、音乐。这样说有自我粉饰的嫌疑，实际上可能只是因为我在求学路上被淘汰，若把自己放到世间一般的标准中去看的话，会很难受吧。我一介高中生，弹奏乐器的水平很差，也不会演奏爵士乐，但倘若能在音乐世界的底层拥有自己的空间，即便是一点点的容身之地，也会让我轻松很多吧。啊，现在也是如此吧。不过，高中时我并未这么想过，内心还觉得是"社会太幼稚了"。如果放到今日，我肯定是那种会在推特上抨击社会、讥讽名人的年轻人。前卫音乐家给晨间剧写音乐之类的事情，肯定会被我贬得一钱不值。

"那家伙已经完了。"我会说类似这种话吧。

也因此，我觉得深夜节目也是给小朋友听的，不再像以前那样常听了。另一个可能的原因是，和20世纪70年代初不同，广播里谈论社会或时政话题、介绍音乐之类的节目变少了。不过，最主要的原因还在于我自身，一言以蔽之就是狂妄自大。

就在这时，我在漫画家**高信太郎**的《日本夜未央》中邂逅了Tamori。这位从九州初来乍到、尚属无名的大叔，突然出现，用在广播中前所未有的表演方式，毒舌地吐槽一切。他的才艺，以不知所云的HANAMOGERA语（ハナモゲラ語）为首，还有四国语国际麻将，以及"模仿放克歌手**三上宽**模仿的警察学校的老师"这种莫名其妙的多重模仿表演，以至于都不知道他模仿的最初原型是什么了……此外，他和**赤冢**

不二夫、山下洋辅、坂田明、筒井康隆等人都是朋友，这些人对我来说是宛如地下英雄般的人物，这种种因素给我造成了巨大的冲击。在"搞笑"方面，可谓是自疯狂猫以来最大的冲击了。

没多久 Tamori 的《日本夜未央》就开播了。当年福岛的广播电台不播这个节目，我只好搜从东京传来的日本播放电台的电波听。曾经因为喜爱深夜节目而架在屋顶上的长天线还留着。我贪婪地听着伴随杂音的《日本夜未央》。每次都会录音，甚至热心到要把里面出现的音乐、笑梗记在笔记上。地下音乐、带有冒犯性的大尺度表演以及毒舌，真是完美。对我来说那正是完美的世界。

至今难以忘怀的是忘年会的直播，Tamori 他们在某个小酒馆里办的忘年会，就那样播了出来。可能喝醉了的坂田明先生都不知道正在直播，一边喝酒一边说着 HANAMOGERA 语。最后，在场的音乐家们伴随着非洲节奏音乐，和 Tamori 说唱。他们用乱七八糟的语言唱起了"荞麦屋、荞麦屋"。对现在的人，突然说什么"荞麦屋、荞麦屋"，他们也不能理解吧。说到底 HANAMOGERA 语本来就是意思不通的语言。有关这点，须川先生会在专栏里详细写到，具体解释就交给他了。

不知从何时起，我想成为 Tamori 那样的人。我原以为地下世界全是黑暗，却被从那儿来的闪闪发光的黑色笑话所吸引。我开始给《日本夜未央》写信，还被读过几次，于是有些得意忘形。最后我还利用擅长的录音技术，通过改变磁带转数，将"荞麦屋、荞麦屋"录成了类似《归来的醉鬼》那样去投稿，居然又被播放了。这让我更加忘乎所以。

给点阳光就灿烂的脾性，让我干出了成立"荞麦屋、荞麦屋"乐队这种事。不知道从哪儿弄来的旧邦戈鼓，和当时的摇滚伙伴小润、筱木君，还有其他很多人，成立了打击乐队，用 HANAMOGERA 语唱着"荞麦屋、荞麦屋"。福岛市文化中心的小会场，为高中生业余乐队提供演出场地，我也想让这个"荞麦屋、荞麦屋"登上舞台。来这里参加表演的，都是些想参加演出却没有乐队、不会乐器却聚集在一起搞了速成乐队的家伙，想出场却苦于没有机会，我也是其中一员。这方面好像也和今日所做的区别不大。总之，这可是学校之外的初次演出体验。

"荞麦屋、荞麦屋"的表演，最开始非常开心，可观众却被吓到了。我本以为全场会很起劲地跟着唱"荞麦屋、荞麦屋"，结果观众的反应却似乎是在说："那些家伙在搞什么啊？"于是我也变得灰心丧气，演奏的情绪也渐渐低落。情绪低落的高中生唱的"荞麦屋"，可不是能听的东西。成为 Tamori 的路程还特别遥远。

那时压轴表演的，是吉他手桑原君、键盘手中潟君、贝斯手村上君，这是支集合了当时福岛高中生里明星级成员的超级乐队。他们演奏了**绯红之王**的《**太阳与战栗2**》，帅气到让人难以置信。我虽说想做爵士，但还差得远，在我眼中他们非常炫目。我又想起中学时对桑原君的仰慕。不过，这时候我已经不再是为了得到女孩子的尖叫，而是想更好地做音乐。可以的话希望一辈子都做音乐，希望能够把吉他弹奏得更好，在"荞麦屋"上再次受挫的我这样想。虽然这样想，但音乐的道路依旧特别特别遥远。

如今的 **Tamori** 作为电视艺人的了不起之处，想必大家都知道了。但早期 Tamori 先生的过人之处，还是稍微介绍一下比较好。

1972 年，山下洋辅在九州巡回演出时，遇见了碰巧出现在宴会上的 Tamori。Tamori 受到山下的赏识，之后多次去东京参加活动。他的表演很快就吸引了周围的音乐人、作家、漫画家等，终于得以在电视上露脸。1976 年 10 月《Tamori 的日本夜未央》

开播，Tamori 作为从事演艺活动才第二年的新人，获得了极高的人气。当时有个著名环节叫"NHK 拼贴新闻"，是利用 NHK 的新闻素材，无视既定的新闻脉络剪辑而成的节目。

当时 Tamori 戴一只眼罩，才艺是模仿蜥蜴（原本是全裸进行的）、使用胡说八道的外语打四国麻将等，以这些大胆的段子为中心，在电视上成为热点。有人说他的节目白天播出太危险，但 Tamori 先生就偏要在白天播出，他带来的就是那个传说中的长寿节目《笑一笑又何妨！》。

HANAMOGERA 语是在 Tamori 的朋友们中流行起来的无厘头语言，类似"あまぞぱら　へりさきむるぱ　くしゅみけれ　むがるのじゃまぬいでちゅはんそれ"这样的感觉。这是从"模仿日语"的点子发散出来的。在 Tamori 之前，藤村有弘、大桥巨泉（钢笔广告中的"はっぱふみふみ"）就做过这种段子。这种文字游戏，如果完全随机就没什么意思了，正是因为它有一套自己的规律，才奥妙无穷。

"荞麦屋"也是他们的固定段子。《Tamori》（1977）收录的《非洲民族音乐"荞麦屋"》中，伴随着咚咚咚的太鼓声，Tamori 一直用回声方式喊着"ウガラヌシメヤマ、フロヤノニカイデ"（荞麦屋、荞麦屋）。真是太疯狂了！这种表演绝对会令气氛高涨。可惜大友少年当初制作的音源已经没有了，遗憾！

第 26 话　噪音与"当代艺术"酒吧

高柳昌行的新方向乐队

（1977 年，高三）

　　1977 年春，多次补考后，我总算升入了高三。学校为了备考，进行了换班，但对于除了去爵士社几乎不怎么在学校露面的我来说，这些事都无所谓。让我松一口气的是，班主任大内老师没有变动。虽然我不去上课、成绩显著下滑，但大内老师一直对我很宽容。现在想来，老师是在暗中为我行方便，而我也利用了这一点。虽然心有愧疚，但依然不去上课，终日在爵士社的活动室和爵士咖啡馆中度过。

　　这时市面上流行的是**粉红淑女乐队**，我最爱的**山口百惠**的《**假黄金**》《**梦境引路者**》也依然很有人气。这年虏获我心的偶像，则是在资生堂广告《**我的圣洁女孩**》中出镜的**小林麻美**。我本来很少看电视了，却被她留着男孩气的短发在竞技场上奔跑的广告片段击中，还和同年级的岩崎君偷了贴在百货商场楼梯转角处的《我的圣洁女孩》的大海报。自然，我也买了**尾崎亚美**唱的广告主题曲的黑胶唱片反复听。现在看这张海报，也会觉得心脏怦怦跳呢。由于当年还没有录像技术，只能留下海报和杂志切页。因为实属难能可贵，就在本书放一下照片吧，麻美呀。

《我的圣洁女孩》的海报。

另一方面，这个时期我也不可遏制地憧憬着东京的地下爵士乐。从一开始在福岛或东京看**渡边贞夫**、**渡边香津美**等日本爵士乐手的演出，到不知不觉受 Tamori 的广播、**山下洋辅**的书及音乐的影响，我渐渐开始对地下的先锋派艺术感兴趣。而给我带来最大影响的，当数**阿部薰**在福岛当地的爵士咖啡馆 Passe-Temps 的演出，我常常去看。在几乎没什么客人的店中，他每个月都会做即兴演奏。那太难理解、完全听不懂的演出，给尚读高中的我那不怎么灵光的脑袋，留下了难以用语言表达的印象。我还想看除他之外的自由爵士。于是，我寒暑假去东京时，开始去新宿的 PIT INN 或歌舞伎町的 TARO 以及西荻洼的 AKETA 等店里看自由爵士。

　　对我冲击最大的，是在涩谷的 Jean-Jean 看的**高柳昌行**的**新方向乐队**的演出。高柳昌行以爵士乐明星渡边香津美的师父的身份闻名，但实际上，他是从 20 世纪 60 年代就引领日本前卫爵士乐的领军人物……这样写会被骂吧。总之要讨论日本的自由爵士或噪音音乐，高柳昌行是绕不过去的第一人——两把电吉他、萨克斯、贝斯、两套鼓，如今也很少见的持续几十分钟的大音量演奏。既没有听得出来的节奏，也没有旋律，只感觉到巨响的噪音在持续扩散。由于音量过大，感觉身体像被压在椅子上，演出结束后会耳鸣到什么也听不见。高柳昌行的演出，与其说是在听，不如说是在用身体感觉。

　　客席上仅有十几个观众，或许十人不到吧。但在这么少的人中，却能看到我敬爱的**殿山泰司**、爵士评论家**清水俊彦**、**副岛辉人**等人的面庞。仅这一点就足以让人心动了。殿山先生在他的《JAMJAM 日记》中，形容高柳先生的演出是"飞到月亮上的声音"，正是那种感觉。

　　我被这场演出感动，很快就叩响高柳先生的门，成了他的门下弟子……倘若现实如此，倒是件值得在连载中大书特书的事。而我的人生，远没那么酷。说实话，高三的我，完全听不懂这种大音量演出。和这相比，山下洋辅的自由爵士要好懂得多。只是虽然不懂，但受到的巨大冲击毋庸置疑。我不知该如何解释这样的体验，只是带着强烈的耳鸣，漫无目的地游走在涩谷到新宿夜晚的街头。最终进了新宿一家叫"当代艺术"的脱衣舞酒吧，简直像被吸进去一样。啊，真是没出息，怎么回事？

我是第一次进脱衣舞酒吧。当然也是第一次见到女性的裸体。脱衣舞娘除渔网袜之外不着一缕，下半身在红色灯光中浮现。"新方向"的轰响带来的耳鸣，开始在我脑海中钻辘辘地做起了椭圆运动，我已经蒙了。脱衣舞娘靠近时，散发着强烈的香水味。在那之前，我只觉得香水味让人不快，那时却让我的身体异常地起了反应。在这个酒吧待了多长时间、之后又住到了哪里，我已经完全不记得了。和现在一样，当时我也完全喝不了酒，因为对东京不熟，那之后应该也不会去其他酒吧。难道是在那儿待到有了头班电车，坐电车回的福岛？还是跌跌撞撞住进了已经在东京的大森君或驼背学长的公寓呢？

这家"当代艺术"酒吧曾在的地方，现在是新宿的 PIT INN。那时候，我连想都没想过，之后会在这里举行演出，也没预想到数年后会拜入高柳昌行的门下。

小林麻美是歌手、演员、模特。她细细的肢体和长脸（失礼了！）曾是流行标志。1972 年作为歌手出道，因资生堂及 Paruko 的广告走红。隶属田边事务所，后来和事务所社长（也是蜘蛛乐队的前队长）田边昭知结婚，退出演艺界。

尾崎亚美作为歌手兼作曲家，现在仍然很活跃。她写的名曲有松田圣子的《天使的媚眼》、杏里的《聆听奥莉薇亚》等，不胜枚举。

接下来要说的就是对大友先生有决定性影响的重要人物**高柳昌行**。他作为爵士吉他手，于 19 岁出道。1985 年以银座的香颂咖啡馆"银巴里"为据点，组织"新世纪音乐研究所"，是讲述日本爵士乐史不可或缺的人物。他曾是渡边贞夫的乐手，熟知正统爵士乐。另一方面，正如他和阿部薰合作了《解体的交感》（1970），他也是噪音音乐的先驱，进行了非常丰富而独特的音乐活动。有关渡边香津美会在后面讲述！

殿山泰司是名看过一眼就难以忘记其面相的男演员，大家都知道他喜爱爵士乐，经常在 PIT INN、STATION'70 等 Live House 中露面。他的文笔很好，大友先生的《大友良英的 JAMJAM 日记》（2008），其实就是借用了殿山先生的日记题目。

清水俊彦是诗人、音乐批评家。他对前卫爵士造诣很深，直到晚年还亲自去现场，不惜一切代价尝试最新的表现形式，让人敬佩。著有《爵士乐·另类摇滚》（1996）。

副岛辉人也是音乐批评家，但活动不仅限于笔头。他还将国际上的前卫爵士音乐家介绍到日本，也反过来将日本的先锋音乐不断地介绍给世界，这些功绩难以计量。著有《日本自由爵士史》（2002）。

第27话 初次的直播事故

桑尼·罗林斯及气象报告乐队、尾崎亚美及小林麻美
（1977年，高三初夏）

电视上小林麻美的《我的圣洁女孩》广告不知不觉间结束了。在没有录像带的时代，无法保存影像的我们，只好遥望着贴在墙上的照片、海报，在脑内循环地播放视频。听着**尾崎亚美的《我的圣洁女孩》**，呆呆望着墙上巨大的小林麻美的海报，幻想脱衣舞酒吧里看到的、只穿渔网袜的女性的下半身，是我的日课。真是个"健康"到让人难为情的高中生。留短发微笑的小林麻美真的很耀眼。

高二结束后，我自动成了爵士社的部长。毕竟那时我是入社时间最长的社员。那么憧憬过的吉他扩音器如今想用就用。不知不觉间，曾经和桑原君一起演奏绯红之王的乐队成员——键盘手中潟君、鼓手泷浪君、贝斯手木村君，以及就读于其他高中的演奏气象报告乐队歌曲的高冈君、初中时在桑原乐队弹奏贝斯的阿部君等人也加入了社团。除此以外，还有附近大学爵士社的一帮人；明明应该毕业了的萨克斯手大森君，也频繁出入爵士社。这里更像是超出了高中生圈子的社团。幸运的是还有一、二年级的学生加入，总算是在形式上维持着社团活动的样子。但实质上大部分是一群不练乐器、总是逃课在活动室里抽烟的家伙，就连身为部长的我，也是一年到头被顾问老师叫去谈话。

再说社团里大家的演奏水平。唉，怎么说呢，是连恭维都说不上好的程度，是加几百个特别修饰都不足以形容的烂。我憧憬 Tamori、地下音乐、自由爵士，另一方面也想要好好地做爵士和摇滚。于是总算试弹了基础曲子，比如布鲁斯或《枯叶》等经典的轻音乐曲目，终觉无聊，最终还是没能练好。此外，还学了**气象报告乐队**的《黑市》、**麦考侬·泰纳**那张像阿尔卑斯山的封面的专辑、**赫比·汉考克**的假面头像专辑里的放克曲、**日野元彦**和**渡边香津美**的《流冰》等，都是当时爵士咖啡馆的流行曲，但弹得都很糟糕。当时的录音只留了一部分下来，我听后想，就凭这种水平，居然想一辈子吃音乐这碗饭。如果是今天，演奏成这样的高中生来到我这里，说将来想做专业的音乐人，我可能会毫不犹豫地说"还是算了吧"。

就是我们这帮水平这么烂的家伙，不记得出于什么原委，居然被福岛广播电台找来做现场直播演奏。那是工作日白天的 AM 广播直播节目。虽说也不知道找高中生做工作日直播的家伙也是怎么想的，但我们一听到"广播演出"这几个字就兴奋起来。毕竟对于在广播里听着音乐长大的一代人来说，上广播节目可能比上电视还高兴。

因为是工作日的广播，要是被学校发现就糟糕了。并且直播在市内主干道的商场前面进行。也就是说，我们会在福岛最繁华的地方演奏，并且经由电波向全县播放。那是一条只要走在上面就会遇到熟人的街道。也不知道会有谁看到听到，要是被老师知道了肯定会被停学吧。再三考虑之后，我们决定戴着面罩，以匿名乐队的形式出演。乐队命名为

高三的学园祭，爵士社的成员们模仿赫比·汉考克的专辑封面来变装。或许当年还穿着这样的变装成群结队出现在市区吧。照片最右边的，是后来名噪游戏音乐界的中潟宪雄。

"Super Oronine Five"，真是太土了[1]……可能是想掩盖身份，又想表现出玩世不恭的态度，努力起了这么个名字吧。

终于到了正式直播那天。原本很怕遇见熟人，但工作日路上人本来就不可能多。直播舞台前面的客席上仅有几位老人。为数不多来商场买东西的人，也只是面无表情地经过。尽管如此，我们五人戴着摔跤手面具，还是很跩地站上了舞台。选的曲子无功无过，是我们应该演奏得来的**桑尼·罗林斯**的布鲁斯曲《**两个人的小月亮**》。由于鼓手泷浪君来不了，我们找了福岛医大爵士社的鼓手代打。有前辈在就放心多了。表演正式开始！

"那么，今天，我们迎来了福岛本地的乐队进行现场演奏。你们好。"

"你……你们……好……好。"

欸？怎么大家的声音都变尖了。

"你们的乐队名叫什么？"

"这……这个……我我我们……不便透露姓名……是Super……Oro……Oro……nine……Five……"

"原来如此。是不便透露姓名乐队啊。"

"不是的，都说了，我们是 Super……Oro……Oro……"

---

1 Oronine 是日本一种常用药膏，适用于青春痘、冻疮、擦伤、脚癣、轻微烧伤等的治疗。

"好的，那么，因为时间关系赶紧开始演奏吧！"

这就开始演奏了？我们都急了。由于着急一时不知如何是好。副导演对鼓手发出了开始信号。原本应该是鼓手看到信号后倒数开始演奏，结果那位戴着眼镜看起来颇为靠谱的医大爵士社的前辈鼓手，居然在信号发出时完全呆滞，手脚凝固般一动不动。喂喂……副导演一个劲地示意，场面却一度静止，这样过了好几秒。等得不耐烦的主持人只好再次说："请开始演奏吧。"

我们只好在没有鼓手倒数的情况下，突然开始演奏。而本该一起的鼓声却延迟很久才开始。明明是大学生，这个演奏水平……结果没有一个人的节奏合上了。本该简单舒缓的布鲁斯，却成了听不出节奏的谜一般的音乐。不过，放到今天的话，就那样演奏下去，可能就像**奥尼特·科尔曼**的和声旋律理论（Harmolodic）一般，在并行演奏的同时又有差异化的东西出来，我想也会是很有趣的一件事。又或许说，会变成爵士乐版的**夏格斯乐队**那样的风格。不过实际结果，就像诸位料到的一样，因为演奏得过于糟糕，主持人插进来救场："谢谢你们！哇——真是厉害的演奏，拍手，啪唧啪唧啪唧，以上就是不便透露姓名乐队。"

就这样，表演被强行终止了，仿佛什么也没发生过。

V.S.O.P. 五重奏。1983 年，引入嘻哈风格的《尽情摇摆》在世界范围内引起热潮。大友先生所说的"放克的曲子"指的是收录在《猎头》里的《变色龙》或《西瓜人》吧？

日野元彦是代表日本的爵士鼓手。他是小号手日野皓正的哥哥。他和菊地雅章组成日野＝菊地五重奏。

渡边香津美 17 岁时就发表专辑出道了，是那时起就评价很高的天才吉他手。20 世纪 70 年代末和坂本龙一等人一起成立 kylyn 乐队，他参与的 YMO 的世界巡演也获得极大关注。美国站演出获得很高评价，但只要读读当时的报道，就会发现夸的都是渡边香津美。

《**流冰**》（1976）是日野元彦四重奏 +1 的现场演出专辑。成员为山口真文、清水靖晃、渡边香津美、井野信义、日野元彦。专辑收录的是1976 年 2 月在根室的演出现场。

桑尼·罗林斯是与约翰·柯川齐名的萨克斯手，如今还在活跃中！他充满爱乐之心吹奏的样子，受众多粉丝敬爱。代表作有《萨克斯巨像》（1956）和《桥》（1962）。

奥尼特·科尔曼是创造"自由爵士"这个概念的中音萨克斯手。他不拘于形式的表达为后世带来极大的影响。收录在《未来爵士的样貌》（1959）中的《孤独的女人》，对大友先生的师父高柳昌行，以及大友先生本人来说都是重要的保留曲目。

夏格斯乐队是由三姐妹组成的摇滚乐队，也是户外音乐代名词般的存在。在乐器演奏上，她们似乎弹得连外行都不如，各自的节奏乱七八糟，明明好像一点都不相干，却仅在最后融合为一体，这到底是为什么?！请一定要听一下《世界的哲学》（1969），体验一下你有关音乐的常识都被摧毁的感受吧！

第 28 话　应援团和爵士社

齐柏林飞艇、深紫、卡萝尔乐队、
Down Town Boogie Woogie Band
（1977 年，高三）

　　齐柏林飞艇、深紫、卡萝尔乐队、Down Town Boogie
Woogie Band，有人知道这四支乐队的共通点是什么吗？本
话要讲述的就是这个话题。

　　终于到了学园祭时期。这是高三最后的学园祭。对学习
不行的我来说，是唯一能展示自我的舞台。这年我又是爵士
社的部长，可以随心所欲。对就读男子学校的我们来说，这
还是为数不多的、能和附近女子学校的学生接触的机会，令
人激动又有些不安。

　　就在这时，我却被应援团叫到了学校后面。

　　我就读的高中，或许是因为传统高中的校风尚存，应援

团十分可怕。一年级时，全体学生都必须穿着木屐参加应援团讲座，并且练习校歌或应援歌。不仅如此，谁要是偷瞄带着竹刀的应援团前辈，还会被打。他们会在午休时突然来到教室。

"你们也太没精神了！"应援团前辈们说。他们强迫我们唱应援歌，让我们说"osu"[1]，总之是些难缠的家伙，对这样的人我向来应付不来。学校规定要穿木屐参加应援团讲座，也很让我讨厌，我带着微弱的抵抗之意，在这个木屐上画上了佩兹利花纹。结果被发现了，受到了严厉批评。那之后，我就一直是应援团针对的目标。真是服了。我不想和这帮人有任何牵扯，我们是无法相互理解的。又不是明治时代了。不过已经到了高三，令人恐惧的应援团前辈也都毕业了，终于放心了些。

到了校舍后面，三个成员在那里等着我。他们穿着改装的不良少年校服，留着力怎头。不知道为什么，去年明明毕业了的前辈也在，穿着私服留着力怎头，太阳眼镜别在脑后。这是曾为佩兹利花纹木屐一事对我发火的前辈。我头发留到肩膀，吊儿郎当地说："有什么事？"

别看我说得气势十足，其实心里非常害怕。虽然害怕，

1　在空手道、剑道、柔道等体育运动中使用的问候语。日本年轻男性、小混混等也喜欢以此来打招呼，显示自己精神抖擞、干劲十足。

但是也不想让人看出软弱，因此逞强装出冷酷的样子。啊，真是的，我真讨厌这种事，想快点逃走。

"你的头发漂染了吧。"

什么？重点在这里吗？我原本的发色就有点浅，偏棕色，并不是漂染。

"我可没染，本来头发就是这个颜色。"

在后面的前辈站起来。不好，还是逃吧，快逃。我一瞬间这么想。

"大友啊，你现在，好像是爵士社的部长吧。听说你们要在学园祭上演奏爵士乐，是这么回事吗？"

嗯？完全没理解他在说什么。但戴墨镜的前辈似乎有些不好意思，继续说道："是这样的，这些家伙呢，说想玩乐队，但是没有出场机会，能不能让他们在你们这里出场啊？"

高三的夏天。在福岛乐器店的工作室。这是福岛最早的排练工作室，当时很受他们关照。

啊，啊……这样啊，原来是这么回事。

其实几天前，同年级的应援团成员就来问过，说自己也想做乐队，是不是可以借爵士社的活动室用用。我态度敷衍，说："不行啊，你们是做摇滚的吧。那应该去找轻音乐部呀。我这里是爵士社。"

从一开始我就不想跟他们有过多牵扯，因此果断拒绝了。现在想想应该是轻音乐部早就拒绝了他们，所以才来找我。对了，因为学园祭，乐队被允许在教室排练，但只有做摇滚的轻音乐部和我们爵士社被分配了教室。应援团的摇滚乐队不属于任何一边，而且轻音乐部原本乐队数量就多，部员自己都未必有出场机会，更不用说外部人员了。再加上温和的轻音乐部和应援团原本就合不来，所以应援团就只剩下软磨硬泡弱小的爵士社这一手段了。其实我们算上其他高中的人和毕业生在内，也就只有三支乐队，而且这三支乐队里还有些成员是横跨几支乐队的。所以就算是部分时段借给应援团也没有关系。但那时总觉得不爽，就是不想借。我们可是一直搞音乐的，你们呢？只是想在学园祭上露一下脸，哪有那么容易的事！

但看到那个可怕的前辈，有些不好意思地继续说着，我也没法说"不行"。也就是在一年半之前，我想做摇滚，可是轻音乐部人太多，扩音器是摸也摸不着，出于这个原因，不得已加入爵士社，想着在这里做摇滚不就行了。这样的我不知从何时起，开始拿"因为这里是爵士社……"去搪塞别人了。这让我有些难为情。

"大友，只是上午的时间也行，借我们乐队用用，拜托了。"

同级的应援团长向我求情道。

"好吧，那，作为条件，你们的架子鼓借我。"

我知道应援团长有全校最棒的架子鼓。我们达成一致。

学园祭当天，正在排练中的轻音乐部教室，长久地响着**深紫**的《高速公路之星》以及**齐柏林飞艇**的《通往天国的阶梯》，但只有前半部分。每个乐队选的都是这首曲子。

而爵士社的教室里，留着力怎头的应援团员和长头发的我们齐心协力地布置着会场。或排好桌子做成舞台，或贴隔音垫，布置摊位照明。自然，应援团长带来了他闪闪发光的架子鼓。只有这天，应援团的家伙们对我十分和善，让人起鸡皮疙瘩。早上，应援团的乐队演奏就开始了。他们演奏的是**卡萝尔乐队**和 Down Town Boogie Woogie Band 的歌。

"可爱——那个女孩——路易丝安娜……"

"港口的横，港口的横滨，横滨——"

虽然福岛既没有"港口"也没有"路易丝安娜"，但乐队成员都戴墨镜、穿卡萝尔乐队风的皮夹克、留力怎头。这其中只有一人，白色连体服的胸前写了自己名字的汉字"诚"，戴着 Down Town Boogie Woogie Band 风格的墨镜。仔细一看，是把我叫到校舍后面的那个毕业的前辈。什么嘛，是你自己想表演啊。教室里已经满是应援团的支持者。怎么看都是些不良少年。当时虽然还没有这种说法，用现在的话说就是"Yankee"。现场很骚动。还有些风格狂野的女孩子也混杂其中，让人羡慕。应援团乐队的演奏水平有些离谱，我已经很糟糕了，但他们比我还要糟糕。然而这场景让人不由得发笑。

应援团乐队表演结束后，终于到我们出场了。我在好几个乐队都担任乐手演奏了。前文写过，我水平特别差，但这时也得意扬扬地演奏。看当时的照片，会觉得自己有点耍酷，非常不好意思。来观看我们表演的观众，虽然不像应援团那么多，但座位上总有人，走了一些后又有一些坐下或站着围观，陆陆续续有人来，热闹地为我们捧场。这其中不仅有本校的同年级学生，还有附近女子学校的女孩子。光是看到女孩子的背影，我们就会演奏得特别起劲。那时候的音量和节奏，可能是平时的1.5倍吧。高中男生简直像发情期的昆虫一样。可是，我们完全不知道要如何跟女孩搭讪，结果，没有一个乐队成员跟女孩说上话，学园祭就这样结束了。明明是为了讨女孩子欢心才做乐队的……

"我们可是为了音乐上的追求，绝不是为了和女孩子们套近乎。"

为了挽回失败的遗憾，或许乐队成员之间还说过这样的话。明明是发情期的昆虫，还说这种要面子的话。啊，真是讨厌，讨厌。悲惨的青春。不过人生会发生什么真的不好说。其实，以这次学院祭为契机，有个女孩子找到了我……这个将放到下回讲述。

对了，本节开头时出现的问题：齐柏林飞艇、深紫、卡萝尔乐队、Down Town Boogie Woogie Band，这四支乐队的共通点是什么呢？

答案就是，比起原版，更让我记住的是同学们演奏的版本。

这四支乐队的曲子，比起听原版的次数，绝对是听同学们演奏的次数要多得多吧。

20 世纪 70 年代最受日本少年欢迎的摇滚团体，当数齐柏林飞艇和深紫。两者对当时的少年来说都是摇滚传奇般的存在。

齐柏林飞艇是雏鸟乐队的前成员吉米·佩奇于 1968 年和罗伯特·普兰特、约翰·保罗·琼斯、约翰·博纳姆组成的超级乐队。这支乐队的成员都是音乐演奏技艺上的技术狂人，以连复段为中心的抓人的曲风、动静结合的节奏切换、充满能量的舞台

表现以及专辑中展现的多样的音乐性，令他们坐上重金属摇滚的王者宝座。代表专辑当数收录了超级名曲**《通往天国的阶梯》**的《齐柏林飞艇 IV》（1971）。对很多人来说，提起吉米·佩奇首先想到的就是《通往天国的阶梯》。这首抒情的吉他前

奏，很多非专业人士也能弹奏，导致当年在乐器行试奏这首曲子的人络绎不绝，以至于有的店里都张贴出"禁止弹奏《通往天国的阶梯》"的告示。

1980 年 9 月博纳姆意外身亡，剩下的成员也无意再继续下去，乐队于当年 12 月宣告解散。在那之后，乐队的其他成员也和临时来帮忙的鼓手一起参加过音乐节之类的活动，但再也没有重新组过乐队。

大友先生最喜欢的齐柏林飞艇的曲子，好像是《雨之歌》。本页照片就是收录《雨之歌》的专辑《圣屋》（1973）。

深紫是琼·洛德、瑞奇·布莱克摩尔、伊恩·佩斯于 1967 年组成的摇滚乐队。成立之初是介于艺术摇

滚[1]与经典摇滚之间的乐队。成员更迭以后，专辑《摇滚的深紫》（1970）转向了硬摇滚[2]的路线。他们以瑞奇弹奏的吉他和新主唱伊恩·吉兰的嘶吼唱腔为招牌，大获成功。留名摇滚史的名碟《日本现场实录》（1972），称得上是日本粉丝的骄傲吧。

《高速公路之星》是他们的代表曲，收录于专辑《机械头脑》（1972）中。这张专辑中还收录了《水上烟》，那令人印象深刻的吉他的连复段演奏，连外行也能弹，以至于乐器行……后面的事大家都知道了。乐队在那之后也经历了诸多成员变化，乐队自身反复解散、重组，现在仍然在活动中。

---

1 20世纪70年代初兴起，主要在英国发展。将古典、爵士、摇滚等音乐形式结合在一起，结构庞大，和声语言复杂。

2 亦称"重摇滚"。20世纪70年代发源于节奏布鲁斯，指那些音量宏大、节奏硬朗有力、以男性为主导的摇滚乐形式，强调摇滚乐中"攻击性"的一面，常与重金属音乐有联系。

卡萝尔乐队是矢泽永吉、约翰尼·大仓、内海利胜、YUU冈崎组成的摇滚乐队。乐队于1972年成立。他们以力怎头和皮夹克的造型示人，演唱日语摇滚，有《路易丝安娜》《放克猴宝贝》等热门歌曲。他们开创了日本暴走族的时尚形象，给后来的音乐、着装都带来巨大影响（但其造型实际是模仿出道前的披头士）。1973年，NHK的策划人龙村仁因制作的纪录片《卡萝尔乐队》和上层决裂，从此退出NHK。他于第二年即1974年公开发行电影。1975年乐队解散，矢泽永吉单飞，他的男子气概倾倒众生，人气极高。但请大家记住，矢泽是一个非常有技巧的作词人，他很好地选择了适合自己的作曲家。同时他也是一个擅长中慢节奏而非快节奏的歌手。

卡萝尔乐队出道后的第二年，宇崎龙童率领的Down Town Boogie Woogie Band出道了。他们的发型也是力怎头，由于总被拿来与卡萝尔乐队比较，令他们很是困扰。于是在着装上，他们用连体服替代皮夹克，作为自己的标志。1974 年的《Smokin' Boogie》、1975 年的《港口的横·横滨·横须》专辑都大获成功。虽然瞬间成了人气乐队，但乐队自身走的是严肃专业路线。1980年，Down Town Boogie Woogie Band 改名为 Down Town Fighting Boogie Woogie Band，于 1981 年的最后一天解散，但其后又数次重组。宇崎龙童在那之后成立了龙童组、宇崎龙童＆RU connection 等乐队，至今仍在活跃。

第29话 我的青春爱时代

友部正人《胡萝卜》
（1977 年，高三）

学园祭结束后一周左右，我将爵士社部长的位子传给了高二的高井君。那会儿，高井君突然说："大友学长，我的初中同学、圣母的 Y 说想认识你。"

"圣母"是附近的女子学校"樱花圣母学院高校"的简称。不知是不是私立女校的制服加成，这所学校以可爱女孩众多出名。我光是听到"圣母"这两个字，就已经要升天了。高井升高中时复读了一年，所以应该是和我同年，那么他的初中同学，也就意味着和我同年。嗯？等等，Y 不就是和同班同学铃木交往的那个 Y 吗？

"对对，就是那个 Y。"

铃木是我从小学开始的同学。运动全能、学习好，又有些超脱世俗；性格怎么说呢，应该是看到弱小的人被欺负就会挺身而出的那种，但看上去又有点害羞别扭。总之，让人感觉干什么都比不过他，即便从男生的角度来看，也是很帅气的人。而他的女友Y，不仅优秀，还长得可爱，是公认的美女。所以，任谁看铃木和Y都是"福岛最佳情侣！"的感觉。这种优秀男生的女朋友，要找我这个既不会学习也不会运动，外表不起眼，除了做乐队没有任何可取之处的人干什么……而且就连这个乐队也是水平难说，不可能因为这个来接近我。铃木和Y在一起时，我见过Y几次，算是脸熟，但几乎没说过话。只是我单方面觉得她很可爱。反正，不管怎么想都很奇怪。身边的家伙们也都表示"不会的不会的，完全不可能"。那是自然啦。

"不不，不是要交往之类的意思，只是说想让我介绍一下。总之圣母的学园祭时，你去她的教室看看吧。"

高井这家伙，不会是要我吧。难道是恶作剧，要看我笑话？我一方面这样想，一方面又期待着那万分之一的可能。但是，万一真是对我有意思，不就等于我抢了铃木的女朋友吗？那样作为男人有点说不过去吧？不不，等一下，还没说一定是那样呢，我这样想有点太得意忘形了。不对，可是，万一要和铃木展开争夺女友的决斗，怎么看都是那家伙更强吧？不过，铃木也不是那种通过暴力解决问题的人。不对，等等，铃木再怎么品格崇高，碰到跟女朋友有关的事，说不定也会完全变一个人。不不，等等，铃木不是这种人，比起这个，就算开始交往，我和铃木的差距太大了，会不会让 Y 觉得没意思？等等，万一她突然说想接吻的话怎么办？要是接吻时被铃木看到的话……不，在考虑这些前，还是先想想见到她时，说点什么好吧。说起来，约会到底要干些什么，是站在左边好呢，还是站在右边好？啊……真是的，这就是高中男生，怎么说呢，真是无可救药的生物。

就这样，我每天晚上都沉浸在幻想中睡不着。一周过去了，终于到了樱花圣母学园祭的日子。我没有和爵士社的伙伴同行，而是找了同年级的岩崎与竹岛。岩崎是曾想和我一起加入爵士社的好友，但他走上了不同的道路。虽然只有我进了爵士社，但那以后我也和他有来往。竹岛则和我从初中时起就关系很好。这种时候，还是要找靠得住的家伙。

这是我第一次去圣母，穿过校门都令人心跳不已。Y 在英语社团的教室。教室里的桌子像咖啡馆那样排列着，上面摆出红茶和点心，模拟成店铺的样子。教室内的装饰虽朴素但有品位，是在男子学校里无法想象的情景。从入口处偷偷一看，短头发的 Y 正在教室靠里面的位置，和外国修女用英语交谈。

"那么可爱的女孩，真的说要跟你见面吗？"

岩崎不怀好意地笑着说。

"好烦啊，闭嘴。"

我想这样回击，却发不出声音。实在太紧张了。再看看跟我说这种话的岩崎，他其实也在紧张。

"那、那、那、那个、那个、那个……"

Y发现了在教室门口犹犹豫豫的我们，走了过来。哇！怎么办。正这样想着，Y开口了："哇，大友君，你来了，谢谢。"

笑容。灿烂的笑容，清澈的声音，笔直的视线。我本来就不擅长看着人的眼睛说话，看到她过于炫目的大眼睛，我简直要晕倒了。高井居然没有骗人或恶作剧。她是看了爵士社的演出，才想要见我的。我高兴得想跳起来。岩崎和竹岛不知道是不是顾虑到我们，跑去认识的女孩子那边很开心地聊着什么。太棒了！能行！

到这里为止都很好，可是……

不知道为何，教室里播放起Y选的歌，是**友部正人**的《**胡萝卜**》（作词、作曲：友部正人）。

老爹哈利在唱歌　他唱的是

他的背像石头般沉重

他闭着一只眼睛　已经老朽

唱着不知哪个年代的了不起的懒汉之歌

很久以前你也是这样

仅仅为了活着

就竭尽全力

无所求　无所获
什么都没有
只是为了自己活着

我这个唱歌的人　牙龈都脏了
正咀嚼着房间里冷气吹来的潮湿的风
昨晚那个女孩乘上最后一班火车
去南方的一个小镇

虽没有梦想
但却如此温柔
温柔到让人想哭泣
我把脖子埋在夜晚的裙子里
流着咸咸的眼泪

为什么你要走？
为什么我必须说再见？
为什么你要说再见？
为什么我要走？

"这首歌的歌词不错吧。"
嗯？这首歌在唱什么，难道是有关失恋的歌？

她为什么会在这里放这首歌呢？

我本来就不熟悉民谣，完全不知道要怎么回答。

她比我想象的还要成熟，我完全跟不上她的话。什么被歧视部落的人们、巴勒斯坦问题、环境公害及三里冢、永山则夫等等，这些世界大事我虽然都在新闻中听过，但与我毫无瓜葛。她对这些怎么会这么了解？

"大友君会说英语吗？要不要一起学习英语？"

连学校都没好好去的我，怎么可能会说英语。讨厌学习的我，没法坦诚地答应一句"嗯"，只是默默地看向地面。铃木的脸在脑海中一闪而过。

和校园偶像甜蜜约会的妄想完全消逝了。那天，我带着一种想要消失的心情，盯着爵士咖啡馆的音响直到深夜。

友部正人，是生于 1950 年的民谣歌手、诗人，1972 年以专辑《来到大阪》出道。他受鲍勃·迪伦的《像一块滚石》影响开始写歌，发表了众多名曲、名碟，却并没有特别火爆，略有些朴素低调地开展音乐活动。音乐人中有不少都宣称自己是友部正人的粉丝，且年龄世代跨度大、风格多样，如井上阳水、矢野显子、远藤道郎、长渕刚、佐野元春、Tama、宫泽和史、森山直太朗等。坂本龙一的初次录音，就是因为他在研究生时偶然在酒吧里认识了友部先生，参与了他的歌曲《无人能描绘我》（1975），这件事从此成为佳话。

要描述友部先生的歌哪里打动人时，首先要说的，当数歌词的力量。他歌词中出人意表的比喻、面向社会的问题意识、考究的结构修辞以及略带苦涩的讽刺与有深度的幽默……所有这些融为一体，回响在耳边。因此他的歌在谷川俊太郎等专业诗人中也受到高度评价。而将这样的歌词娓娓道来传至听者耳朵的，是友部正人那沙哑的歌声，这才是无可替代的宝物吧。

《**胡萝卜**》一曲收录在 1973 年发行的同名专辑中，这也是友部正人的第二张专辑。这张专辑的风格是友部正人自弹（吉他，有时是竖琴）自唱。这张专辑收录了众多名曲，其中《一本道》是热潮乐队的歌曲《中央线》之前的、有关中央线的保留曲目；另外还有描写联合赤军被捕后的世人反应的《干杯》。

其实《胡萝卜》真正的金句[1]在正文引用的那段之后，大家最好自己去听一下。这也是大友先生所期望的吧。（这是编者的擅自揣测哦。）

---

1 《胡萝卜》后半段歌词："人像胡萝卜一样长着手脚 / 仿佛在为一切事物悲伤。注定被恋人抛弃那就抛弃吧 / 这一生就让它物尽其用吧 / 变得像雨水一样天真 / 把一切事物淋湿吧。常去的货摊里的老爹 / 如今也带着像坏掉般的笑容示人 / 而我们 / 也会慢慢变成那般旧日里让人怀念的老爹。"

第30话　人生最初的女友?

山下洋辅《风云爵士帖》、殿山泰司《JAMJAM 日记》

（1977 年，高三）

　　事态有了预想之外的进展。我以为圣母学园祭那次肯定没戏了，谁能想到在那之后还有后续。我和 Y 基本每天都有联络。什么？要是那么顺利的话就没意思了？确实。可到底是什么发挥了作用、到底是什么情况，我到现在都没能理清。不过，比起这些，她每天都会认真地联系我才是让人高兴的事。所以我不再想一些有的没的，也开始认真回复她。看到我会认真地回复对方，可能现在认识我的人会吓一跳吧，但的确就是有过那样的时期。那时候的认真劲，跑哪儿去了呢？现在就算是有人联系我，我也会马上忘记，不回复，难得的好机会也会流失……特别是 U-zhaan[1] 的邮件，完全不回。不

1　日本的塔布拉鼓演奏者。

行，不行，我要反省。

　　从来没受过女孩子欢迎的我，欢快兴奋到难以置信，真是难为情。对方可是周围都一致好评的Y啊。我终于也迎来了桃花期吗？……对了，那时候还没有桃花期这个说法。不过，差不多就是这种心情吧。因此铃木的事也被我完全抛在脑后了。说起来，那个优秀的铃木，最近根本不去学校，发生了什么事呢？算了，不管了。我自己也不怎么去学校。嗯，不管了。唔，就这样吧。我那时带着这种心态，完全没有考虑铃木发生了什么。该说自己是冷血的男人呢，还是被眼前的快乐蒙蔽了双眼呢，抑或欠考虑呢？只是一个人高兴得忘乎所以，真是太没出息、太可耻了。

　　话说回来，那是一个没有手机也没有邮件的时代。相互间想要联系，就得用到电电公社产的黑色电话，那东西特别笨重，带拨号盘，真是让人怀念。和手机不同，接电话的人不一定是她，也可能是她的家人，特别是她父亲也有可能接起电话。虽然没做什么见不得人的事，但每次都会一边祈祷不要是她父母一边拨号。反过来，我在家时要是有电话打来，总是以一种迅猛之势跑过去接。在那之前，我在家从来不接电话。不要说接电话了，基本人都不在家。所以在父母看来，是怎么回事一目了然吧。

　　这期间，我们也会在放学路上等对方一起回家。学园祭结束了，高三的同学们都投入到认真的备考学习中，我爵士社的部长职位也委任给了学弟。因此我们会以备考学习的名义一起去图书馆……当然，学习是完全没有在学的。另外我们还会一起亲密地去爵士咖啡馆；或者哪儿也不去，只是在街上闲逛。我们两个人都是骑自行车上学的，走路时右边会一直牵着车，因此我们中间总是有一辆自行车的距离。牵手什么的，想都没想过。就是这么纯情。

说是在街上闲逛，其实也都是小街道，走个 30 分钟就到郊外了。我们总会走到阿武隈川，在河堤的砂石路上推着自行车一个劲走着。完全没有看景色。当时应该很冷吧，但也没有感觉到寒冷。我们到底说了些什么，也很难想起了。不过说话的应该基本都是她。我没法发起话题。我是从什么时候变成了今天这样的话痨呢？曾经是那样不会说话。不会说话不单纯是出于害羞，肯定也有不想被她嫌弃以及不想被看扁的心情。于是，越这样想就越发什么也说不出口。

她对政治及社会问题都有兴趣，我在那之前，什么都没想过，因此对她说的事全无了解。什么三里冢、巴勒斯坦、差异与歧视，唔，我果然是理解不了。为什么要头戴面罩游行？……我和这些全无关系……那时，我正是仅有这点思考能力的小鬼。

我对政治和革命的话题，与其说是抗拒，不如说是因为自己回答不上来而感到焦躁，但还是默默听着。不过，我们也不只是说这些。现在想来，她应该是想做能够帮助他人的工作吧，比如护士、看护等，她更多会谈论到这些话题。真是一个认真的好女孩。非常认真说着这些话题的 Y，看起来很成熟，也很有魅力。而我就更不想被她轻视，因此对明明不知道也没有了解的话题，一个劲地说着"唔，唔，是这样的"，装出很懂的样子。如果是现在，肯定会去维基百科上查，然后更加过分地不懂装懂。当时可没这些手段，于是我特意去了书店，站在那里看了些貌似艰深的书。不过，一介笨蛋小鬼，又能看懂什么？只是想追赶她的脚步而已，哪怕只是靠近一点点。但那些政治思想类的书，我只要读一点，头就开始痛了，完全不知所云。而且，里面尽是些不认识的汉字，让人难以下手。最终我拿下书架的，是**山下洋辅**的**《风云爵士帖》**、殷山泰司的**《JAMJAM 日记》**，然后是刊载自由爵士内容的**《爵士批评》《爵士》**等杂志。总之都是些与爵士有关的书。不过现在想来，以这类书籍为契机，我这就算恭维也谈不上聪明的脑袋，开始稍稍地去"思考问题"了。

就这样，我和 Y 貌似开始了交往。我写了貌似……因为彼此间既没有说过喜欢或告过白，也没有亲吻或牵过手，再说我还介意着铃木的存在。她还在和铃木交往吗？我虽然这样想，也不好问她。她也不谈论这个话题……虽然很介意铃木为什么没来学校，但我特意让自己不去想。就这样，我们只是每天见面。仅仅能跟她见面，就足以让人高兴了。不管是不懂装懂还是什么，只要能一起推着自行车，在河堤边漫步，就会有最棒的心情。虽然不知道她是怎么想的，但这就是交往吧。也可能不是？

我唯一能在她面前谈论的就是音乐，但连这个我都感觉没法畅所欲言。

"大友君喜欢什么样的音乐家？"

"嗯，喜欢的有很多，但最喜欢的还是爵士吉他手。**吉姆·豪尔、迈尔斯·戴维斯**等，你呢？"

我喜欢吉姆·豪尔、迈尔斯·戴维斯自不用说，但那时候山下洋辅、**高柳昌行**、阿部薫、Tamori 这些人才是我心中的最爱，却无法说出口，总觉得说出来会让人极度扫兴。我只能说些她可能喜欢而我也喜欢的音乐。而且，我还一个劲地担心要是谈到她在学园祭上放的**友部正人**该怎么办。我不了解她喜欢的音乐，这种事情就算撕裂我的嘴也说不出口。啊，不对，从小学到初中的阶段，因为社会上有过民谣热的时期，因此我也喜欢过民谣。但到了高中，我开始觉得日语歌曲听起来有些土气，特别是配一把吉他弹唱的民谣，带些说教味，听起来让人厌烦。这可能是受 Tamori 的影响吧，我对这些东西越来越讨厌。这种对民谣的厌恶，可能一直持续到 25 岁以后。要说我对民谣的偏见是如何消失的，或许是因为做了**三上宽**的乐队后，知晓了民谣的厉害。以及和山

本精一邂逅，听了他的歌，重新认识了民谣。不过，高中时的我，可真的不喜欢民谣。所以担心要是她提到这类话题该怎么办。

尽管如此，有一天，她还是将友部正人的《**胡萝卜**》和**基思·杰瑞**的《**科隆演奏会**》的黑胶唱片借给我。我觉得基思·杰瑞的音乐听起来很自恋，因此欣赏不来，老实说不知道怎么办才好。不过，这种话我无论如何也说不出口。想着既然借来了就得听一下，于是反反复复听了好多遍。听这些音乐，就是和她交流的窗口吧……我当时带着这样的心情。不要怪我目的不纯，这是 18 岁处男唯一知道的交流方式。不过那时听的友部正人，和有关她的记忆一起，直到现在还留在我的脑海中。可能友部正人先生本人已经不记得了，我在**梅津和时**先生的乐队中演奏时，曾经与他在札幌有过仅一曲的合作。那是 1990 年，我 31 岁的时候。友部正人先生的歌声响起的瞬间，我的身体仿佛从札幌的舞台被吹到了福岛阿武隈川的河堤上……啊，我以为不会再想起福岛的事了。歌曲的力量真是恐怖。

学校里依然没有铃木的影子。大家都忙着备考，因此无论是铃木还是我桃花期到来的事，对他们来说都无关紧要。反过来，在我看来，不管是学校还是考试，也都不怎么重要。本来就是半辍学的状态，成绩垫底，学校也完全不管我。就算逃课也没人会生气，就是这种感觉。我基本第三节课才出现露个脸，午休时间就离开学校去爵士咖啡馆了……每天都是如此。因此铃木不去学校的事，也没怎么在意。不过，世界仍在我未知的地方变化着。

第 24 话出场的山下洋辅《风云爵士帖》（1975），是山下先生的处女作，是一本接近正方形的、有函套的书。这本书很厉害，山下先生在演奏上独特的自由爵士风格，也体现在了文风中。他用这种文风写下了旅行随笔，此外还有援引音乐学者小泉文夫的理论写就的论文《蓝色音符研究》。要注意，如今平凡社出版的"图书馆系列"收录的内容有很大不同。

殿山泰司的《JAMJAM 日记》（1977）是一本围绕工作、爵士乐、推理相关的书。在第 26 话也提到过，大友先生的《大友良英的 JAMJAM 日记》借用的就是它的书名。有兴趣的读者一定也要读一下《三流演员传》（1974）。

《爵士批评》和《爵士》是当时的专业爵士杂志。20 世纪 70 年代有许多爵士杂志，但停刊的也不计其数。1977 年，《爵士》更名为《爵士杂志》，第二年停刊。《爵士批评》直到现在还在发行。

吉姆·豪尔是爵士吉他的巨匠。就像第 34 话中提到的那样，他和比尔·艾文斯一起创作的《暗流》（1962）是大友先生偏爱的专辑，具体请看第 36 话的介绍。吉姆·豪尔使用的吉他 Gibson ES-175，在日本有大友良英的师父高柳昌行、植木等等人使用过。高柳先生的吉他，后来作为遗物赠予大友先生，大友先生会在一些重要场合使用这把吉他演奏。

基思·杰瑞的《科隆演奏会》是 1975 年由 ECM 发行的钢琴独奏专

辑。基思曾是迈尔斯乐队的钢琴手，当时也有独奏及个人乐队的活动。这张专辑是完全的即兴演奏，基思浪漫而富有激情的弹奏，配上让人联想到水晶的钢琴音质，相得益彰，在当时获得极高人气。

第 31 话　铃木的失踪与色老头

德里克·贝利、汉·本宁克、埃文·帕克
（1977 年，高三）

高三第二学期要结束的时候，铃木退学了。原因不明。在那之前他就有几周没去学校了，应该也没有跟任何人联系。要是原本就可能要退学的不良少年也就算了，铃木可是成绩优秀、品行端正，虽然感觉有点拧巴，但也不像对学校有什么不满。于是各种传言甚嚣尘上，什么失踪、离家出走、跟 Y 私奔、厌倦了考试决定一切的高中、想要自己学习等等。然而，谁也不知道真相。问他的班主任大内老师，他也没有清楚地告诉我们。不过，最起码铃木并没有和 Y 私奔，这我最清楚，因为 Y 每天都和我见面呀。

其实在铃木开始不来学校那会儿，不，是不来学校之前，我在图书馆碰到过他一次。当时我立马觉得要跟他解释一下 Y 的事，于是开口说道："那个，其实我跟 Y……"

就在我支支吾吾时，铃木说："我知道的。其实没必要知会我。大友，你按照自己的想法做就好了，不用在意我。"

　　铃木是怎么知道的？我心里只在意这个，除此之外还说了些什么，都不太记得了。只是铃木最后说的话，直到现在还记忆犹新。

　　"你是真心想做音乐吧，那就不用纠结于学校。不要仅限于社团活动，光明正大地做自己想做的事就好了。"

　　那时的我当然想做音乐，以后也想继续做下去，却无法跟任何人明确地表达态度。因为我吉他弹得不好，对音乐也只是向往，不知道要如何去做。铃木却仿佛看穿了我的内心。那是我见他的最后一面。

　　那天，我有生以来第一次听了**德里克·贝利**。地点在涅雅，市中心的爵士咖啡馆。应该是在《爵士》杂志上，音乐评论家间常用"即兴演奏的极北""无政府主义"之类的夸张言辞，形容德里克·贝利的音乐。我看后非常在意，想听听到底是多厉害的演奏。于是点了店里刚到的日本发行的唱片**《德里克·贝利／吉他独奏卷1》**。结果当时偏偏从B面开始放。当然啦，若是音乐通就会装腔作势地说，当然是要从B面听起。那感觉怎么说呢，总之就是出乎意料的演奏。如果大家能在YouTube上找到这张专辑，希望你们听一下B面的第一首曲子**《警察在哪里？》**。

　　"难道这就是极北？这就是无政府主义？这难道不是在

搞笑吗？"

这就是我毫不掩饰的最初感想。从奥特蓝星巨大的音箱中流淌而出的《警察在哪里？》那滑稽的吉他演奏，让我差点从椅子上掉下来。要如何形容呢？说是《海螺小姐》的配乐也毫不奇怪。那傻乎乎的简单连复段没完没了地重复着。我难以理解这样的音乐，要求店家继续放 A 面。这回倒没有从椅子上掉下来，但难以理解的程度超越了 B 面。没有任何起承转合，没有节奏和旋律，但也不是噪音或电子音，只是吉他弹得很烂的人，在一个劲地噗唥噗唥地弹着。这比在 Passe-Temps 听到的**阿部薰**，还要难懂几十倍。

"这是什么啊？"

我与个人史上最难懂的音乐相遇了。因为过于难懂，那以后我又反复听了很多次。这真的是音乐吗？这就是极北吗？没想到的是，之后的之后，它会成为我最爱的音乐。岂止如此，德里克·贝利还成为我音乐路上的最强引路人，甚至后来我们还有过合作演出，这真是完全没有预想过的。那时只是感到无法理解。

铃木也好，德里克·贝利也好，世上尽是难懂之事。先放下德里克不表，铃木的事让人介怀。他到底发生了什么？Y 完全不对我说前男友的事，从她这里得不到任何情报。不过，和铃木交往过的 Y，突然开始和我每天见面，这和铃木失踪之间会不会有什么联系呢？我在脑海中如此烦躁不安地思索着，却想不出所以然来。这种状态持续了几天后，Y突然说了奇怪的话。

"大友君，我有事和你商量。"

Y的脸上带着我从来没见过的表情。她会说铃木的事吗？说了我该怎么办？

"最近呢，我认识了一个奇怪的爷爷，那个爷爷说自己住在车站前的酒店里，是个写文章的。说希望我去给他做助手，你怎么看？"

哎呀呀，原来不是铃木的事啊。不过，这又是什么事？好可疑，总觉得哪里不对。直觉这样告诉我。

"这没问题吗？万一是个色老头怎么办？"

"关于这点哦，我朋友已经开始做这位爷爷的助手了，还拿到了打工的钱，说是没问题。"

"不，绝对奇怪。写文章怎么会需要女高中生做助手呢？再说文章又是什么文章？"

"也是，有点奇怪呢。"

"不对劲不对劲，绝对不对劲。还是别去了吧。先不说这个，你听过德里克·贝利吗？真是让人摸不着头脑……"

"不过呢，朋友说人很好，感觉还挺有意思的。"

"哎呀，比起色老头，有一个叫德里克·贝利的音乐人，真是谜一样的人物……"

"还不一定就是色老头呢。应该不是那样的人，好像是个很好的爷爷。"

"又温柔又好的人说不定也很色啊，我绝对反对！坚决反对！反对赞成的反对！说回来，这个德里克·贝利啊……"

"啊，大友君你用了你讨厌的学生运动的语气（笑）。"

"才不是呢，这是天才傻鹏[1]的语气！"

"哈哈哈，真的。我也很喜欢天才傻鹏。'啦啦啦呀啦啦，这样就行吧。'"

"是的，这样就行吧！"

"天才傻鹏——天才傻鹏——"

（两个人一起）"天才——的一家，天才傻鹏。"

"那大友君，明天见啦，椰椰，天才傻鹏。"

啊，我真是太喜欢Y了！太可爱了。真是可爱啊。

嗯？嗯？

我刚才想说什么来着？

结果既没有谈到铃木，也没能聊德里克·贝利。啊，真是的，色老头什么的，随便他了，可千万别跟他扯上关系啊。骑着自行车的Y看起来很开心地唱着天才傻鹏的歌，骑向夕阳消失了。啊，我果然很喜欢Y。

这天和Y分别后，我还是去了涅雅听德里克·贝利的新曲。**汉·本宁克**和**埃文·帕克**的三重奏即兴演奏《**肺部地形**》

---

1 参照 P73 专栏中《天才妙老爹》的介绍。

的日本版唱片刚到。啊，这张唱片中的汉·本宁克那可以说得上给肉体造成冲击的强烈鼓声，让人听了感觉很舒服，对我来说也很好懂。我用超大音量听着这个演奏，不知为何听到了"这样就行吧"的声音，麻烦事全不知被吹到哪里去了。能沉浸在音乐中……沉浸在那样的演奏中，是最幸福的。

　　第二个学期行将结束，我却依然完全没有复习，只想着Y和德里克·贝利。铃木也没有消息，不知道什么情况。而德里克·贝利带来的冲击也没能跟任何人说起。

德里克·贝利是英国的吉他手，即兴演奏家。他开创了不依赖既定音乐的结构方式、自由即兴创作的新领域。1970 年，德里克·贝利和托尼·奥克斯利、埃文·帕克共同创立了砧骨唱片公司。第二年就发行了正文中也提到的《吉他独奏卷1》（国外版本名为《德里克·贝利独奏》），这之后贝利就只做即兴演奏。1976年他想营造"即兴演奏家的游泳池"这样的环境，创立了名为"乐团"的即兴音乐家组织，一心追求即兴演奏的可能性。他也曾数度来过日本，其中和田中泯的友谊最为有名。著有《即兴》（1981）。本·沃森撰写过有关德里克·贝利的评论性传记《德里克·贝利——即兴物语》（2014）。

贝利最初来日本时，正是音乐批评家间章招待了他。间章的音乐批评，以修辞晦涩、意思难懂知名。他同时还积极举办音乐会，促成了史蒂夫·莱西、米尔福德·格雷夫斯以及贝利等人初次来日本的演出，功绩卓著。著有《应有的未来之物》（1982）、《间章著作集》全三卷（2013—2014）。

汉·本宁克是荷兰鼓手，欧洲自由爵士的功臣之一。他和米夏·曼贺博格一起在埃里克·杜菲的《最后的约会》（1964）中担任伴奏。在此之前，他们就一起参加过ICP 管弦乐团等的音乐活动。汉·本宁克在激烈的演奏之中展现幽默，时至今日也令人感到新鲜。

埃文·帕克是英国的萨克斯演奏家和即兴演奏者。他以不停顿持续的循环式吹奏风格获得瞩目。

《肺部地形》(1970),由帕克、贝利、本宁克共同演奏,是砧骨唱片公司的第一张专辑,值得纪念。内容本身固然了不起,但不管是这张专辑还是贝利的日本版独奏专辑,都有张冷漠脸放在封面上,想一想更是厉害。

第32话 为了明天，之一

拉罗·斯齐弗林《虎胆妙算》

（1977年，高三）

寒假来了。我每天都在爵士咖啡馆听着德里克·贝利，看店内书架上的《明日之丈》。虽然我几年前就看过了，再看还是觉得矢吹丈很帅。要是我也能经受得住严苛的减肥，站上舞台该有多好……我以前认为小纪（林纪子）很可爱，最近越来越能懂得白木叶子的好了。我果然变成熟了啊……小丈和小纪唯一的约会情景，让我不由得想象，如果Y也像小纪那样，对我说"大友君，还是不要做音乐了吧"，我就回她"舞台在等着我"之类的。……我依然是这样一个连高考的"考"字都不沾边的、无可救药的傻高中生。

"招聘吉他手　红宝石夜总会"
那几周，张贴在福岛繁华街小路上的破破烂烂的这张广告引起了我的注意，在意的原因，是失踪的铃木说过的话让我放不下。

"真心想做音乐的话，那就不用纠结于学校。不要仅限于社团活动，光明正大地做自己想做的事就好了。"

不同于社团活动之类的玩票，如果想做真正的音乐，就必须进入严苛专业的现场。我虽然想到过这一层，可要怎样才能进入专业的现场呢？我完全摸不到门路。似乎听谁说过，我所仰慕的爵士乐手们，最初都是从夜总会的驻唱乐队做起的。我把这话当真，想起那张海报。怎么办，是去，还是不去？

那样的日子里，有一天，Y 深夜打电话过来。晚上 10 点后的电话肯定是她打来的，我赶紧抢在父母前接了电话。Y 说，明天她的朋友要和上次说过的色老头见面，有点担心，问我该怎么办。

"为什么要接这种活儿呢？"

"好像薪酬很好，而且对方人也不错的样子。"

"不不，让女高中生做助手什么的，肯定有问题。"

"所以我担心嘛，大友君，想想办法吧。"

"欸？想想办法？我吗？欸、欸？"

"大友君说过不能原谅色老头吧。"

"欸？这个，话是没错，可是……啊，是的，对！不能放过那老头！不能放过他……"

可是，干吗找我呢……我想说我可没那个勇气，又说不出口。两个人在电话里这也不行那也不是地讨论了许久，最后决定在老头当作工作室的立野屋酒店前等着，跟踪打探一下他到底是不是色老头。

我脑内播放的是《**虎胆妙算**》的配乐。当然不是翻拍的那个拖泥带水的四拍子版，而是由拉罗·斯齐弗林的管弦乐队演奏的原始五拍子版。间谍剧就是要五拍子音乐嘛。我们的监视目标，是个拄拐杖、戴贝雷帽的白发小个子老人。好像每次都是由一名女性带着，到车站前的立野屋酒店里去工作。我们得到的情报只有这些，内心很是亢奋。

我们在能看到立野屋入口的角落里藏起来监视。脑内循环着《虎胆秒算》的配乐，不对，不光脑内，我都唱出声了。当当当当，当当当当，不管是老头还是什么敌国间谍尽管放马过来吧……最初估计的是 30 分钟，不，也许就 15 分钟吧，一个小时后，我开始厌倦了，脑内《虎胆妙算》的配乐也听不见了。两个小时后，我感觉又冷又饿，老头什么的随他去吧。我开始像往常那样和 Y 闲聊。

"我想上横滨短大的外语专业。"Y 说道。

"哦！那里是我妈妈老家的附近呀，你去考试时我们一起去吧。啊，我吗？唔，我一点都没复习，还没决定呢。不过我要去东京，我想做音乐。所以上哪里的大学都无所谓。"

"大友君，这么想没问题吗？好像有点不对哦。"

"唔，虽然是有问题，不过呢……"

乱七八糟地聊着时，我趁机问道："你跟铃木怎么样了？"

"为什么问这个？我们早分手了。"

"你知道铃木退学了吗？还有传言说他失踪了。"

"好像是这样，可是具体我不知道啊。"

说完她沉默了，应该是不开心了。她应该知道点什么吧。迟钝如我，也觉得有什么不对。就在我脑中闪过这个想法时——

"啊，来了来了，那个人……"

出租车上一个身材矮小、白发、戴贝雷帽的老人，由一个年轻的女性扶着下车。《虎胆妙算》的配乐再次在我头脑中响起。好！……可是，老爷爷跟我最初想象的样子完全不同，人看起来很好，走路步伐很孱弱，看到他的一瞬间，我马上萎靡了。

"大友君，我们上吧。"

Y 以一种逼人的气势站起来向老爷爷走去。

"啊？！啊，等等，不是说偷偷跟在后面吗？"

"我去跟他直接谈。"

我动摇了，已经无心再播放脑内音乐了，只能听到心脏的紧张跳动。我被 Y 甩在身后，呆呆站在大堂一角。只见对面 Y 正在跟老爷爷讲话。什么嘛，两个人脸上都带着笑容。

"大友君，那个人没问题的，不是什么色老头。是个正经人。虽然我不打这份工了，不过不是什么奇怪的人。"

啊……好像，我总是这么没用。这种时候什么也做不了，真是太差劲了。老爷爷危不危险，我已经完全不在乎了。比起这个，和 Y 堂堂正正的态度相比，呆立在原地什么也做不了的我才真是没出息。可能是察觉到了我的样子，Y 说："大友君，走喽。"

被 Y 拉着手，我迈开步子。不知不觉就到了阿武隈川边的河堤上。天空开始下起小雪。

"大友君，铃木应该有他自己想做的事情，所以我想你不必为他担心。"

Y 为什么不选择铃木而选择了我呢？那个时候，如果是铃木的话，肯定会毫不犹豫地在她前面先跟老爷爷谈判吧。

"大友君也只要做自己想做的事就好了。"

听了这话我很震惊。不只是铃木，连 Y 也看出，我在音乐面的迷失，没有直面自己想做的事。我完全不像《明日之丈》中所描绘的那样。女主角对我说的不是"放弃音乐吧"，而是"你要好好做音乐啊"。那我不成了猛犸西了吗？猛犸西是《明日之丈》里矢吹丈的拳击手好友，总是因为不好好减肥、偷偷吃乌冬面，被小丈一顿暴打……仔细想来，我确实也是这样。我无法回答她，陷入沉默。

我们默默走在路上，天完全黑了，雪也下得越来越大，今夜会积雪吧。

"大友君，今天，我不想回家了。"

当时的我完全没能理解这句话的意思。我还沉浸在原来自己是猛犸西的震惊中，无力去体会Y的想法。并且我接受了她说的"大友君也只要做自己想做的事就好了"，边走边暗自下了一个傻不拉几的决心。

"为了明天，第一，要敲开红宝石夜总会的大门！然后走上专业的道路！"

啊，就算是如今写下这些，也还是觉得难为情到让人哭笑不得。我默默走着，Y又一次重复了刚才的话。

"今天我不想回家。"

终于回过神来的我，说出了让人无法想象的话——

"今天太晚了，还是回去吧。否则你妈妈要担心的。"

我是傻瓜，一个大傻瓜。

"我做了一个决定，要从现在开始实行了，明天见。"

和她道别后，我就直接去了红宝石夜总会。

20 世纪 60 年代，以 007 系列风靡为契机，荒诞无稽的间谍电影在世界范围内形成热潮。电影有《超级情报员麦汉》系列、《弗林特》系列，电视剧有《大叔局特工》，日本有《百发百中》（1965）等等。

《虎胆妙算》的电影原名《不可能的任务》更有名，但现在日译名用的则是《间谍大作战》，也是那个时代风靡的间谍电视剧之一。于 1967—1973 年在日本播放，描写的是一个特务组织，奉"当局"命令，执行秘密任务。团队的人员构成是：沉着冷静的队长、科学技术专家、变装的名人、美女、怪力男五人组。他们各自发挥自己的特长完成工作，这种形式从此也在影视剧中盛行起来。

每集开头，下达给队长的命令都是用磁带或唱片录音的形式，而信息总是从"早上好弗里普斯"开始，结束一定是："按照惯例，你或者你的队员被捕，或者被杀，一切都与当局无关，另外，本信息将自动销毁。"然后，信息盘就会"咻——"的一下自动销毁了，这点很能抓住孩子们的心吧。

制作这部电视剧主题曲的，是正文中也提到的**拉罗·斯齐弗林**。他出生于布宜诺斯艾利斯，师从奥利维埃·梅西安，技艺了得。他最早在法国做爵士钢琴演奏和编曲。和迪兹·吉莱斯皮的相遇，让他在 1960 年移居美国，学习拉丁爵士，之后陆续发表名作。在《虎胆妙算》时长四分钟的五拍子的主题曲中，冷酷感与悬疑感融为一体，可谓杰作。之后他还在《肮脏的哈里》（1971）等电影配乐中大显身手。而最令人难忘的，当数《龙争虎斗》（1973）。到底要怎么做，才能做出那样的主题曲呢……

第33话 为了明天，之二

查尔斯·明格斯《三四度蓝》

（1977年，高三）

红宝石夜总会在福岛最繁华的街道铃兰路的正中央。那不是高中生能去的店，我也从没想过要去。不过这次我下定了决心。为了明天！

"要成为专业音乐人，必须勇往直前！"

于是，我"嘿哟"一下撕掉贴在红宝石后面工作人员入口处"招募吉他手"的海报，以一种不得了的气势去敲门。

咚咚，咚咚。

等了好久也没有回应。我又敲了一次，一鼓作气地大声喊道："有人在吗？有人在吗？有人……"

"啊吵死了，用不着这么大声。"一个留着力怎头、脸很凶的美男子从二楼窗户探出头来瞪着我。哇，一上来就这么恐怖。

"那……那个，那个，对不起，我看到你们贴的招募吉他手的海报，所以……"

"你这家，会弹吉他吗？"

"啊！"

一个头发花白的爷爷不知道什么时候站在了我身后，突然问我，吓得我叫出声。

他穿着伯帛丽风格的苔绿色外套，围着红色围巾。外套下面是花哨的衬衫。他说话口音很重，但看起来很不一般，有一股做乐队的人才会有的氛围。"你这家"是福岛方言"你这家伙"的意思。而"你这家来"的意思则是"你这家伙过来"。什么？这样说很危险？唔，若是说这种方言去了关西或许会不妙，但的确是正宗的福岛腔，并无挑衅的意图。我们修学旅行时去的是关西，大家都操着福岛方言和巴士向导说话。感觉真是抱歉，一帮傻瓜。其实无论是我，还是住在市区的同学，都不会说过于地道的福岛方言，但成年人口音特别重。就像《海女》中的YUI一样，越是不希望待在老家，只憧憬着东京的人，说话口音越轻。这点在今天也是一样吧。这位爷爷就像意料中的那样，对我说："你这家来。"

他招了招手，走上台阶。后门打开，只见一个非常狭窄的台阶，走上去就是位于二楼的乐队休息室。这是我人生中初次进入专业音乐人的休息室，心情有点激动。房间里弥漫着香烟的烟雾。烟雾中有三个人：一个是手臂上有文身、眼神锐利的男人；一个是刚才的力怎头；还有一个是体格强健、皮肤晒成健美黑色的中年人。大家都不说话看着我。我很害怕，但已经到这一步了，别无退路。力怎头先开口了："你这家，弹过吉他吗？"

"在高中的爵士社弹过。"

"你是高中生啊。"

四个人瞬间炸锅了。啊，对呀，高中生不行吧。

"啊，不是的，我是说高中的社团是爵士社，现在已经高中毕业了。"

骗人。我迅速撒了个谎。不过老爷爷不假思索地说："那这样，你明天带吉他过来。这里有 Guyatone 的扩音器。对了，晚上六点哦，这是测试。"

我心中做了个握拳庆祝胜利的手势！太好了！从明天起，我就是专业音乐人了！为了明天的第一步，达成了！喂，那句"这是测试"已经不知道被风吹到哪儿去了，这样好吗大友？大家一定在这么想吧？一定会这样想吧。不过，当时的我基本就是那种感受。怎么说呢，欸嘿嘿，真是高兴。这个时候，Y 的事也想不起来了，不对，准确地说是觉得终于可以得到 Y 的认可了。读过上回的读者可能知道，我已经做了无可挽回的事。而且，还说了过于明显的谎话，宣称自己已高中毕业。后来才知道，大家早就识破了我的谎言，但是，18 岁的大友良英，对这些都毫无察觉，只有已经成为专业音乐人的心情，耶！**阿部薰**、**高柳昌行**，看起来很了不起，也就是这么当上音乐人的吧。

回去的路上，我照例去了"涅雅"。点了刚一发行就进了货的**查尔斯·明格斯**的新唱片《**三四度蓝**》。讨厌电子乐器和吉他的明格斯，居然与玩爵士摇滚的**拉里·科里尔**等三名电吉他乐手合作了这张专辑。严格的爵士乐迷对这张专辑评价很低，但我却相当喜欢，听得很是享受。好在店内仅有我一个客人。我点了和往常一样的咖喱饭，用大音量听着明格斯与科里尔的合奏。唔，怎么说呢，同为爵士音乐人，电子化的**迈尔斯·戴维斯**的乐队风格相当帅气，但明格斯的电子专辑，第一印象却给人拖沓庸俗之感。明格斯本人的演奏也是，吉他通过扩音器发出来的声音，宛如低音大提琴，让人觉得可惜。相比之下，他 20 世纪 60 年代演奏了同样曲目的专辑《**明格斯、明格斯、明格斯、明格斯、明格斯**》要好得多。但是，在如此浓厚的爵士乐氛围中，掺杂了失真效果的电吉他音，堂皇出现，却让人感到莫名高兴。因为当时提起爵士乐，就必须音色沉稳，弹奏内容也很正统，失真在一般的标准看来完全不成体统。现在我再听这张专辑，感想也基本相同。不过，这张明格斯晚年几乎算是最后一张唱片的专辑，其魅力不正在于无论邀请谁加入，无论如何粗俗，明格斯始终是明格斯吗？

第二天傍晚六点，我带着吉他去了红宝石夜总会。我松松垮垮地套着一件长至膝盖、风格迷幻的佩兹利花纹衬衫，下面是纯白色的喇叭裤。这是乐队成员高冈君给我的唯一一套舞台服装，但基本算是夏装，所以非常冷。而且遗憾的是，喇叭裤下面穿的是白色的篮球鞋……让人不知作何评价。从那时起我对穿衣打扮就完全不在行，不知道要怎么穿衣服，现在也是一样。

店里还没有客人，陪酒小姐也还没来。有工作人员在打扫卫生。穿着漆皮鞋、白色西装、黑色衬衫、系深红色领带的力怎头，坐到了架子鼓中间，原来他是鼓手啊。全身上下都有文身的是贝斯手，明明是冬天却穿着花哨的夏威夷衬衫、肌肉结实、肤色黑得好看的中年人坐在钢琴的位置。穿伯帛丽的爷爷负责萨克斯和乐队指挥。

"那，我们演奏《枯叶》吧。"

爷爷说了一声演奏就开始了。噢，这首曲子我会。萨克斯、钢琴，依次开始演奏，后面就轮到我的吉他了。受前一天听到的明格斯启发，这天我带了效果器。我用擅长的变音，和有点摇滚风的弹奏方式，即兴演奏了两段合奏，再把独奏交给贝斯手，终于完成了全曲。我感觉自己做得很好，当时可能一脸得意吧。

"虽然弹得很烂，不过，就这样吧。"

伯帛丽爷爷说。力怎头鼓手马上接了一句："爵士不能用效果音。你这家伙，真的想成为专业音乐人吗？"

"是的，我就是想做专业音乐才来的。"

"说什么想做专业音乐，以为凭这点技术就能行吗？真是的。一个月，没工资，只是打杂的实习能接受吗？"

"好的！"

啊，这感觉，有点像《明日之丈》了。好热血，好热血。只要能撑过实习，一个月后我就能成为专业的音乐人了？

"太棒了！"

我手舞足蹈，无比开心地跑到公用电话亭给 Y 打电话。结果是她母亲接的电话，说 Y 不在。按理说，这时候也差不多该发现和 Y 之间出问题了吧，我却依然毫无知觉。再说，只是被夜总会录用，不算是成为真正的音乐人吧。要成为专业的音乐人，可不是这么做的……算了，时至今日才发现可吐槽的点实在太多。什么"为了明天，之二"嘛……

首先从**查尔斯·明格斯**说起，他是贝斯手、吉他手、作曲家，著名乐队领队。专辑《直立猿人》（1956）为他获得声名，此外他还留下了《明格斯啊嗯》（1959）、《黑圣人与女罪人》（1963）等诸多名碟。许多人都知晓他断然反抗种族歧视以及患有严重的癫痫。希望未来明格斯能有被再度定义评价的机会。

《三四度蓝》（1977）是明格斯晚年的作品，其特点是在大乐队的编制中加入了拉里·科里尔。这是一张让人难以言说的专辑。现在听，会觉得虽然略显庸俗，但这正是它的可爱之处。20世纪70年代后半期是一个乐器全面电子化、融合音乐全盛的时代，这对于从20世纪50年代开始做爵士的音乐人来说，或许是一个艰难的时期。该作发表的前一年1976年，明格斯曾经来过日本。

《明格斯、明格斯、明格斯、明格斯、明格斯》（1963）通常被称作《五个明格斯》，是向艾灵顿公爵致敬的一张了不起的名碟，是大乐队编制的作品。乐队成员自由开阔的演奏也很精彩！对了，大友少年正文中提到的"同样的曲子"，指的是《你最好心里有它》，以及《献给莱斯特·扬》（曾名为《再见了猪肉派帽子》）。那么，大家喜欢哪个版本呢？

拉里·科里尔是从20世纪60年代开始就致力于将爵士和摇滚融合的吉他手。1970年发表专辑《空间》，1972年和兰迪·布雷克等人成立第十一宫乐队，该乐队和回归永恒乐队、马哈维西努乐队一同引领了 20 世纪 70 年代的融合爵士。放克风格强烈的《观点》(1976)一碟，有日野皓正参加。科里尔有诸多作品还融入了古典音乐。

第34话 偶尔来点路边草

高中时代听过的爵士即兴专辑十张精选

正在追连载的各位，真是对不起，这次要说点苦中作乐的闲话，一些跑题的东西。

可能听起来纯粹像是借口，由于这周工作过多，我完全没有时间坐下来安静地写东西，所以红宝石夜总会的后续还没写。可能有读者会想，你这家伙，有这个写借口的时间，还不如去写后续……可不是那样，可能大家看文字以为我写得很顺畅，其实相当费时间。毕竟是 40 年前的事，要绞尽脑汁回忆，为了填补想不起来的片段的空白，还要多少想一些架空的情节，因为平时不写这样的文章，所以对我来说挺困难的。求诸位原谅啦。

因此我将在本话介绍一些高中时代听过的、给我巨大冲击的爵士乐即兴专辑。对啦，排名不分先后，按照我想起来的顺序介绍。

1. 山下洋辅三重奏《直到现在》(1975)

　　首先是这张。哎呀，这张碟如今听来也很帅啊。1975年4月28日于新宿厚生年金会馆录制的这两张一套的现场碟，说是山下洋辅三重奏的巅峰之作也不为过。即便不介绍乐队成员，可能诸位也都知道，有山下洋辅、**坂田明**、**森山威男**。这张碟从音乐到封面都很棒，和当年洋辅先生出的第一本书《**风云爵士帖**》一起，是我高中时代的至宝。本书也写到过相关的情节。我受这张专辑的冲击，曾经多次去纪伊国书店后的新宿 PIT INN 观看洋辅三重奏的表演。我是那样喜欢山下洋辅先生与 Tamori 先生所在的世界，不过后来，又被**阿部薰**先生、**高柳**先生等人的阴暗的地下文化吸引，深陷其中。

2. 阿部薰《一点点死去》(1976)

　　本连载中也一再提到阿部薰。对我来说，相比专辑，在福岛的 Passe-Temps 中多次看过的阿部薰先生的现场演出，带给我的冲击更甚——不是因为音乐如何精彩，而

是那种我全然无法理解的演出形式，台下没有观众的场景也很有冲击力，吸引得大友少年总是前往，心旌摇曳又困惑不已——自己为什么会在这儿？高柳昌行的《解体的交感》因为过于罕见我没能得见，实际上到手的阿部薰的录音就是《一点点死去》，以及他和**米尔福德·格雷夫斯**、**德里克·贝利**的共同演奏碟等。最初并没有好好听。开始认真听这张专辑是在涅雅，听到阿部薰讣告那天。对大友少年来说，打过照面、讲过话的人，突然死去的冲击是巨大的吧。

3. 高柳昌行艺术新方向《灵感与能量》（1973）

　　在这张现场演唱会合辑中，高柳昌行艺术新方向的演奏真的很厉害。成员有高柳昌行、**井野信义**、**山崎弘**、**乔水木**。它穷尽了噪音音乐的可能性，其演奏现在听来也很了不起。这张专辑还收录了**副岛辉人**先生策划的现场演出，里面其他人的表现也全都很精彩，但最棒的还是高柳昌行那强烈的、仿佛可以飞到月亮上的演奏，真的让人感觉要飞起来一样。至今我也认为，这种状态就是音乐最棒的瞬间。

4. 桑尼·夏洛克 *Monkey-Pockie-Boo* (1970)

　　这张专辑让人震惊。突然就响起女人悲鸣般的声音，然后吉他叮咣叮咣地响。现在我手头上没有这张专辑，当年有它的黑胶唱片，常拿来听。如今久违地还想再听听呢。

5. 日野元彦《流冰》(1976)

　　在我深陷自由爵士前，常听**日野皓正**的《藤》和这张专辑。《流冰》中**渡边香津美**的吉他很帅。可能是这个原因，我才找到了香津美的师父高柳先生吧。我对这种音乐造诣不深，但现在自己写曲子，还会多少留有这个时期日本爵士曲调的痕迹。我自己也能觉察那时的影响，所以偶尔和这个领域的音乐人在现场擦肩而过时，还是会默默心驰神往，感到高兴。如今再听这样的唱片会是怎样一种感觉呢？

6. 桑尼·罗林斯《桥》（1962）

　　这张专辑是我知道吉姆·豪尔的契机。不仅是这张专辑，桑尼·罗林斯的所有音乐都真的很独特，怎么说呢，给人一种虽充满人情味，但越听越不知道此人在想什么的感觉。而这也是我喜欢的地方。除了这张《桥》，他的《在前卫村的一夜》以及收录在《下一张专辑》里的《无处不在的卡吕普索》等，我直到现在也常听。

7. 吉姆·豪尔 & 比尔·艾文斯《暗流》（1962）

　　若去无人岛只能带一张专辑，你会带哪张？被问起这个问题时，我的回答总是这张专辑。或许这是我人生中听过次数最多的专辑了吧。和它的相遇也是在高中时期。不过，真正喜欢是在二十几岁时。嗯？也许有人会觉得这和我的音乐完全不同。嗯，我知道不同，但这就是我憧憬向往的音乐。我认为这是 20 世纪录制的音乐中最杰出的一张专辑。

8. 德里克·贝利《吉他独奏卷1》（1971）

　　这张专辑给我带来了足以改变人生的冲击，就像书中写的那样。这真是不知所云的专辑，也真是张即便说它改变了20世纪后半段的音乐也不为过的专辑。说起20世纪的音乐，很多人会举出约翰·凯奇的例子，不不，我认为德里克·贝利的改变更为本质……不，原本就是不能拿来比较的吧。两者都很厉害。但至少对我来说，这张专辑已经到达巅峰，或者说如果没有贝利，可能我会做着完全不同的音乐。他的存在真的很重要。

9. 以美国六重奏管弦乐队名义发表的《暗刀麦克》（1965）

　　我和埃里克·杜菲的相遇始于这张专辑。迈克·兹韦林改编了库尔特·魏尔的名曲，其中数曲都有埃里克·杜菲厉害的独奏。我在本书中也写过，高中时我在爵士社的学长大森君家中听到这张专辑。高一时我确实对爵士毫无兴趣，但以这张专辑的演奏为契机，迷上了爵士。

10. 迈尔斯·戴维斯《追赶》(1974)

我最喜欢这张专辑中的《X级》,管风琴的音簇有着神秘的节奏。当年电视广告中也出现了迈尔斯的电子乐,好像是TDK的磁带广告吧。迈尔斯看起来很酷,这张专辑尤其酷,是我的最爱。它虽不是自由爵士,但也同样让我喜欢。

先到这里吧,下回我会好好地写后续的!

第35话 警官、黑道与高中生

"红书"与《歌谣曲大全》

(1978年，高三)

对高中生来说，"红书"指的是应试参考书，但本回要写到的"红书"对我来说却不同。

被红宝石夜总会录用后，我每天穿着花哨衬衫，得意忘形，想来让人难为情。

"我终于也走上了专业音乐人的道路！"

然而，红宝石夜总会的乐队，和我梦想的音乐世界还差得很远。乐队里除了中音萨克斯兼乐队指挥的伯帛丽爷爷，还有一名次中音萨克斯演奏者，这个人居然是名警官。他是名交警，结束交通科的工作后，就会脱掉制服抱着萨克斯来店里。更离谱的是有文身的贝斯手是个现任黑道。这是一支有警官、黑道，还有高中生的乐队。就演奏水平来说，尽管我只是个高中生，也觉得好像有点一般。哎呀，对不起，不应该背后说人长短，毕竟我是这里面水平最差的。那为什么把**高柳昌行、阿部薰、山下洋辅**挂在嘴边的高中生，会天天来这里呢？就像前面说的，我误以为大家都是经由这条道路成为专业音乐人的，陷入这个想法不能自拔。

这些人中，只有力怎头鼓手对演奏很认真，他是个梦想去东京做鼓手的年轻人。

"我也想有一天和你一起去东京做音乐。"

哎呀，我真是的，在说什么呢？不过，看着力怎头，就总想这么说。或许出于这个原因，不知不觉间我跟力怎头相互欣赏，于是常常待在他的住处。那是我几乎不再去学校的高三第三学期。

力怎头先生很热血。抓着这个不能当盐也不能当酱，总之就是不成器的我，以一种近乎专业的态度，每天晚上热血地说教："听好了，我有一天肯定要去东京做音乐的。我可不想就在这里结束。你也不要总往下看，要向上看。""最重要的就是节奏。你的节奏啊，还是要加把劲。听好了，这两个比较着听。听到了吗？日本人的节奏是跳跃的。是跑的。这样不行。比如说，这段是这样敲的……"

有时候他这热血的讲座会持续到天亮。只是听听这种，我就觉得自己仿佛也成为了专业音乐人，有点忘乎所以。

可是啊可是，实际上店内的演奏，就如同前面写的，完全不是那么回事。力怎头先生的架子鼓确实很棒，不过和我在东京的 Live House 看过的演出相比，还是差那么一大截。我们可以自由演奏爵士的时间，仅限于没什么客人的六点钟左右，这个体验真的很有趣。但等开始有客人来的七点，卡拉 OK 与交际舞的时间就开始了。毕竟是夜总会嘛，这是理所当然的。那时候还没有卡拉 OK 点唱机，所以都是现场乐队给客人伴奏。现在想来很奢侈，但当年都是如此，所以各个地方城市都有很多乐手。福岛也不例外，有很多现场乐队驻唱的夜间俱乐部、夜总会、小酒馆等。红宝石夜总会有我们这样六人组成的、可以演奏爵士的乐队，算是其中比较高档的店了。

店里的女孩子也都很漂亮。当然，对还是高中生的我来说，这些喷着香水、化着美丽妆容的姐姐高不可攀，我和她们连话都没有说过。欸？真的吗？要是有人如此怀疑，我要说真的是这样。而且，按规定，乐手不许对店里的女孩子下手。或许又有读者要说：不不不，有这种规定，不正说明了如果不规定，就会发生这种事吗？可实际上乐队的后台休息室，和女孩子的休息室离得很远，工作上也很少有机会说话。可能私下会有很多故事，但至少穿着花哨衬衫的土气乡下高中生大友，完全不会被这些女孩子放在眼里。唔，也没什么啦，反正我有 Y 嘛。

啊，扯远了。我们在卡拉 OK 和交际舞的时段大概演奏30—40 分钟，然后休息 40 分钟，再演奏 30—40 分钟，像这样循环四次，就过 11 点了。记忆不是很准确，不过大致是这种感觉。然而，我在卡拉 OK 和交际舞时段的演奏，比爵士时还要惨烈。那时候我只能看懂和弦谱，一下子看到不认识的曲子的乐谱，完全不知道要怎么演奏。

那时的乐队，就算是有不知道的曲子，只要看着"红本"就能伴奏。那是一本像字典一样厚的红色封面的书，里面有从过去到现在的热门歌曲的乐谱，大概 1000 首以上。任何一家夜总会的乐队，都是看着这个"红本"演奏。它正式的名字叫《歌谣曲大全》，可能现在也还在出版吧。说是乐谱，但并不像总谱那样写得很细致，只是简单标有歌词、主旋律、和弦、前奏及间奏、节拍与节奏形式等。乐手看着这种简单的谱子，就足以奏出卡拉 OK 般的伴奏效果了。而如果不能看着"红本"演奏，也就意味着无法成为一名独当一面的乐手。但仅仅这样还不够，乐队指挥还会根据唱歌的人的嗓音、性别等，改变曲调高低。

"好的，抬高四度。"

也就是说，谱子上写着 C 调的音要在头脑中自动切换成 F 调。对于光读和弦谱就已竭尽全力的我来说，弹奏不知道的曲子完全是能力范围之外的事了。此外，还要在这个上面变化曲调，完全没法演奏。有时候没办法我就即兴弹奏，力怎头先生马上会踹我的小腿，并在我耳朵边用客人们听不见的声音说："不晓得怎么弹的时候，降低音量，装装样子就可以了！"

"不晓得"就是不知道的福岛方言。虽然写作"が"（ga）实际发音听起来像"か"（ka）和"が"之间的鼻浊音。鼻音可是东北方言的核心。

当时演奏的保留曲目是《银座的恋之物语》之类的，我对这些歌有些模糊的印象，还能勉强跟得上旋律。糟糕的是完全不知道的演歌和歌谣曲。而更让人束手无策的则是**粉红淑女乐队**和**糖果合唱团**的歌曲。这可是我不仅知道还喜欢过的组合，但是他们的歌曲在编曲结构上相当复杂，连乐队的其他成员都弹奏不好，而本应熟悉这些曲子的我也不行。我觉得不甘心，于是在家偷偷地练习了这类曲子。

"好，那么这首升四度。"

但要是来这么一出，我就不知道怎么办了，完全演奏不来。

离考试还有不到一个月的时间。我的上课时数不足，能否毕业都是个问题，而自己擅长的晚间工作也完全不像样子。我和Y也持续着若即若离的状态。

就在这期间，Y给我送来了一本笔记本，里面写着她内心的想法。

第36话　Y的笔记本

**吉姆·豪尔 & 比尔·艾文斯《暗流》
和《津轻海峡·冬日景色》**
（1978年，高三）

那天是大雪。路面上有超过40厘米的积雪，福岛市内积雪到这个程度实属罕见。

Y送给我的笔记本里，有海边拾来的贝壳、干花、打工的工资明细、初中时的摘抄、杂志的切页、满是错号的剪贴试卷、明治Chelsea糖果的包装纸、旅行时的门票……这些东西零碎地拼贴在一起，并配上散落的文字。文字也像是碎片式拼贴起来的，很难一下子就搞懂意思。

> 我想送给大友君一件礼物，却不知道送什么好
> 现在我的心情烦乱，笔记肯定也是杂乱的
> 可是，请一定要收下呀

第一页上写着这样的文字。然后是高一时旅行的事、英语老师的事等，可随着往后翻，我就无法再保持平常心阅读了，因为铃木的事也开始断断续续出现了。

那天晚上，我照例去红宝石夜总会工作。明明是大雪天，店内生意却很好。从第一首曲子开始，客人的卡拉 OK 就没间断过。我本来就最愁给客人伴奏，这天又在想笔记上写的事，完全无法投入演奏。既不知道弹到哪里了，也无法跟上节奏，和弦也弹错了。每次力怎头先生都会拿鼓槌戳我的后背。

"喂，大友！"

力怎头先生对我小声发火。终于到了第二轮，有熟客大叔正在投入地唱《津轻海峡·冬日景色》，我跟不上演奏，最后蹲在了地上。

"怎么了，不要紧吧？"

力怎头先生从客人看不到的角度低下身子，一脸担心地把手搭在我的肩膀上。我到底在干什么啊？必须振作起来。我试图站起来时，店内旋转的镜面球进入我的视线，我突然就有种生无可恋的心情，不禁呻吟起来。

"呜……"

正在熟客心情愉快地唱完《津轻海峡》，转头向我看来的时候，我看到台下居然坐着之前说过的色老头。不，人家不是色老头，只是我的误会而已。那个人不是色老头，我已经知道了，可是他又为什么要来夜总会这样的地方呢？色老头！不要跟女孩子在那儿卿卿我我！我这种想法纯属泄愤。

我一不小心地踩到了吉他效果器，与此同时扩音器和吉他之间产生了大音量，事态已经超过了我的控制范围。

"嘎——嗡——"

大音量的噪音在店内传开，我继续全力弹奏吉他……虽然想这样写，但事实是，也就过了一分钟，不，或许连 30 秒都不到，力怎头先生就马上按住了我，贝斯手文身先生什么也没说就切断了扩音器电源，拉起我的手腕将我带到了舞台后面的休息室。这一切都发生在几秒钟内。在文身先生眼神示意的同时，力怎头先生坐回架子鼓中间，接上了《津轻海峡》的第二段。从客人的角度看，可能也就是间奏时舞台上突然出现了噪音，有些吵闹而已。负责钢琴的夏威夷衬衫先生很好地填补了贝斯的空白。

"看啊，那是龙飞岬，北方的尽头——"

熟客唱的《津轻海峡》，极尽夸张的民谣小调式的花腔唱法，效果很好。

休息室内只有我们两个人，文身先生无言地递了根香烟给我。我则深深地坐在沙发里，连怎么被带到这里来的都搞不清楚。我接过文身先生递来的香烟，他帮我点上火，我猛吸一口，然后马上咳嗽起来。

"对不起，我不会抽烟。"

文身先生也不说什么，拿过我抽过的香烟自己抽了起来，然后深深地吐了一口气，看着天花板。他要生气了，我想。但是文身先生的眼神很温柔。

"以前啊，我演出的店里有组里的人来了。"

这是文身先生第一次对我说话。他是个话不多的人，所以这是第一次。

"我正演到兴头上，老大就在我眼前被枪击中了。"

文身先生用低沉沙哑的声音说着，几乎没有福岛口音。

"我全身发抖，当场蹲下，没法动弹。"

他眼神低垂，微微笑着。文身先生慢慢地抽着香烟，继续刚才的话。

"那时候也是力怎头当鼓手，那家伙当时才十几岁，一反常态地爆发了。一边护着我一边把我拉到隐蔽的地方。"

只有一次，我看到文身先生什么也不说，揪住来店里闹事、长相吓人的小混混的衣领，那时候他看上去很有威严。无法想象这样的人会吓到发抖。店里的其他人也是，一旦有什么事时都会很依赖文身先生。他就是这样的人。文身先生为什么会突然对我讲这些呢？

"那家伙真是个好人呢。鼓打的嘛，虽然也就那样。来，喝吧。"

文身先生从冰箱里拿出罐装咖啡扔给我。当年的罐装咖啡都甜到离谱，是我无法接受的味道。不过我还是什么也没说，一口气喝了下去。

"好喝。"

真的好喝。不知过了多久，《津轻海峡》结束了，又听见《银座的恋之物语》响起。这首歌每天都会有好几个人点，我们基本都要演奏三次。

"那个，你不用回舞台吗？"

"不用了，不用。我不在也没什么问题。你看，我在那边的世界是个半吊子。"

文身先生说着，用食指戳戳脸颊的伤口。他是说黑道的世界吧。

"这边也是个半吊子。"

说这句话时，他有些害羞地做了个弹贝斯的手势。

"你也是这么想的吧。"

"嗯？不，这个，没那回事……"

文身先生说到这分上，我什么也说不出来了。

"你还是高中生吧。大家都知道哦。"

暴露了。也是，不过我已经什么都无所谓了。

"你不适合这个世界。"

"什么？"

"说是让你实习一个月，其实你的报酬，都落到指挥的口袋里了，你知道吗？"

我多少有所察觉，不过就凭我的水平，也没想着要酬劳，只要能登上舞台，就已经很高兴了。所以觉得这些都无所谓。

"你不能再待在这种地方。我会转告大家的，今天你就先直接回去吧。"

文身先生一反刚才害羞笑着的样子，突然回复了平时威严的样子。

"嗯，可是……"

没什么可是。文身先生用安静但又十分震慑的语气说："明天，你来打个招呼就行了。我会跟指挥、力怎头都说好的。快在大家回来前先走吧。"

我像被文身先生赶出店一般离开了，踏雪去了常去的爵士咖啡馆，像往常那样点了杯咖啡。店内放的是**吉姆·豪尔和比尔·艾文斯**的合作专辑**《暗流》**。直到今日这也是我播放次数最多的一张专辑，这是我当时没有想到的。我并不喜欢爵士吉他那种沉稳的音色，但不知为何却唯独钟爱吉姆·豪尔的吉他，因此经常会听。

店内照例又是我一个客人。我把 Y 的笔记本从包里拿出来，翻来覆去地看。想把她笔记中碎片式的语言拼凑在一起。

和铃木见面是在暑假快结束时……

虽然是以前的事了

虽然是已经解决的事

但和铃木之间，总觉得如果就此画上句号，会有种
对不住他的感觉

直到现在还难以忘记

这种心情总是来回兜转

我心中还留有这样的不安

却又想和大友君成为朋友……

想向大友君倾诉，这种如同做了坏事般的感觉

又不知从何讲起

我并不是大友君想的那种好女孩

　　如果我的阅读理解能力尚存，Y 片段式的语言传达的就
是这些意思。本子里并没有提到铃木神秘的失踪，但我痛切
感受到了她至今放不下铃木的心情。我越读越觉得，这似乎
在说 Y 和我之间共同度过的时间已接近尾声。作为高中生的
我，完全不知道该做出什么回应……

　　"那个，对不起，请让我再听一次《暗流》。"

　　我一次又一次地向店里的老板娘点歌。这张专辑单面只
有 15 分钟左右，两面加在一起也就 30 分钟，很快就放完了。
我却没有心情听其他唱片。

在日本海海岸上捡拾的贝壳

是我的宝物

捡拾了四个

这里是剩下的

新潟的海岸上

只有小小的贝壳

人迹罕至

什么也没有的寂静海边

西瓜圆滚滚地睡在田里

　　笔记在贴着贝壳的这页结束了，封底贴着一只折纸鹤。我有些在意，于是打开纸鹤，看见里面用英文小字写着：

　　　　我忘记说了，谢谢你为我庆生。我很高兴。

　　　　你好像都不怎么来学校了，可是我没有在意哦。

　　　　因为大友君说过，对高中这三年你不后悔。

　　　　我相信你一定会找到自己的道路，并走下去。

　　雪不知何时停了，繁星满天。我一直眺望着星空，直到耳朵被冻到疼痛。

《津轻海峡·冬日景色》是石川小百合的热门歌曲。作词是阿久悠，作曲及编曲是三木刚。1977 年作为单曲发行，至 2005 年共三次再版，是一首长寿热门歌曲。它讲的是女人与深爱的东京男人分别，她将此情深埋心中，在雪花飞舞之中，乘青函连联络船向北而去。歌词富有文学性，哪怕对作品丰富的阿久悠来说也是毋庸置疑的代表作。即便进入 21 世纪，还有县森鱼、安洁拉亚季、山崎将义、小野大辅、岩佐美咲等人翻唱过这首曲子。

吉姆·豪尔＆比尔·艾文斯《暗流》（1962）大友先生在本书 34 话中列举自己喜欢的专辑时提到过，读过正文后令人震惊，背后居然有这样的故事。

比尔·艾文斯的钢琴，与吉姆·豪尔的吉他，两者交互营造出的氛围，宛如水晶般精巧。看似不经意，一旦被卷入，就会发现这是一个紧张感满盈的世界。专辑封面令人过目难忘，出自女性摄影师托尼·弗里塞尔之手，名为《湖中的女人》。

比尔·艾文斯因参加了迈尔斯·戴维斯《泛泛蓝调》（1959）的即兴合奏，而留名爵士乐史。他将德彪西、拉威尔等法国印象派的和音带入爵士乐中，创造了新的表现风格，发表《爵士群像》（1959）、《黛比的华尔兹》（1961）等名碟，给后来的爵士钢琴界带来了不可估量的影响。

比尔·艾文斯和罗科·斯科特·拉法罗、保罗·莫提安组成的钢琴三重奏，被认为体现了爵士乐中的"交互作用"，《暗流》则是他们三人合作最为极致的体现。

第37话　乏善可陈的复读生活开始了

马里恩·布朗《波多诺伏》和塞隆尼斯·蒙克《明亮的角落》
（1978年，19岁）

4月，我想考的大学全数落榜，这个结果是必然的。但远不止于此，我连高中毕业的学分都不够，春假不得不每天去学校，参加补考，关在图书馆里学习来补上缺席的课时，但好在总算毕业了。也不知班主任大内老师关照了我多少。

2013年，社会学者开沼博先生在《AERA》杂志上刊载了一篇对我的采访。那时，他查了很多关于我过去的资料，并且去见了大内老师。所幸老师还记得我，他说："大友君不是什么走上歪路的学生，也没有特别让人费心，只是不怎么来学校，对爵士社的事却非常有热情。没想到真的成为音乐家了呢。"

我确实像老师说的那样吧。不见得有什么音乐才能，学习也不好，是个不起眼的存在。开沼先生给我看了当年的点名册，真的全是缺席。谈起高中时代，我总是说："我那时不怎么去上学……"

我本是出于耍帅装酷，想让谈话气氛多少热烈些，没想到居然真的缺席那么严重。当年写的作文也被找了出来，内容也是无味到让人羞愧。虽有自己想做的事，但是没有自信，学习又不行，自己到底该怎么办才好啊……流水账一般写着这些事，真是拙劣。17 岁的大友良英，就是这样患得患失地烦恼着吧。

去东京考试时，我和乐队成员桑原君、中潟君一起，住在父亲出差时留宿的公寓里。我们彻夜谈论音乐，聊着**发电站乐队**如何如何，**加寇·帕斯图瑞斯**又怎么样，果然还是**米尔福德·格雷夫斯**更棒……第二天卡在考试开始的最后一刻踏进考场，这样能考上大学才怪呢。对了，我想起来了，有几次我也会住在比我先一步到东京的天才鼓手驼背学长，或者萨克斯手大森学长的公寓里，和他们聊音乐直到天亮。说到底，为了考试借住在驼背学长跟大森学长公寓这事本身就不对吧。怎么可能考得上嘛。那时和现在不同，住酒店还是无法想象的事。到了三月，我考国立的电气通信大学时，想着反正考不上，连考场都没去。顺便说一下，我之所以想考这所大学，是因为父亲是这所学校毕业的。不过就算父亲考上了，我不学习也不可能考取吧。感觉真是对不起父亲……

在 Passe-Temps，从左往右是贝斯手金井英人、高三的我、高柳昌行、鼓手津田俊司。那时还没有想到有朝一日可以拜入高柳先生门下。

　　结果我去了福岛的补习学校，过上了复读生的生活。可能读到这里的读者会感到困惑，没见我写过想上大学，为什么不痛痛快快地去东京，飞入音乐的世界呢？因为在夜总会的挫折，让我完全失去了对音乐的信心，并且和 Y 去读福岛的专科学校也有很大关系。明明知道自己要被甩了，不，是已经被甩了，可还是不想离 Y 过分遥远。啊……受不了，我真是个不成器的家伙。

　　复读阶段，我也几乎没去补习学校。和去了大学的 Y 也走上各自的人生路，根本不会再有进展。这是我人生最初的失恋。乐队的伙伴大多离开了福岛，我连朋友都没有，基本每天都在爵士咖啡馆发呆。曾经那样喜欢 Tamori 的《日本夜未央》，也不再听了。我的吉他、录音机都在家里蒙上灰尘。我什么都不想做。高三时，**阿部薰**还每个月都来福岛做个人演出，这段时间也不再出现了，我不再有机会观看他那难以形容的谜一般的演出。

我同往常一样去了 Passe-Temps。听的是**马里恩·布朗和汉·本宁克**的合作专辑《**波多诺伏**》。贝斯手是**马尔滕·阿尔特纳**。这也是经由阿部薰先生才知道的专辑。听着汉·本宁克暴风雨般的击鼓声，感觉什么都不用思考，因此这个时期我常听这张专辑。阿部先生怎么样了呢？是不是还会来做他那谜一般的演出呢？我呆呆地想着。不知不觉这张专辑结束了，接着播放的是**塞隆尼斯·蒙克**的专辑《**明亮的角落**》。这也是我非常喜爱的一张唱片。我尤其喜欢它那无迹可寻、没有脉络的开头。哦！就是这里精彩，我听着前奏想，就在这时——

咔吱吱吱吱吱……

伴随着刺耳的跳针声，身体受到剧烈的震动冲击。这是我有生以来第一次经历大地震。福岛市的震级为五级。按现在的标准来说，是五级以上了。震源在宫城县冲。店内的餐具纷纷坠落，巨大的 JBL 音箱也剧烈地左右摇动。这不是东日本大地震时那种幅度很大、周期很长的摇晃，而是更加激烈的高频小范围震动。由于摇晃过于激烈，我甚至无法从椅子上站起来，只好拿一块坐垫挡在头上等地震过去。等待时我脑子里想的是，就这样被掉下来的天花板砸死也无所谓了，不过要是很痛的话就讨厌了。或者，我还可以给 Y 打个电话问问她"要不要紧？"……我可真是个无可救药的家伙。

在我的记忆中，这次宫城县冲地震，是高中毕业那年 4 月中旬的事情，如今一查，发现地震的确切时间是 1978 年 6 月 12 日的傍晚 5 点多。也就是说，我缺失了高中毕业后两个多月的记忆。虽然不知道失恋给我带来了怎样巨大的创伤，但就算是无所事事地发呆也该有个限度吧。

但无所事事的发呆少年，还是在确认了店里的人都没事以后，便马上骑车往家里赶。回家的路上，看到有几幢木造房屋倒塌，瓦片和墙壁都碎裂了，这让我更加担心家里。毕竟我家也是不怎么结实的木房子。我以比平日快几倍的速度踩着踏板。

"老妈——弟弟——你们还活着吗？"

打开大门，看到玄关处养热带鱼的鱼缸碎了，房间里的荧光灯掉了下来，玻璃碎片到处都是。幸运的是，虽然看起来惨烈，好在没出什么大事，家人也都平安。我总算放下心来，不想老妈却说："你这么早回家，真稀罕呀。"

哈哈，还真是，我无力反驳。

所幸福岛市除了一部分旧房子倒塌外，没有大的伤亡损失，但那之后连续几晚都能听见余震的重低音从远处传来，十分恐怖。自然界是怎么发出那样的重低音的？那个声音到底能传多远？和这种声音相比，音乐的声音简直不值一提。不不，现在不是考虑这个的时候，徒有复读生虚名的我才是真的不值一提。啊，十几岁的男孩子都是笨蛋，并且本人对此全无自觉，真是麻烦。好想再看阿部薰的演出啊，好想再看**高柳昌行**那不知所云的、可以飞到月亮上的演出。明明以前阿部薰每月去福岛演出时，我还在想自己为什么要看那玩意儿，这时却不知道为什么，更加无端地想见识不知所云的东西。

发电站乐队和加寇·帕斯图瑞斯，还有米尔福德·格雷夫斯……他们勾勒出了那个时代的音乐样貌。

发电站乐队，是以拉尔夫·许特尔、弗洛里安·施耐德为核心的德国流行电子乐队——笔者想这样介绍他们，但在他们发行代表作品的时代，"电子乐队"这个词本身都还不存在。他们 1970 年出道时，是使用电子音乐技术进行即兴演奏的乐队。

发电站乐队于 1974 年发表《高速公路》，开始向以用音序器进行自动演奏为中心的流行音乐方向转换，其反人工主义作曲的概念，获得了布赖恩·伊诺、大卫·鲍伊等人的瞩目，给包括 YMO 在内的电子流行乐队带来很大影响。2009 年弗洛里安退团。乐队直到现在还在活动。

加寇·帕斯图瑞斯，用一句话概括的话，就是弹奏贝斯很厉害的人。他在 1975 年发行个人专辑《加寇·帕斯图瑞斯的肖像》的同时，加入了气象报告乐队。他卓越的技术和有关音乐的构思将贝斯从节奏乐器这个桎梏中解放了出来，瞬间成为融合音乐贝斯手的第一人。但是，在 1982 年退出气象报告乐队后，他就身心状况俱毁，于 1987 年过早离开人间。

米尔福德·格雷夫斯是伟大的鼓手、打击乐手。从 20 世纪 60 年代初期开始活动，参与了《朱塞皮·洛根四重奏》等专辑的录制。他不为音乐的固有结构形式及常识束缚的演奏，获得世人瞩目。1977 年米尔福德·格雷夫斯第一次来日本，和吉泽元治、高木元辉、土取利行、近藤等则、阿部薫等日本音乐人合作录制了《我们的冥想》，在这张专辑中你可以听到奔放且令人感动的钢琴。通过架子鼓，他将对人类全体的洞察往前推进了一步。另外，通过《间章著作集 II〈一点点死去〉的笔记和碎片》中收录的文章《米尔福德·格雷夫斯精选》也可以了解这个音乐人。2016 年他还久违地来日本举办了演出，实在是非常精彩！

马里恩·布朗原本就是自由爵士领域的音乐人，参与了约翰·柯川的《升天》，由此为人们所知。他的吹奏，乍听似乎笨拙，但又有一种确乎存在的"声音"，这是他的魅力所在。即便是后来发行的《景致》（1975），听起来似乎很容易入耳，他的特色也贯彻始终。他晚年在大学里教授民族音乐学。

《波多诺伏》是布朗定居巴黎时期在荷兰录制的第五张专辑。内容十分扎实！有关合作者汉·本宁克的内容，请参照第31话专栏。

马尔滕·阿尔特纳，是出身于阿姆斯特丹音乐学院的实力派贝斯手、作曲家。他还是德雷克·贝利组织的"音乐家的游泳池"的初期成员。近年来，主要作为作曲家活动。

塞隆尼斯·蒙克是天纵奇才的钢琴家、作曲家。他的演奏具有强烈的冲击感，旋律、和声独具特色，会使用一些尖锐的不和谐音。在演奏中他还会离开钢琴跳舞。这些与众不同的表现和品味不断给音乐界带来惊喜。

另一方面，从《午夜时分》《蓝调蒙克》开始，蒙克也创作了众多优美的爵士乐经典曲，这同样很了不起。由于他过于神秘，相关音乐研究者们完全跟不上他的步伐。即便现在来看，他也是领先于时代的音乐家之一。

桑尼·罗林斯（参照第27话）和马克斯·罗奇也参加了蒙克的**《明亮的角落》**（1957）的录制，这是蒙克的代表作之一。专辑同名曲抛弃了四小节单位的音乐构成，在进行到乐曲主题部分之后，又转换成两倍速的演奏，这种想法，即便今日来看，也让人感到惊世骇俗、过于新鲜。

第 38 话　阿部薫之死

阿部薫《一点点死去》

（1978 年，19 岁）

1978 年 9 月 9 日，阿部薰死了。我是 10 日或 11 日，正巧在涅雅时从老板娘口中得知的。店里还是像往常那样没什么人，播放着店里仅有的一张阿部薰的专辑《一点点死去》。专辑由两张碟组成，是演出现场的录音，只有中音萨克斯和高音萨克斯。我和老板娘两个人默默地一口气从 A 听到 D 面。

第一次见到阿部先生是在高二，还是高三呢？

地点在福岛市的国道 4 号线道旁的 Passe-Temps。那是一个仅能容纳 30 人左右的小咖啡馆。阿部薰每个月都会来这家咖啡馆，少则一次，多则两次。我几乎每次都会去。阿部薰的音乐有多晦涩，我已经不厌其烦地写过多次，相信读者都已经看烦了。最初，我真的完全无法理解阿部薰的音乐。但不知为何，还是被强烈吸引着，常常去看。或许是因为 Passe-Temps 的老板娘告诉我，如果想做音乐，就不能不听阿部薫；又或许是因为阿部薫先生偶尔会和我打招呼，让我感到很高兴。没有演出的日子，他偶尔也会出现在这家咖啡馆，这时，他就会和我这个总是从远处呆呆看着他的高中生搭话。一个成年人，而且还是有知名度的音乐家，能用完全对等的方式跟我打招呼，着实让人高兴。

"你知道**马里恩·布朗**的这张专辑吗？里面的鼓手汉·本宁克很厉害，你听听看。"

这确实是一张了不起的专辑。阿部薫先生的音乐虽晦涩，他推荐的专辑却都是了不起的杰作。

阿部薫后来成了传说中的自由爵士萨克斯演奏家，甚至还被拍成了电影，但当年他在福岛的演出却几乎无人问津。观众总是只有包括我在内的寥寥数人。有时甚至仅有我和另一位客人。阿部薫会萨克斯独奏，偶尔也用店内的架子鼓演奏，还会乱弹钢琴，甚至敲打杂志发出声响。

"把你的吉他借我。"

他偶尔也会这样说，然后拿起我当时用的雅马哈电木吉他，接上扩音器，15 分钟里只演奏吉他和扩音器的啸叫。唉，现在想来，和如今我在做的事既像又不像。我第一次在舞台上听到堪称噪音的音乐，应该就始于阿部薫的吉他扩音器的啸叫。不过当时也完全不知道是怎么回事，只觉得他的萨克斯实在厉害，但鼓、吉他、钢琴什么的，听起来完全就是乱来，颇为拙劣，完全超出了我的理解范畴……但阿部薰的举手投足都让我觉得很帅，看着他的样子，我也想快点成为大人。

因为这些原因，我不仅没约女朋友去看过阿部先生的演出，也没叫过爵士社以及其他音乐上的伙伴。没法邀请，因为那是我自己也不认为好的东西。虽然不觉得好，但每个月、每次都像是被什么吸引一般，一个人去看演出。在那里和阿部先生说上一两句话，就足够高兴。

在涅雅听完《一点点死去》，我骑自行车奔向 Passe-Temps。那个夜晚，还留有一点夏季的余温。

"我听说了阿部先生的事。"我说。

Passe-Temps 的老板娘沉默着为我倒了杯咖啡。当时老板娘说了些什么，我已经完全不记得了。老板娘的儿子小进，应该也在场，他曾拍下过阿部薰的演出影像。但我只能想起老板娘哀切的模样……除了小时候经历过爷爷过世，我再没有身边人死去的经验，对应该如何看待和接受死亡，相当困惑。不，就算时至今日，直面"死"这个问题也依然会困惑吧。这不是一个随着时间流逝就能平常视之的问题。当时不知道应该怎么看待这件事的我，比起自己的情感，或许更多地想去感受老板娘传达的东西吧。

至今我还记得，老板娘参加了阿部先生的葬礼后，回来说**坂本九**也有到场。坂本九是阿部薰母亲的弟弟，也就是说他是阿部薰的舅舅，两人是一起长大的。对我个人来说，小时候最喜欢的歌手，与青春期给我强烈影响的即兴演奏家——不，应该不仅是对我个人来说，他们一个是代表日本大众音乐的流行歌手，一个是代表日本地下文化的前卫音乐家，两个人居然是从小在同一个地方一起长大的，实在有趣。但当年我对这事并没有那么大的兴趣，只是觉得两个人长得有些像。电视上看到的坂本九总是笑眯眯的，Passe-Temps里的阿部薰却总是半睁着眼睛睨视世界，神情独特。

那之后没过多久，我又是孤零零一个人了。一个人待在爵士咖啡馆的时间变得特别多。原本偶尔还会去高中的爵士社看看，现在也不再去了。觉得自己至今还出入高中社团对学弟们不太好。

"我还是想做音乐。像阿部先生那样……"

在爵士咖啡馆巨大的音箱前我茫然想着。完全听不懂的《一点点死去》，如今似乎也开始听懂一些。留在 Passe-Temps 里的阿部先生的个人演出录像，小进给我看过很多次。看现场时完全不懂，如今看影像似乎理解了一些。不过，说"懂"或"不懂"不太确切。应该说，和从前不同，这些东西渗入了我的身体。

"阿部先生当年在想些什么？即兴到底是什么？"

人死后总会留下问题。阿部先生的过世，似乎给我的人生留下了最初的问题。

我带着空无一物的脑袋，开始读 Passe-Temps 及涅雅店里放着的漫画和爵士杂志里的**间章**先生、**清水俊彦**先生、**高柳昌行**先生等人写的文章，一边读一边思考。虽然拼命试着去理解，但间章先生的文章比阿部先生的演奏更难懂，高柳先生的文章则更加可怕。这些文章使用了很多汉字，我都不认识，只知道是写了很厉害的东西，但完全读不懂。等长大肯定就能懂了，我如是想。如今再读，唔，感想却还是差不多……我写了这种不识好歹的话，可能认真的乐迷要生气了。已经过了几十年，我也比当年的他们年长了，现在读来仍觉得艰深。当然，那时间章先生、高柳先生都还年轻，结合当时的时代背景，我从他们的文章中收获了一些知识和观点，这也是他们文章的魅力所在。其中相当一部分内容颇有见地。对当年的我来说，即便读得似懂非懂，也感受到了一种违和感，或者说是产生了某种敬畏，并在此基础上开始了自己的人生。啊，真是对不起，似乎描述得有些自恋了。这种想法，或许与孩子对父亲抱持的某种情感相近吧。那时我擅自从阿部先生那里接过人生的课题，这个课题，直到今日还在我的内里延续，唯有对于这点，我深信不疑。

秋深了，我还是照常不去补习学校……这个连载中很少涉及补习学校，读者诸君也能察觉到吧。我高中毕业后的几个月，除了去爵士社以外，似乎什么也没做。Y的笔记，我反复看了好多遍。她说的"自己的道路"到底是什么呢？我真的能找到吗？

那么，这里终于要介绍一下出现过多次的阿部薰了！

阿部薰是英年早逝的萨克斯演奏者。他激烈的即兴表演，培养了一些狂热的粉丝。其现场的激烈程度，从与**高柳昌行**先生合作的专辑《解体的交感》（参照第 26 话）中就可见一斑。"我想比任何人都快 / 比寒冷、比一个人、比地球、比仙女座星系都快"，他留下了这

种充满气势的语句，或许是因为这个缩短了寿命吧。阿部薰于 29 岁时服用过量安眠药去世。他与身为作家、演员的妻子铃木和泉的毁灭式的恋爱也引发热议，大家千万不可模仿哦！

和阿部薰合作过的人，有前文提到过的高柳昌行、坂本龙一、近藤等则、米尔福德·格雷夫斯、德里克·贝利、吉泽元治、丰住芳三郎。和他有过来往的人则有三上宽、剧作家及导演芥正彦、竹田贤一等，都是一些灿若星辰的人物。特别是第 31 话的专栏介绍过的独具特色的音乐批评家、演出策划人间章，他与阿部薰之间的关系让人难忘。他们在合作的同时，双方都抱着一旦对方掉链子，就要马上散伙的觉悟。或许比起盟友，他们更像是竞争对手。

有关阿部薰的人生，在《阿部薰 1949—1978》一书中有详细记载。他的生存方式过于苛烈，向往他传奇人生的粉丝也很多，但我们有必要先了解作为音乐人的阿部薰曾试图达到的目标。据吉田隆一（他因与新垣隆合作专辑《N/Y》[2015] 为人所知）所说，阿部薰对乐器的发音方式、控制方式都非常巧

妙。很期待有关这方面的再评价或者研究。

他生前发表的个人专辑只有《一点点死去》（1976），但在他死后，除《彗星帕蒂塔》（1981）之外，还有大量的作品也被发表出来。

第 39 话　第一次吃水饺

喜多郎《丝绸之路》

（1978 年，19 岁）

　　现在，我因演出来到北京。第一次来中国，是 1981 年的学生时代，还是 35 年前。那还是一个街上很多人穿中山装的时代。做梦也没想到，在那之后仅过了 12 年的 1993 年，我会以电影配乐师的身份在中国出道，原本就没想过自己真的会成为音乐家。中国出现了地下音乐，从事噪音音乐的人如雨后春笋般出现，仅仅三十几年，世界变得让人不敢相信。我无法判断世界是在变好还是变坏，但它确实变成了一个宛如外星般的异世界。只需回忆下我孩提时代的日本，就会知道那个世界已经不存在了。

　　1978 年，我在福岛过着徒有虚名的复读生活。那时还完全无法想象自己会同中国结下缘分。有一天，在离 Passe-Temps 隔着几家店面的地方，开了家中华料理店，老板是一个从中国回来的日本遗孤大叔。这个算是我与中国最初的缘分吧。店的外观看起来略显寒酸，和我们印象中有红色招牌的中华料理店不同。白色墙壁上毛笔写着"饺子"，现在想来中国早年应该有许多类似的店，但是当年在福岛却是第一次见。据说那里有正宗的中国东北饺子。于是我叫上乐队的中潟君一起前往。（啊，记忆里确实是中潟君，但也可能是岩崎君或者竹岛君，如果记错了真对不起。）哎呀，正好那时我在 NHK 上看了中国的纪录片，才知道好像真正的中国和我们想象的非常不同。于是很想尝尝真正的中国味道。我们想象的中国，是横滨的中华街那样的感觉，所以第一次看到穿着中山装的人们骑着自行车在北京街头穿梭的画面时，吓了一跳。

那之后几个月 NHK 开始播放《丝绸之路》，这部片子没有用常见的中国的音乐，而是使用了**喜多郎**用声音合成器创作的音乐。在纪录片中着实新鲜。说到这里，我想起自己曾经对声音合成器那般着迷，但不知为何，这时却没了兴趣，并且对那旋律悠扬的曲调还有些轻微的厌恶，觉得喜多郎的音乐没什么意思。还会抱有疑问：中国真的是这个样子的吗？不可能是这般悦耳的世界吧。

话题回到饺子吧。那时高中生知道的中华料理，最多也就是炒饭、拉面、饺子、咕咾肉等，自然也不知道拉面是贴合日本人口味做了改变的日式中华料理。我们在店里仅点了一盘饺子。我们也想点炒饭和其他菜，但是身为复读生，没有太多钱，就算有也得留着去爵士咖啡馆。因此连啤酒都没点，就想吃吃正宗的饺子。在这家仅有三张桌子的小店里，客人只有我们两个仅能点一盘饺子的复读生。正当晚饭时间，店内却没有人。我们有种不祥的预感。等了大约15分钟，一个小盘盛着雪白的水饺出现在我们面前。嗯？不煎吗？看起来有点水水的啊。现在想来，那是水饺，但当时我们是第一次见到不煎的饺子，光这一点就给我们带来了巨大冲击。我们期待看到不同的东西，但因为过于不同，以至都没法认为这就是饺子。当年福岛的小鬼，也就这么点出息吧。

"请蘸这个酱汁吃。"大叔的日语有些笨拙。由于当时看了很多战争孤儿的新闻报道，听到他生涩的日语，感到有些难过。虽然心情有些低落，但肚子也饿了，我们就蘸着酱汁吃饺子。就在这个瞬间，大叔说："合你们的口味吗？日本的中华料理，和那边的中华料理，有些不同。我虽然不是很清楚，但觉得可能不是很合日本人的口味。所以请说实话。之后为了更合日本人的口味，还要在味道上多下功夫。"

我感觉我们吃了第一口，脸上就露出了微妙的表情。但是，我们却立刻回答："很好吃。"其实并不觉得好吃。如果是现在吃，或许会觉得很美味。现在我不仅在中国，也在很多其他国家，遍尝了诸多食物，所以即便出现和自己想象中不同的食物，也能乐在其中，并很明确地判断出对自己来说是不是好吃。但当时，既没有这样的意识，也不会组织相应的语言，同时也没有能辨别味道的舌头。明明期待着预想之外的事物，但上来的饺子和自己认知的过于不同，就只觉得难吃。我又有什么资格去批判喜多郎的音乐呢？还有，或许也是想着不能对辛苦回到日本的大叔说否定他的话，出于这种顾虑，脱口而出了"很好吃"。现在想来，或许曾经去过店里的大人们，也只说了同样的评价。所以大叔才会对我们说"请说实话"。这句"请说实话"，是大叔哀切的呐喊。不过，就算跟孩子们说了这个，他们当然也无法好好作答。我越想越觉得，这真是非常深刻的话题。

那时那种微妙的感觉，以及自己没能好好回应对方的那种微妙心理，自那之后直至今日，总会在我与未知的文化相遇、建立关系时出现，成为一种原点。人们提到原点时，总是好的、积极的，但我的这个原点似乎是消极的，在提醒我不要再重复同样的错误。在遇到与自己所知的文化差距过大的事物时，要有想象力，要果敢地将其纳入到自己的经验中。但当时的我还没有这种想象力与行动力，不愿接受陌生事物，这种无意识存在于我的内心中。更不好的是，凭着自己那点半吊子的知识以及对自己所属社会的历史的愧疚，就披上体恤对方的假皮，率意说谎……在那之后，我们再也没有去过那家店。就是觉得它不好吃啊，这才是真实的想法不是吗？

这种遗憾的感觉，就是我与未知文化遭遇之时的原点。

但是那时，我无法想得那般深远。只觉得过后回味糟糕。这不是吃了饺子的回味，而是说谎之后的回味。我到底在顾虑什么呢？是对生逢不幸、好容易开了家店的大叔，还是对引发这些不幸的日本？……这方面的问题，我后来也不时想到，但这些以后有机会再讲吧。现在的我，已经可以很淡定地去语言不通的地方，可以和文化完全不同的人共事，而我的原点，或者说原形，却并非那么开放，令人遗憾。

我直到十几岁，都能明显感到别人家和自己家气味不同，并且难以应对，因此不能长时间待在别人家里。就算久待，也不想过夜。从什么时候起，不再介意别人家的气味了呢？从某个时期开始，我能厚着脸皮在别人家吃饭、睡觉，并且变得不仅在日本，在世界任何地方都睡得下。不过最近由于疲累住酒店比较多。吃的东西也是，小时候有很强烈的喜恶，现在在世界任何地方都能大快朵颐。

这次在北京也吃了许多水饺，甚至都没觉得是异国的味道。到底是神经变得大条了呢，还是我能在多样文化中生存了，或者只是单纯地习惯了？只愿以后都不要再品尝初次吃水饺的那种心情。如果现在能再一次吃到那时候的饺子，将会尝到怎样的味道呢？我想应该能诚实地说出感想。唉，不过也说不准，如果真的很难吃，可能还是说不出口吧。世界虽发生了很大变化，我又改变了多少呢？

喜多郎，提起这个名字，感觉好治愈啊。他的音乐，可能很多人都在学校午餐时间的广播里听到过、学竖笛时吹奏过、做体操时使用过……

《丝绸之路》是中国和日本在1979—1980年共同制作的纪录片。喜多郎用声音合成器为这个节目创作了主题曲，它和纪录片一起在全日本引起丝绸之路热潮。除了《丝绸之路》之外，喜多郎还出过很多其他专辑。

喜多郎原本是日本前卫摇滚乐队——远东家庭乐队的成员。他们因《地球空洞说》（1975）专辑为人所知。喜多郎在参与《去往多元宇宙的旅行》（1976）录音时，和担任制作人的原橘梦乐队的成员克劳斯·舒尔茨相识，了解到了声音合成器的有趣之处。从1978年

的《天界》开始，喜多郎发表了众多专辑。他凭借前文提到的丝绸之路热潮扩大了知名度，成为人们茶余饭后的谈资，后来还进入美国和欧洲市场，获得格莱美奖等大奖，顺利地开展音乐活动。

说到合成器音乐，这是在20世纪70年代前半期，从沃尔特·卡洛斯（后名为温迪·卡洛斯）到富田勋（参照第40话）都在做的多重录音体系。橘梦乐队、发电站乐队，一开始关注的是声音合成的趣味性，后来使用音序器作曲；从基思·埃默森（参照第13话）开始，声音合成器在现场演出中受到重用，如此经历了种种变化。从这时起，人们开始思考人工制作的音乐到底为何物。但到了20世纪70年代后半期却有了"算了，不用考虑太

多，只要知道这个可以做音乐，不就行了吗？"的倾向。大友先生对声音合成器失去兴趣，我想或许也和这个变化刚好吻合。

第 40 话　本田老师的作业

富田勋《新日本纪行》

（1978 年，19 岁）

2016 年 5 月，我在纽约的酒店，一打开网页就看到富田勋先生的讣告。我与富田勋先生素不相识，但身边喜爱他电子音乐的朋友特别多，我也在初中时就听过他用电子合成器改编的**德彪西**的《**月光**》和《**阿拉伯风格曲**》，被深深地震撼。我本不是在古典音乐的环境中长大的，第一次听德彪西也是通过富田先生的版本。如今用声音合成器，可以很容易就做出音乐，但当年的音乐人使用模拟合成器制作多重声音，颇费周折，成品质量之高却令人震惊（毕竟在那个时代，人们对于用合成器制作声音这件事本身都少有耳闻）。除此之外，在古典音乐中居然存在这种流行乐风格的精彩曲子，这也让我感到新鲜又震惊。

不过，我当初并没有很痴迷富田勋先生的电子合成音乐。

被合成器新鲜的音色短暂俘获后，我到高中就迷上了本书前文写到的那些音乐。等再次开始注意富田勋先生时，已经是复读时期了。

对我来说虽然是属于爵士咖啡馆和自由爵士的时期，但也会偷偷听些完全不同的音乐，也就是只在电视或广播里播放的音乐。那时不像现在，这些音乐很少能出唱片。我不会带着它们是电视剧配乐、主题曲的意识去听，很多时候，也不知道是谁写的曲子、由谁演奏的。只是觉得很多曲子都不错，会录下来反复听。其中有 NHK 的《新日本纪行》的主题曲、《银河电视小说》里荒井由实的曲子、《3 丁目 4 番地》、《道别在今日》、深町纯用合成器创作的电视剧《新·少爷》的配乐等。除此之外，还有一些广告音乐、深夜 NHK 广播结束之后或天亮时广播开始前测试用的八音盒般的音乐之类的，我也很喜欢……啊，对了，当时 NHK 广播还没有深夜节目呢……我把那些歌录进磁带里，特别爱听的就是富田勋创作的《新日本纪行》的主题曲。

实际上这个节目是小学三四年级（昭和四十三、四十四年左右，公历的话是 1968—1969 年左右），班主任本田老师要我们当作业来看的节目，所以我非常讨厌。如果只是要求看也就算了，还得写观后感。我是看电视长大的孩子，本身很喜欢看电视，可是一点都不觉得这个节目有趣。这么无趣的节目，还得写观后感，于是看电视就成了一种痛苦。我也讨厌起这个节目略显土气的主题曲，作业也基本没做。

可是，我已经想不起出于什么机缘（难道是 Tamori 先生的《日本夜未央》中放过这首曲子？不知道有没有记错），或许是乐队成员中潟君的一再灌输（他是富田勋的狂热粉丝），不知道从何时起，我开始特别喜欢《新日本纪行》的主题曲。越听越觉得精彩，不由得深陷其中。毫不夸张地说，是这首主题曲让我这个对古典音乐向来听过算过的人，初次感受到了管弦乐音色的魅力及精彩。

说起来实在惭愧，作为音乐人，我直到现在对那些会出现在音乐教室墙壁的肖像画上的长发先生——像是海顿、贝多芬、莫扎特之类——都不是特别感冒。无论他们的音乐多么精彩，在我听来，都是遥远世界之物。就如同中东的音乐，因为那个地方与我所处的世界差别太大，以至于他们的音乐听起来总有一种隔阂感。当然啦，即便如此也能听得愉悦，充分享受其中。但因为彼此所处的世界差距过大，那些音乐无法最直接地打动我。或许至今我也没有从心底喜欢过古典音乐。不过，同样是用管弦乐器演奏的富田勋，却能触动我。**古关裕而**的音乐听起来虽古老也能触动我。**武满彻**则听起来闪亮又鲜明。在其他方面，我并非国粹主义者。在听音乐上，我的耳朵却意外地保守，对西方古典音乐没有感觉，却觉得日本作曲家的管弦乐好，这到底是为什么呢？不要老喝味噌汤了，也喝点玉米浓汤吧。是呀，我自己也觉得可惜。但比起维也纳、德国等地精彩的管弦乐，我还是觉得日本老电影中的配乐更值得一听。我更喜欢有粗俗感，或者说，不是那么高明的管弦乐。对对，当下好莱坞电影中的配乐，那种超级厉害的管弦乐，我也完全没有兴趣，觉得无聊。更不用说如今像被电脑整容过的管弦乐，我全无感觉，不过这又是另外的话题了。回到味噌汤和玉米浓汤的比喻，一流日本料理店的味噌汤、酱菜，真是绝顶美味！但母亲做的味噌汤和酱菜更让人安心，如果非要二选一的话，我一定会毫不犹豫选择母亲做的。不过，被电脑整容过的音乐，就像是家庭餐厅的味道，虽然不坏，可是……我在写些什么呀。

再回到富田勋先生，用粗俗形容《新日本纪行》的主题曲或许会惹怒一些人，但我是真的喜欢那种独特的感觉。不仅仅是粗俗，还像母亲做的酱菜一样，有一种只能在这家酱缸里发酵出来的正宗味道。啊，又拿吃的来打比方了。真是不好意思，这番描述不像音乐家该有的谈论音乐的方式。不过，对音乐的喜好，本来就不是能用语音描述的，或许真的同食物的喜好类似吧。

看到富田勋先生离世的消息，我一个人在远离日本的纽约酒店，呆呆地听着《新日本纪行》的主题曲。心想：富田先生，一定就像酱菜缸的发酵那般，很好地保留了自己独特的糠床，这是任何事物都无法替代的、和母亲的味道一样重要的存在。至少我就是被这种味道培养长大的。现在想来《新日本纪行》的节目也很棒。还是小学生的我，对这个节目的理念、内容的精彩以及主题音乐中所包含的深义，完全未能理解。但几十年后，我还是领略到了。作为电视业的相关人员，我会将这点好好铭记在心，创造音乐。写这种话很不好意思，但我是真心的。

近50年前本田老师留的作业，如今我终于写好了，本田老师会读到这篇文章吗？

　　富田勋在上回的文后专栏里也出现了。遗憾的是，他于 2016 年离世，正值他有意再度开始音乐活动之时，实在令人震惊。

　　提起富田勋，人们会想起的音乐可能各有不同。一般来说，多会像大友先生那样，想起用合成器再现的德彪西的《月光》（1974）、穆索尔斯基的《展览会之画》（1975）等一系列作品吧。

　　当然他还有其他作品。从《今日料理》到《森林大帝》《缎带骑士》等动画，以及 NHK 大河剧的电视主题曲等众多电视相关的工作。广告、电影音乐、歌谣曲、童谣……让人怀疑没有他还未涉足的领域。进入 21 世纪后，他创作意欲依然不变，发表了以初音未来为造型的《理想之乡交响曲》（2013）等，直到最后都持续发挥着自己不断求知的好奇心。富田勋作品数量惊人，却非音乐大学出身，竟然毕业于庆应大学文学部，真是令人敬畏！

　　《新日本纪行》是 1963 年到 1982 年 NHK 放映的长寿纪录片节目。富田勋作曲的主题曲，带着和风的淡淡旋律，和感染力极强的助奏，以及细致的配器法，我从幼儿时期起就一直觉得是首好曲子。随着乐曲的推进，每次耳朵都被助奏夺走，不知道听哪里才好，让人心有不甘。这是首不知如何创作出来的、不可思议的曲子。想听 CD 的话，推荐《新日本纪行（富田勋的音乐）》（1994）。

　　不管是使用管弦乐，还是合成器，富田勋注重的都是抓人的节奏，以及由声音堆砌带来的细致的音色表现。

第41话 有关副岛辉人先生

《日本自由爵士史》

　　2014 年，前卫爵士评论家，同时也策划了诸多前卫爵士音乐演出的**副岛辉人**先生去世，死于胃癌。他曾说过在得知患胃癌后的两年间，有了许多新的人生经历，这很有趣。他接受了患病的事实，认为这也是自己的命运。他一天天观察自己身体的变化，与医生预测的病情恶化程度相对照，并做下记录。在他去世之前，我还曾在网上跟他联络，以为他要搬去京都了。后来才知道其实是副岛家的墓地在京都。他在遗书中把"即将踏上死亡之旅"形容为"搬家"。我在此稍作引用：

　　　　我要搬家了。种种缘由，没怎么对人提起，但应该快了。搬家的地点决定了，在京都府宇治市。乘 JR奈良线的快速列车，从京都出发约 18 分钟到达，从奈良出发的话约 30 分钟。在宇治站前乘出租车，左手边是清流宇治川，朝着河的上游方向开，进入山中再行驶 10 分钟，看到连绵的山丘，那里就是天之濑公园了。只要对守门人说去 J 区 92 号地，他就会带路吧。

这是个很小的家。千利休追求终极之美，将无用之物都舍弃，创造了茶室。这里虽不是那般的茶室，却也是极小的空间。在这个狭窄的榻榻米房间，宽四尺高五段的书架占据一角，还有扩音器和小型音箱，若是再有些乐器及电子屏幕就更完美了。还有用来读书写字的小桌子一张。以及我和太太（她有后事要料理会来得晚些）并排的两床被子。除此之外，再也没有地方摆下别的。

书架最下面两格，放黑胶唱片、CD、磁带等。可能 2/3 是爵士乐，其他是古典音乐、现代音乐、民族音乐、演歌等，具体的还在考虑。占据上面三格的书籍，也花了很多心思。一格只放 40 本的话，总共大致能放 120 本，大约是我家现有藏书的 1/8。这些书我都舍不得扔，不过我会试着精选一下。精选秘诀是，要选择经得住我反复再反复读的书。

（中略）

若能将这些书反复读一读，享受重温的乐趣，肯定很开心吧。读书累了，就喝从当地老牌宇治茶店"中村藤吉"购入的抹茶，每日喝上两三回。我喜欢边用黑乐的茶碗做抹茶，边听自由爵士。日常饮食基本是粗茶淡饭，但偶尔会享用宇治川上的鸬鹚捕来的鲇鱼，或京都特有的鳢鱼料理，秋季食松茸，更有用近江牛做的菲力牛排，以及珍藏的高级烧酒"森伊藏"，打开盖子一点点小酌着吃。

这到底是妄想，还是现实呢？

既然如此，就在此效仿葛饰北斋的辞世俳句吧：
"死后化人魂，舍却烦恼任逍遥，去奈良京都。"[1]

如今读来知道是遗书，但当初文章发布在网上时，包括我在内的很多人，都没有想到写的是死亡之旅，以为他真的要搬去京都。被完全欺骗的我，以为他肯定是移居到了养老院，还给他发邮件，问他是否有兴趣做 KBS 京都台广播节目的常驻嘉宾……在病床上的副岛先生，看到我反应迟钝的邮件，估计哈哈大笑了吧。

1　葛饰北斋的原句是"人魂で行く気散じや夏野原"。

面对死亡，副岛先生的幽默，或者说"玩闹之心"，远不止这些。他的葬礼上播放了一段他本人临死前的录音："这是来自灵界的语音……"参加葬礼的人，能和死者本人直接交流，这真是前所未闻。而且那个声音一点也不悲伤，能听出是面带笑容录的，这也让大家一扫阴霾。录音的结尾是："在地狱的阎王面前我也能自由自在，这就是活着。"这句结束语获得满堂掌声。在葬礼上鼓掌也是前所未闻。副岛先生真是名副其实地前卫又潇洒。

我和副岛先生相遇，应该是在复读时期，就在书中经常提到的福岛爵士乐咖啡馆 Passe-Temps。从 20 世纪 70 年代后期到 80 年代后期，副岛先生带着默尔斯爵士音乐节的八毫米胶片，走遍日本各地。那是一个还没有网络的时代，新的音乐信息只能靠杂志、广播以及爵士咖啡馆、摇滚咖啡馆引进的唱片。住在像福岛这种小地方的人就更不用说了，能入手的信息非常有限。德里克·贝利为什么会做那样谜一般的音乐，我仅能从**间章**及**高柳昌行**写的文章中获知蛛丝马迹。而副岛先生从 20 世纪 70 年代初期就频繁参加在德国默尔斯举办的前卫爵士音乐节，并将影像收录在他的八毫米胶片中。他制作剪辑的作品，每年都在全国各地的爵士咖啡馆中展映。要特别指出的是，那时候还没有能方便携带的录像带，唯一能让个人携带和拍摄的影像或影片就是八毫米胶片了。这种影片，要将声音用磁带录音，再在家里仔细编辑合成。副岛先生每年都会带着这种约一小时左右的纪录片，在全国巡回播放。在录像技术普及之前，能留下影像档案的，我想哪怕找遍全世界，除了副岛先生应该也再无别人了。如今在 YouTube 上可以很快看到演出视频，但当时除了去现场看演唱会或演出以外，很难在媒体或网络上看到表演实况，因此八毫米胶片放映会，对我来说是非常宝贵的信息源。

像往常那样，Passe-Temps 的客人只有个位数。除了我，应该还有爵士社的学弟昭二君、饭冢君。**安东尼·布拉克斯顿、汉·本宁克、德里克·贝利、埃文·帕克**等只在唱片或杂志上知道的人，在有些灰暗的八毫米影像中熠熠生辉地即兴演奏着。那是个连"即兴"这个词都显得新鲜灿烂的时代，是一个相信彼岸有自由的时代……不过对我们这些笨蛋小鬼来说，应该只是大张着嘴巴看纪录片，看完也只是觉得"这都什么呀"。在映后的提问环节，应该还对副岛先生提了很多蠢问题。具体问了什么、说了什么，已经不记得了。但比我们年长许多的副岛先生，用像对大人那样的平等态度，耐心回答了我们的问题，这点直到现在还留在我的记忆里。这就是我与副岛先生最初的相遇。

和副岛先生的关系进一步加深，是在那六年后，我去东

从左往右是高柳昌行、（正前方）我、副岛辉人。1984年11月札幌雅马哈音乐厅。摄影沼山良明。

京后的1984年11月。那时高柳昌行的个人演出和副岛先生的默尔斯纪录片联合在一起，在北海道五个地方做巡回演出。我作为高柳先生的助手兼司机，也参加了这次巡回。从那时起发生的事情，大大改变了我今后的人生。而那之后，我也开始了与副岛先生长时间深入的来往，不过要写到这里还为时尚早。

有关副岛先生的葬礼，还有一点必须写到，那就是我和高柳昌行先生的妻子道子女士时隔23年的重逢。要写高柳昌行先生的事，会让行文变得很长，简直能写一整本书，就在这里简略写一下吧。我因想成为爵士音乐人，在高中复读之后去了东京，敲开了高柳先生的门，并开始了为期数年的修行般的生活……不过你这家伙，真的是在修行吗？我都想这样吐槽自己。不管怎么说，即便在高柳先生那里，我也是个不成器的学生，做什么都不行，无论去哪里都是半吊子的感觉。但不知为什么高柳先生很中意我，私下很照顾我，我们还在一起生活过。但后来我们的关系变得越来越僵，最终在一次大吵之后，我跑了出来。就在这种别扭的关系中，高柳先生于1991年离世。那之后，种种状况令我止步不前，那时方方面面都对我伸出援手的就是副岛先生。虽然说关系别扭，我对高柳先生的敬爱不会改变，副岛先生也深知这点。可是，怎么说呢……有关这点，总想找个时间好好写一下。我一直是这么想的，但无法用写青春期的笔调来写……

　　副岛先生留下的《日本自由爵士史》，是唯一一本有关日本自由爵士历史的书。他生前说过，比起记录过去，当下发生的事更为有趣。可他还是全身心投入写了这样一本书。而我认为只有副岛先生才能写出如此内容。在他执笔的过程中，曾多次对我以及高柳先生进行直接采访。

　　"大友君可以保持沉默，但事实就是事实。"有关和高柳先生的关系，我基本从来没有公开说过，副岛先生慢慢地从我这里问出了各种事情。其实我相信很多事他也都知道，但可能更想从我本人口中听到。有关我和高柳先生的关系，大部分本书中并未提及，但有关高柳先生的音乐，我所知道的已经在书中详细写过了。更重要的是，能对副岛先生讲述自己和高柳先生的关系，对我来说非常重要，起到了某种治疗的效果。我认为自己已经完全无法解决的问题，从那时候起一点点被拆解了。这也是我与副岛先生长时间的交往中，谈话最为深入的时期。在过了约 1/4 世纪后再见到高柳先生的太太，我想果然还是出于副岛先生的引导。虽然很不好意思，但那天我哭了。我能做的唯有哭泣。

葬礼的那天晚上，我去了六本木的 Super Deluxe，穿着丧服。所谓的丧服，也就只是黑色的衣服而已。我穿着丧服坐在唱片操控台前做独奏演出。想起殿山泰司先生称高柳先生的演奏是"可以飞到月亮上的声音"，希望我的演奏能传达到副岛先生所在的那个世界。[1]

以与高柳先生的妻子再会为契机，高柳先生生前用过的名乐器——1963 年产的电吉他 Gibson ES-175，如今到了我的手上。这应该也在副岛先生精心筹谋的计划之中吧。

1　当时的演出视频可以在这个链接中看到：https://www.youtube.com/watch?v=wNgPvVPGyf0

高柳先生生前用过的名乐器 Gibson ES-175。

最终话　欢迎来到充满噪音的天堂

澳大利亚的山崎比吕志

（1978 → 2017 年，19 岁→ 58 岁）

2016 年 11 月，我和山崎比吕志先生在奥地利的韦尔斯市，参加前卫音乐节"无限音乐节"的 30 周年纪念活动，这是一个在这座城市延续多年的音乐节。这一天，弗雷德·弗里斯、马茨·古斯塔夫松、彼得·布罗茨曼、The Ex、泽娜·帕金斯等即兴及前卫音乐领域的几十个明星聚集到这里。虽说是明星，但也不是能召集数千观众的大明星，而是可能会有几十人、几百人来看的小圈子明星。这个小小的庆典，因为是国际性的音乐节，有从世界各国来的人，却哪里都没有标示国名的东西，大家都是以个人名义参加的。休息室中以操着各国口音的英语为主，还有德语、法语、埃塞俄比亚某族语以及偶尔会听到的日语。观众席上，也不只能听到德语，还有意大利语、斯洛伐克语、俄语等多种语言。在这里，没有必要是"某个国家的人、某个民族的人",大家都只是即兴音乐人。对我来说,这里宛如天堂。

主办者沃尔夫冈问我这次想做什么,我毫不犹豫地说想和山崎比吕志合奏。山崎先生在海外或许毫无名气,但对我来说却是即兴演奏的英雄。下面再次引用一下介绍我高三看过的那次大音量演唱会的文字吧。

　　对我冲击最大的,是在涩谷的 Jean-Jean 看的高柳昌行的新方向乐队的演出。高柳昌行以爵士乐明星渡边香津美的师父的身份闻名,但实际上,他是从 20 世纪 60 年代就引领日本前卫爵士乐的领军人物……这样写会被骂吧。总之要讨论日本的自由爵士或噪音音乐,高柳昌行是绕不过去的第一人——两把电吉他、萨克斯、贝斯、两套鼓,如今也很少见的持续几十分钟的大音量演奏。既没有听得出来的节奏,也没有旋律,只感觉到巨响的噪音在持续扩散。由于音量过大,感觉身体像被压在椅子上,演出结束后会耳鸣到什么也听不见。高柳昌行的演出,与其说是在听,不如说是在用身体感觉。

　　客席上仅有十几个观众,或许十人不到吧。但在这么少的人中,却能看到我敬爱的殿山泰司、爵士评论家清水俊彦、副岛辉人等人的面庞。仅这一点就足以让人心动了。殿山先生在他的《JAMJAM 日记》中,形容高柳先生的演出是"飞到月亮上的声音",正是那种感觉。

我被这场演出感动,很快就叩响高柳先生的门,成了他的门下弟子……倘若现实如此,倒是件值得在连载中大书特书的事。而我的人生,远没那么酷。说实话,高三的我,完全听不懂这种大音量演出。

虽然完全不懂,但毫无疑问那场演唱会从此改变了我的人生。是的,打鼓的山崎比吕志,也就是当时的**山崎泰弘**,他也曾用过**山崎弘**的名字。他的鼓真的非常厉害,可以和音量巨大的**高柳昌行**的吉他的现场声音分庭抗礼一个小时以上。那种独特的音色和发音的气势,不同于任何人,是只属于他的东西。

近40年后,还能和这样的山崎先生一起在欧洲巡演,这自然是我当时无法想象的。具体的经由,说来话长,所以这里只能删繁就简。到了东京以后,机缘巧合之下,我成了高柳先生的助手,最初的工作是开山崎先生的车接送他们演出、搬运乐器、在演出会场帮忙设置调试乐器等。说是工作其实也没有钱拿。当时的音乐人助手,基本都是无偿的,也就提供晚饭、交通费等。但能和崇敬的人共处一个空间,为他们的音乐服务,这对我来说已经十分幸福了,就是最好的工作。

不过,就像前面写到的那样,几年以后,我和高柳先生关系破裂的同时，也和山崎先生疏远了。之后他离开东京住在鹿岛，我们就更少碰面了。和山崎先生的再会，也是在前文中写到的副岛辉人先生在新宿 PIT INN 的追悼演唱会上。死后的副岛先生仍然是把人们联结在一起的组织者。

对山崎先生来说，则是自 1980 年高柳昌行新方向乐队在德国默尔斯音乐节公演以来，时隔 36 年的海外公演。山崎先生当时 76 岁，不过他的演奏，和我初次在涉谷的 Jean-Jean 里看到的相比，一点都没变。岂止没变，演奏的能量反而更甚了。

演奏结束，我回到酒店打开电视，看到动态新闻里有一个留着奇怪发型的肌肉男在说："克服分裂吧！"并连呼："新总统万岁！"

他说什么美国要再度成为头号大国。这家伙在说什么呢？美国本来不就是头号大国吗？作为属国居民的我们，连给这个人投票选择的权力都没有，也没有拒绝的权力。再说，就算有选举权，这个肌肉男也肯定会胜利吧。无论我们举起怎样的旗帜，无法抵挡的事物终究无法抵挡，世界在以非常快的速度崩坏。

像我这般看待世界的人，在这个脏乱的世上，却还能找到属于自己的地方。从这个角度来看，世人或许可以分成两类吧：有归属的人和没有归属的人。以思想、宗教、经济差距为名，纷争和恐怖事件不断爆发。但从本质来说，问题在于人们能否拥有容身之所吧。

那之后我又去了巴黎，看到布鲁塞尔在那个时期受到了恐怖袭击。那场袭击的对象，既不是政治家，也不是军人。而是会在 Live House 中跳舞、在咖啡馆和朋友聊天的人们，是随处可见、和我们一样的普通人。有归属和没有归属的人们之间的战争，已经开始了。

"走在街上要注意炸弹！"

"留络腮胡的那个人可能就是恐怖分子！"

多样的价值观，人种及民族的共存、平等，自由与和平……我从小就单纯相信着的"未来"，正在发出坍塌的声音。我们该做些什么呢？像我这种头脑的人，没有任何头绪。今后世界将会怎样呢？

"铮——铮铮——叮——"

像我这样的人，为什么在做这种音乐？是愤怒？是呐喊？不不，并不是这些。是绝望？欢欣？自由？不不，不是这种能用文字表达的东西。

"铮——铮铮——叮——"

1979 年 3 月末，我决定去东京，根本没学过习，也不可能被大学录取。但总之去了再说吧。明治大学的二部文学部吸引了我的注意。当时好像叫作夜间部。十几岁的我不可能说一声"我想成为音乐家！"就跑去东京。虽然内心确实有这个梦想，但我既没有自信，也不清楚人生到底是怎么一回事。只是想着去东京的话，就可以离憧憬的音乐更近一步了，想离开父母自己一个人试试。虽然很介意 Y 写在笔记本上的"找到自己的道路"，却什么也没有找到，我对这样的自己感到焦躁不安。要是有了去上大学的口实，就可以不用解释一堆麻烦的事情，也不用下决定了。这是我当时的真实想法，真是让人难为情。总之我考了大学，总算勉强合格，磨磨蹭蹭地到了东京。

当时是父亲开车送我去的，我在车上放了最低限度的生活用品、乐器和唱片，于 1970 年 3 月末离开了积雪尚存的福岛。路上和父亲说了什么，现在完全忘了。只记得——

"奥林匹克什么的，不应该代表国家，而是每个选手举起自己的旗帜就可以。"父亲很平静地说出了这样的话，至今我还深受影响。

"只要不给别人添麻烦，不管做什么工作都行。做自己喜欢的就好。"似乎父亲也说过这样的话。

"死了就什么都没有了"，人生就是如此。我没有宗教信仰，也是受父亲的影响吧。但他也不是一年到头都在说这种话，只是偶尔会漏两句出来。他基本上就是像高仓健那般沉默的男人。因此我多是继承了开朗的母亲。家里既没有佛龛，也没有和宗教相关的东西。要说小时候家里有什么，就只有电器零件、工具、冰箱、洗衣机、父亲做的电视机、唱盘和收音机、若干唱片，以及母亲亲手做的衣服。对我来说，这就是最理想的环境。时至今日，我还是觉得这就足够了。我经常会和父亲聊有关电气及机械的话题。看到新型机械，父亲一定会分析其构造并告诉我。从电视噪声的原因、镊子钳子的用法，到电容器的处理方式，日常对话基本都围绕着机械和电气。我也很喜欢和父亲讨论这些。就是这样的父亲开车送我去东京。路程可能有四个小时左右，我们一路上都在聊晶体管、真空管之类的话题。

"咚咚咚，咣——咚咣——"

山崎先生强烈的打击乐器在眼前发出声响，我的吉他为他伴奏。只要在舞台上，我就觉得"这就是天堂"。没有国界，也没有过去和未来，只有噪音在响。乍一看和一直在考虑如何避免电路噪声的父亲完全相反，但似乎又在哪里相通。狂热的观众。对他们来说，或许这里也是天堂。一直持续的啸叫。充满噪音的天堂。

1979 年 4 月，代田桥的六叠大的一间房，没有洗澡间，月租 25000 日元。19 岁的我开始了东京生活。那之后的故事，未来有机会在哪里再接着讲述吧。

山崎比吕志先生，现在也很厉害呢。我曾看过山崎先生、大友先生、芳垣安洋先生的三重奏演出，充满想法和能量。若对大友先生的介绍作补充的话，应该加上山崎先生曾师从乔治川口，在自由爵士以外的活动也很精彩，和阿部薰合作的《爵士床》（1995）也很好。大致是这些内容吧。

马茨·古斯塔夫松是瑞典的萨克斯手。除了个人演奏，以及和音速青年、巴里·盖伊、吉姆·欧

洛克等人的合作之外。还曾在事乐队、洪声乐队、火！乐队等乐队活动，是肩负着现今北欧即兴音乐的重要人物。他也曾多次来过日本，表演气鸣及电子音。

气鸣萨克斯的元祖是这位，**彼得·布罗茨曼**。欧洲自由爵士黎明时期的重要贡献者，他以豪放的吹奏方式为人们所爱。《机关枪》（1968）至今仍是人们口口相传的名碟。他也数次来过日本，长盛不衰的演奏方式现在仍然让人惊异不已。

The Ex 是 1979 年成立于荷兰的朋克 / 自由爵士队。现任成员有阿诺德·代·波尔、特里·赫塞尔斯、安迪·摩尔、凯瑟琳纳·博内费尔德四人。他们的有趣之处在于对民族音乐元素的吸收。大友先生和他们一起巡演过，巡演途中他们与埃塞俄比亚的名萨克斯手盖塔秋亚·梅库亚的乐队合为一体。The Ex 与盖塔秋亚·梅库亚出过两张合作专辑。

泽娜·帕金斯是美国的竖琴演奏家。她使用的乐器在自由爵士及即兴音乐中较为少见。除了个人演奏活动

之外，她和比约克、约翰·佐恩、宝琳·奥利韦罗斯等都有过合作。她也是不安全乐队、巴别塔新闻乐队等的成员，还和舞蹈团体、影像艺术家有众多合作，横跨多个领域，十分活跃！

后 记

　　大家都很想知道铃木后来怎么样了吧。我也想知道，不过至今也不知道他实际如何了。写这些时，有一瞬间我想是不是要构思一个有关铃木的故事，但最终还是决定按自己的记忆写下来。虽然已经是十几年前的事了，刚开始可以在网络上搜索时，我曾试着搜了他的名字，发现他成为了医生。他以大龄从医学大学毕业（并且是在福岛以外的地方），之后在偏僻的地方为医疗贡献力量。那里刊登出了他的照片，笑着的他完全就是我记忆中的模样。他肯定成为了一名很好的医生吧。不知为什么当我看到那张照片时哭得很惨。

　　另外一个人，Y 的消息也在网络上搜索出来了。哎呀，网络真是可怕的东西。话说，大友你到底在查什么啦！Y 呢，正在从事照顾残障人士的护士工作。知道这点时我真的很高兴。对了，还查到了我的那个初恋……还是打住吧。

本书讲的很多事，基本都是真事。至少是我记忆中的真事。虽然加入了一部分虚构，但那些让人感到夸张、不由得怀疑其真实性的情节，基本都是真的。相反在一些小的地方，是我带着"是不是这样的呢？"的想象写出来的。当然有时候出现的名字是假名，所以请不要将其硬套在某一个人身上哦。

我在第 1 话里写了《悲伤的 60 岁》的 B 面是《了不起的时机》，结果无论怎么找都没有找到这样的唱片。至少网上没有搜到。难道是记错了？其实是分开的两张唱片？但在自己的记忆中这两首是 AB 面的歌，我曾反复换面听。因此，本书里讲到的很多事，我本人觉得是事实，但完全没有自信。我写到的人们，如果读了本书，可能会生气地说"大友，不对哦"。所以请大家半信半疑地读吧。

就像最初写的那样，这是一本介绍音乐的书。可能谁都不相信吧，我甚至认为它是一本非常认真地评价 20 世纪音乐的书。1959 年出生、在日本成长的孩子，听了怎样的音乐，如何听的——我想写下、传达的这些，会对思考这些音乐为什么存在，起到重要作用。有关音乐的内容，或许会因为记忆不对，有不正确的地方，但至少对我来说是那样的。暴龙乐队和永山君有关，老虎乐队和吉田同学有关。阿部薰和 Passe-Temps 的老板娘有关，井上尧之、绯红之王和桑原君及阿部君有关，埃里克·杜菲和大森君有剪不断理还乱的联系……对我来说，音乐或许就是这般不具普遍性的个人回忆吧。但同时，这些音乐又和时代及社会同步发生，这正是趣味所在。或许通过这种方式，我自身也和时代有了同步的关联。

在这个意义上，编辑须川善行参照我的个人回忆，为正文出现的音乐、漫画乃至社会状况都做了注解，写成文后专栏。须川先生是我第一本书《音乐》的编辑，比任何人都了解我，并且有着广博的音乐知识。如果没有须川先生，以及在我笔头上没有进展时提供耐心帮助的编辑井口薰小姐，我是绝不可能完成本书的。井口小姐、须川先生，真的谢谢你们。以及，要向被我擅自写进这本书里的友人及音乐，表示诚挚的感谢！是的，我就是被这些人包围，听着这些音乐长大的。真的谢谢了。以及擅自把你们写进来真是抱歉。因为记忆偏差多少有捏造的部分，请原谅我吧。

本书写完，由加藤贤策先生做了最棒的装帧，看到时我不由得想写续集了。来到东京后的 20 世纪 80 年代，频繁去海外的 90 年代，如果能够详细写一下这些事情，可能会成为世界上独一无二的介绍 20 世纪音乐的三部曲。到时候，井口小姐、须川先生、加藤先生，请继续关照啊！

2017 年 6 月 27 日

附录

人名、乐队名译名对照

(按中译名首字拼音顺序)

A

阿部薰　阿部薰

阿尔伯特·艾勒　Albert Ayler

阿久悠　阿久悠

阿诺德·代·波尔　Arnold de Boer

埃德加·瓦雷兹　Edgard Varese

埃尔文·琼斯　Elvin Jones

埃里克·杜菲　Eric Dolphy

埃里克·克莱普顿　Eric Clapton

埃文·帕克　Evan Parker

埃默森、莱克与帕尔默　Emerson,
　Lake & Palmer

安迪·鲍威尔　Andy Powell

安迪·摩尔　Andy Moor

安东尼·布拉克斯顿　Anthony
　Braxton

安洁拉亚季　アンジェラ·アキ

安全乐队　安全バンド

安田伸　安田伸

岸部修三　岸部修三

岸部一德　岸部一德

岸部四郎　岸部シロー

岸田今日子　岸田今日子

岸田森　岸田森

岸信介　岸信介

奥尼特·科尔曼　Ornette Coleman

奥利维埃·梅西安　Olivier Messiaen

B

巴里·盖伊　Barry Guy

巴别塔新闻乐队　News from Babel

巴托克·贝洛　Bartók Béla

坂本慎太郎　坂本慎太郎

阪本顺治　阪本顺治

坂本九　坂本九

坂本龙一　坂本龍一

坂田明　坂田明

宝琳·奥利韦罗斯　Pauline Oliveros

保罗·麦卡特尼 & 羽翼合唱团　Paul
　McCartney & Wings

保罗·莫提安　Paul Motian

保罗·威廉姆斯　Paul Williams

保罗·欣德米特　Paul Hindemith

暴龙乐队　T. Rex

北山修　北山修

贝琪和克丽斯　Betsy & Chris

本田路津子　本田路津子

比尔·艾文斯　Bill Evans

比莉·哈乐戴　Billie Holiday

比利·科伯姆　Billy Cobham

比约克　Björk
彼得·布罗茨曼　Peter Brötzmann
彼得·辛菲尔德　Peter Sinfield
博比·达林　Bobby Darin
伯特·巴卡拉克　Burt Bacharach
不安全乐队　No Safety
布赖恩·伊诺　Brian Eno
布鲁克纳　Bruckner

C

查尔斯·明格斯　Charles Mingus
叉骨灰乐队　Wishbone Ash
查理·帕克　Charlie Parker
柴崎幸　柴咲コウ
长渕刚　長渕剛
池部良　池部良
赤冢不二夫　赤塚不二夫
雏鸟乐队　The Yardbirds
川崎伸　川崎のぼる
创造乐队　Creation
村井邦彦　村井邦彦

D

大岛渚　大島渚
大桥巨泉　大橋巨泉
大卫·鲍伊　David Bowie
大野克夫　大野克夫
黛敏郎　黛敏郎
丹尼饭田＆天堂国王　ダニー飯田＆
　　パラダイス·キング
岛田阳子　島田陽子
德里克·贝利　Derek Bailey
迪兹·吉莱斯皮　Dizzy Gillespie
第十一宫乐队　The Eleventh House

蒂姆·博格特　Tim Bogert
殿山泰司　殿山泰司
东海林修　東海林修
都春美　都はるみ
渡边彻　渡辺徹
渡边香津美　渡辺香津美
渡边贞夫　渡辺貞夫
端田宣彦　はしだのりひこ
端田宣彦与巅峰乐队　はしだのりひ
　　ことクライマックス
端田宣彦与鞋带乐队　はしだのりひ
　　ことシューベルツ

E

恩地日出夫　恩地日出夫

F

发电站乐队　Kraftwerk
芳垣安洋　芳垣安洋
绯红之王　King Crimson
费利克斯·帕帕拉尔迪　Felix Pappalardi
粉红淑女乐队　ピンク·レディー
丰住芳三郎　豊住芳三郎
疯狗　Hound Dog
蜂蜜派　はちみつぱい
蜂鸟　ハミング·バード
弗兰克·扎帕　Frank Zappa
弗朗西尼·蕾康特　Francine Lecomte
弗洛里安·施耐德　Florian Schneider
弗雷德·弗里斯　Fred Frith
福田纯　福田純
副岛辉人　副島輝人
富樫雅彦　富樫雅彦
富田勋　冨田勲

G

盖塔秋亚·梅库亚　Gétatchèw Mèkurya

高柳昌行　高柳昌行

高柳昌行新方向乐队　高柳昌行ニューディレクション

高柳昌行艺术新方向　高柳昌行ニューディレクション・フォー・ジ・アーツ

高木元辉　高木元輝

高桥悠治　高橋悠治

高森朝雄　高森朝雄

高信太郎　高信太郎

格雷格·莱克　Greg Lake

工藤荣一　工藤栄一

宫川泰　宮川泰

宫间利之 & NEWHERD　宮間利之 & ニューハード

宫内国郎　宮内國郎

宫藤官九郎　宮藤官九郎

宫泽和史　宮沢和史

古关裕而　古関裕而

古贺政男　古賀政男

谷川俊太郎　谷川俊太郎

谷冈泰次　谷岡ヤスジ

谷启　谷啓

鬼太郎　鬼太郎

龟渊昭信　亀渕昭信

H

哈罗德·莱恩·戴维　Harold Lane David

汉·本宁克　Han Bennink

汉斯·费尔勒斯塔德　Hans Fjellestad

和田嘉训　和田嘉訓

赫比·汉考克　Herbie Hancock

横山光辉　横山光輝

红鸟　赤い鳥

洪声乐队　Sonore

花朵旅行乐队　フラワー・トラベリン・バンド

花生姐妹花　ザ・ピーナッツ

花肇　ハナ肇

花肇与疯狂猫　ハナ肇とクレージーキャッツ

荒井由实　荒井由実

回归永恒乐队　Return to Forever

火! 乐队　Fire!

霍奇·卡迈克尔　Hoagy Carmichael

J

吉米·亨德里克斯　Jimi Hendrix

吉米·亨德里克斯之体验乐队　The Jimi Hendrix Experience

吉米·加里森　Jimmy Garrison

吉米·佩奇　Jimmy Page

吉姆·豪尔　Jim Hall

吉姆·欧洛克　Jim O'Rourke

基思·埃默森　Keith Emerson

基思·杰瑞　Keith Jarrett

吉田隆一　吉田隆一

吉田日出子　吉田日出子

吉永小百合　吉永小百合

吉泽元治　吉沢元治

吉泽元治三重奏　吉沢元治トリオ

加桥克己　加橋かつみ

加藤和彦　加藤和彦

加藤贤策　加藤賢策

家庭乐队　Family

间章　間章

杰夫·贝克　Jeff Beck

加寇·帕斯图瑞斯　Jaco Pastorius

杰克·布鲁斯　Jack Bruce

杰米·缪尔　Jamie Muir

格里·戈芬　Gerry Goffin

芥川澄夫　芥川澄夫

芥正彦　芥正彦

今川泰宏　今川泰宏

金格·贝克　Ginger Baker

金井英人　金井英人

近藤等则　近藤等則

近藤让　近藤譲

近藤祥昭　近藤祥昭

井口薰　井口かおり

井上阳水　井上陽水

井上尧之　井上堯之

井上尧之乐队　井上堯之バンド

井野信义　井野信義

景山民夫　景山民夫

酒井和歌子　酒井和歌子

菊地雅章　菊地雅章

橘梦乐队　Tangerine Dream

爵士机器　Jazz Machine

K

卡尔海因茨·施托克豪森　Karlheinz
　Stockhausen

卡萝尔·金　Carole King

卡萝尔乐队　CAROL

卡门·马基　Carmen Maki

卡迈恩·阿皮斯　Carmine Appice

卡朋特　Carpenters

卡尔·帕尔默　Carl Palmer

凯瑟琳纳·博内费尔德　Katherina
　Bornefeld

克劳斯·舒尔茨　Klaus Schulze

库尔特·魏尔　Kurt Weill

裤满绪　はかま満緒

L

拉尔夫·许特尔　Ralf Hütter

拉里·科里尔　Larry Coryell

拉罗·斯齐弗林　Lalo Schifrin

莱昂内尔·里奇　Lionel Richie

莱斯特·扬　Lester Young

岚　嵐

兰迪·布雷克　Randy Brecker

老虎乐队　タイガース

笠谷　笠谷

铃木和泉　鈴木いづみ

龙村仁　龍村仁

龙童组　竜童組

泷田洋二郎　滝田洋二郎

路易斯·阿姆斯特朗　Louis Armstrong

罗伯特·弗里普　Robert Fripp

罗伯特·高洛斯　Robert Clouse

罗伯特·穆格　Robert Moog

罗伯特·普兰特　Robert Plant

罗杰·尼科尔斯　Roger Nichols

罗杰·沃特斯　Roger Waters

罗科·斯科特·拉法罗　Rocco Scott
　LaFaro

罗斯·印第欧斯　Los Indios

罗西音乐　Roxy Music

绿魔子　緑魔子

M

马茨·古斯塔夫松　Mats Gustafson
马尔滕·阿尔特纳　Maarten Altena
马丁·特纳　Martin Turner
马哈维西努乐队　Mahavishnu Orchestra
马科·维卡里奥　Marco Vicario
马克·博兰　Marc Bolan
马里恩·布朗　Marion Brown
迈尔斯·戴维斯　Miles Davis
迈克·兹韦林　Mike Zwerin
迈克尔·沃德利　Michael Wadleigh
麦考依·泰纳　McCoy Tyner
马克斯·罗奇　Max Roach
梅津和时　梅津和時
梅兰妮·萨夫卡　Melanie Safka
美国六重奏管弦乐队　The Sextet of Orchestra U.S.A.
米尔福德·格雷夫斯　Milford Graves
米基·芬恩　Mickey Finn
米奇·米切尔　Mitch Mitchell
米夏·曼贺博格　Misha Mengelberg
糸居五郎　糸居五郎
民谣十字军　ザ・フォーク・クルセダーズ
明仁亲王　明仁親王
莫里斯·拉威尔　Maurice Ravel
穆索尔斯基　Mussorgsky

N

奶油乐队　Cream
内海利胜　内海利勝
内田裕也　内田裕也
尼斯乐队　The Nice
纽约娃娃　New York Dolls
尼尔·雷丁　Noel Redding

P

披头士　The Beatles
皮埃尔·亨利　Pierre Henry
皮埃尔·舍费尔　Pierre Schaeffer
平克·弗洛伊德　Pink Floyd
平山三纪　平山三紀
浦泽直树　浦沢直樹

Q

齐柏林飞艇　Led Zeppelin
齐藤安弘　斉藤安弘
气象报告乐队　Weather Report
千秋直美　ちあきなおみ
千叶彻弥　ちばてつや
前田武彦　前田武彦
强尼·桑德斯　Johnny Thunders
乔·查威努　Joe Zawinul
乔水木　ジョー水木
乔治·理查德·张伯伦　George Richard Chamberlain
乔治·拉塞尔　George Russell
乔治川口　ジョージ川口
乔治秋山　ジョージ秋山
桥本淳　橋本淳
青岛幸男　青島幸男
青池保子　青池保子
清水靖晃　清水靖晃
清水俊彦　清水俊彦
琼·洛德　Jon Lord
秋吉敏子　秋吉敏子
萩原健一　萩原健一

331

萩原哲晶　萩原哲晶
犬冢弘　犬塚弘

R
热潮乐队　THE BOOM
日野 = 菊地五重奏　日野 = 菊地クイ
　　ンテット
日野皓正　日野皓正
日野元彦　日野元彦
日野元彦四重奏 +1　日野元彦カルテ
　　ット＋1
瑞克·威克曼　Rick Wakeman
瑞奇·布莱克摩尔　Ritchie Blackmore
若林豪　若林豪

S
塞隆尼斯·蒙克　Thelonious Monk
塞西尔·泰勒　Cecil Taylor
三波春夫　三波春夫
三木刚　三木たかし
三上宽　三上寛
三宅立美　三宅立美
桑·豪斯　Son House
桑尼·罗林斯　Sonny Rollins
森本太郎　森本太郎
森进一　森進一
森山良子　森山良子
森山威男　森山威男
森山直太朗　森山直太朗
山本精一　山本精一
山本琳达　山本リンダ
山口百惠　山口百惠
山口真文　山口真文
山脉乐队　Mountain

山崎比吕志　山崎比呂志
山崎弘　山崎弘
山崎将义　山崎まさよし
山崎泰弘　山崎泰弘
山上龙彦　山上たつひこ
山上路夫　山上路夫
山室英美子　山室英美子
山田骑士　やまだないと
山下洋辅三重奏　山下洋輔トリオ
山下毅雄　山下毅雄
山中乔　ジョー山中
上原多香子　上原多香子
深町纯　深町純
深紫　Deep Purple
深作欣二　深作欣二
神代辰巳　神代辰巳
胜野洋　勝野洋
石川小百合　石川さゆり
石桥英太郎　石橋エータロー
石森章太郎　石森章太郎
石田良子　いしだあゆみ
石田由利子　石田ゆり
石田治子　石田治子
史蒂夫·波特　Steve Porter
史蒂夫·厄普顿　Steve Upton
史蒂夫·莱西　Steve Lacy
史提夫·汪达　Stevie Wonder
矢野诚　矢野誠
矢野显子　矢野顕子
矢泽永吉　矢沢永吉
矢作俊彦　矢作俊彦
市川森一　市川森一
事乐队　The Thing
是乐队　YES

水原弘　水原弘
斯特拉文斯基　Stravinsky
斯托姆·索格森　Storm Thorgerson
四人杂子　四人囃子
寺山修司　寺山修司
松田圣子　松田聖子
松田优作　松田優作
桑尼·夏洛克　Sonny Sharrock

T
泰姬陵旅行乐队　タージ·マハル旅
　　行団
泰德·鲍威尔　Ted Powell
汤浅让二　湯浅譲二
糖果合唱团　キャンディーズ
桃井薫　桃井かおり
特里·赫塞尔斯　Terrie Hessels
藤村有弘　藤村有弘
田边昭知　田邊昭知
田月仙　田月仙
瞳实　瞳みのる
筒井康隆　筒井康隆
筒美京平　筒美京平
托尼·奥克斯利　Tony Oxley
托尼·弗里塞尔　Toni Frissell

W
托瓦·艾·莫尔　トワ·エ·モア
娃娃　Dolls
外道乐队　外道
韦恩·肖特　Wayne Shorter
维也纳少年合唱团　Vienna Boys' Choir
尾崎亚美　尾崎亜美
梶原一骑　梶原一騎

沃尔特·卡洛斯　Walter Carlos
武满彻　武満徹

X
西城秀树　西城秀樹
西村晃　西村晃
西村朗　西村朗
西蒙和加芬克尔　Simon & Garfunkel
西泽爽　西沢爽
席德·巴瑞特　Syd Barrett
夏格斯乐队　The Shaggs
夏威夷之声　Sound of Young Hawaii
县森鱼　あがた森魚
香草软糖乐队　Vanilla Fudge
向田邦子　向田邦子
小林麻美　小林麻美
小杉武久　小杉武久
小野大辅　小野大輔
小野洋子　ヨーコ·オノ
新谷则子　新谷のり子
新垣隆　新垣隆
杏里　杏里
休伯特·劳斯　Hubert Laws
须川荣三　須川栄三
须川善行　須川善行

Y
亚洲乐队　Asia
岩佐美咲　岩佐美咲
伊东由佳里　伊東ゆかり
伊恩·吉兰　Ian Gillan
伊恩·佩斯　Ian Paice
伊藤惠美　伊藤エミ
伊藤由美　伊藤ユミ

音速青年　Sonic Youth
櫻井千里　桜井センリ
櫻田淳子　桜田淳子
永井豪　永井豪
永六辅　永六輔
忧歌团　憂歌団
尤拉希普　Uriah Heep
友部正人　友部正人
诱惑者乐队　The Tempters
宇崎龙童　宇崎竜童
宇崎龙童 & RU connection　宇崎竜童
　& RU コネクション
郁金香乐队　チューリップ
原子公鸡　Atomic Rooster
源太郎　みなもと太郎
远东家庭乐队　ファー・イースト・フ
　ァミリー・バンド
远藤道郎　遠藤ミチロウ
约翰·保罗·琼斯　John Paul Jones
约翰·博纳姆　John Bonham
约翰·柯川　John Coltrane
约翰·列侬　John Lennon
约翰·韦顿　John Wetton
约翰·佐恩　John Zorn
约翰尼·大仓　ジョニー大倉

Z

泽纳基斯　Iannis Xenakis
泽娜·帕金斯　Zeena Parkins
泽田研二　沢田研二
正田美智子　正田美智子
蜘蛛乐队　The Spiders
植木等　植木等
纸气球　紙ふうせん

中村八大　中村八大
中村达也　中村達也
中森明菜　中森明菜
中西礼　なかにし礼
冢田茂　塚田茂
竹田和夫　竹田和夫
竹田贤一　竹田賢一
竹中劳　竹中労
佐藤纯弥　佐藤純彌
佐野元春　佐野元春

其他

achako.please　アチャコ プリーズ
Afrirampo　あふりらんぽ
BBA 乐队（贝克，博格特 & 阿皮斯）
　　BBA（Beck, Bogert & Appice）
BJC 乐队　ブランキー・ジェット・シ
　ティ
Carmen Maki & OZ　カルメン・マキ
　& OZ
Down Town Boogie Woogie Band　ダウ
　ン・タウン・ブギウギ・バンド
EEU　Evolution Ensemble Unity
GYAATEES　ギャーテーズ
Hi-Fi Set　ハイ・ファイ・セット
Macarthur a contti　マッカーサーアコ
　ンチ
Off Course　オフコース
Sadistic Mika Band　サディスティッ
　ク・ミカ・バンド
Sugar Babe　シュガー・ベイブ
Tama　たま
Tamori　タモリ
YUU 冈崎　ユウ岡崎

歌曲、专辑名译名对照

（按中译名首字拼音顺序）

A

《阿拉伯风格曲》 Arabesque

《艾比路》 Abbey Road

《艾扎德美学》 EZZ-THETICS

《暗刀麦克》 Mack The Knife

《暗黑的世界》 Starless and Bible Black

《暗流》 Undercurrent

《昂首向前走》 上を向いて歩こう

《奥特Q主题曲》 ウルトラQのテーマ

《奥特原声殿堂系列 奥特Q原声碟》 ウルトラサウンド殿堂シリーズ ウルトラQ オリジナル・サウンドトラック

B

《白色是恋人的颜色》 白い色は恋人の色

《百惠的季节·15岁的主题》 百恵の季節·15歳のテーマ

《百眼巨人阿格斯》 Argus

《悲伤的60岁》 悲しき六十才

《贝克，博格特&阿皮斯》 Beck, Bogert & Appice

《比基尼装扮的大小姐》 ビキニスタイルのお嬢さん

《变色龙》 Chameleon

《波多诺伏》 Porto Novo

C

《彩虹与雪的叙事诗》 虹と雪のバラード

《侧耳倾听》 耳をすましてごらん

《查尔斯·明格斯推荐查尔斯·明格斯》 Charles Mingus Presents Charles Mingus

《初次的航行》 Maiden Voyage

《纯金易动》 Solid Gold Easy Action

D

《大阪烧》 SUKIYAKI

《大热点》 Great Hits

《黛比的华尔兹》 Waltz for Debby

《单元结构》 Unit Structures

《到时间了哦》 時間ですよ

《地球空洞说》 地球空洞説

《地狱尸骸》 Tarkus

《电离》 Ionisation

《电子女儿国》 Electric Ladyland

《电子英雄》 Electric Warrior

《东京的黄昏》 ウナ・セラ・ディ東京

《动起来》 Locomotion

《断头台国王的挑战/格斗1》 ギロチン帝王の挑戦/格斗1

E

《恶魔君》 悪魔くん

F

《泛泛蓝调》 *Kind of Blue*

《放克猴宝贝》 ファンキー・モンキー・ベイビー

《你最好心里有它》 Better Git It in Your Soul

《绯红之王的宫殿》 *In the Court of the Crimson King*

《非洲／铜管》 *Africa/Brass*

《非洲民族音乐"荞麦屋"》 アフリカ民族音楽「ソバヤ」

《肺部地形》 *The Topography of The Lungs*

《废墟上的鸽子》 廃墟の鳩

《弗朗西尼的场合》 フランシーヌの場合

G

《伽波天岛》 ガボテン島

《干杯》 乾杯

《刚巴的冒险》 ガンバの冒険

《港口的横·横滨·横须》 港のヨーコ・ヨコハマ・ヨコスカ

《高个子萨里》 Long Tall Sally

《高速公路》 *Autobahn*

《高速公路之星》 Highway Star

《革命9》 Revolution 9

《孤独的女人》 Lonely Woman

《挂毯》 *Tapestry*

《观点》 *Aspects*

《归来的醉鬼》 帰ってきたヨッパライ

H

《还有明天呢》 明日があるさ

《海边》 シーサイド・バウンド

《黑色花瓣》 黒い花びら

《黑市》 *Black Market*

《黑圣人与女罪人》 *The Black Saint and the Sinner Lady*

《嘿，乔》 Hey Joe

《红色》 レッド

《胡萝卜》 にんじん

《花·太阳·雨》 花·太陽·雨

《花的项链》 花の首飾り

《花花女郎》 プレイガール

《滑动》 *The Slider*

《幻想》 ファンタジー

《魂不守舍》 *Out to Lunch*

《彗星帕蒂塔》 彗星パルティータ

J

《机关枪》 *Machine gun*

《机械头脑》 *Machine Head*

《吉他独奏卷1》 *Solo Guitar Volume 1*

《吉他杀人者的凯旋》 *The Return of Axe Murderer*

《即兴精酿》 *Bitches Brew*

《假黄金》 イミテイション・ゴールド

《加寇·帕斯图瑞斯的肖像》 *Jaco Pastorius*

《理想之乡交响曲》 イーハトーヴ交響曲

《接触》 *Kontakte*

《解体的交感》 解体的交感

《津轻海峡·冬日景色》 津軽海峡·冬景色

《尽情摇摆》 Rockit

《精神的自然》 スピリチュアル・ネ

イチャー

《精选坂本九 99》 ベスト坂本 99

《景致》 *Vista*

《警察在哪里？》 *Where Is the Police?*

《巨人的步伐》 *Giant Steps*

《爵士床》 *Jazz Bed*

《爵士群像》 *Portrait in Jazz*

K

《靠近你》 Close To You

《科隆演奏会》 *The Koln Concert*

《空间》 *SPACES*

《枯叶》 Autum Leaves

L

《来到大阪》 大阪へやって来た

《来自世界各国的你好》 世界の国か
　らこんにちは

《蓝灯横滨》 ブルー・ライト・ヨコ
　ハマ

《蓝调蒙克》 Blue Monk

《两个人的小月亮》 Sonnymoon For
　Two

《了不起的时机》 ステキなタイミ
　ング

《连线》 *Wired*

《联结时间》 アワー・コネクション

《恋爱假期》 恋のバカンス

《猎头》 *Head Hunters*

《临津江》 イムジン河

《灵感与能量》 インスピレーション
　&パワー

《聆听奥莉薇亚》 オリビアを聴きな
　がら

《流冰》 流冰

《路易丝安娜》 ルイジアンナ

《露西在缀满钻石的天空》 Lucy in the
　Sky with Diamonds

M

《没有人的海》 誰もいない海

《没有伞》 傘がない

《梦境引路者》 夢先案内人

《迷墙》 *The Wall*

《迷信》 Superstition

《明格斯、明格斯、明格斯、明格斯、
　明格斯》 *Mingus,Mingus,Mingus,Mi
　ngus,Mingus*

《明格斯啊嗯》 *Mingus Ah Um*

《明亮的角落》 *Brilliant Corners*

《明明不是秋天》 秋でもないのに

《墓志铭》 Epitaph

《穆斯塔法》 Mustafa

N

《脑部沙拉手术》 *Brain Salad Surgery*

《内陆之鱼》 インランド・フィッシュ

P

《破廉耻》 ハレンチ

Q

《七人刑事》 七人の刑事

《齐柏林飞艇 IV》 *Led Zeppelin IV*

《桥》 *The Bridge*

《去往多元宇宙的旅行》 多元宇宙へ
　の旅

《全新的钥匙》 Brand New Key

《下雨天和星期一》 Rainy Days and Mondays

《献给莱斯特·扬》 Theme for Lester Young

《响·花·间》 ヒビキ・ハナ・マ

《向太阳怒吼！》 太陽にほえろ！

《像一块滚石》 Like a Rolling Stone

《新日本纪行（富田勋的音乐）》 新日本紀行（冨田勲の音楽）

《星尘》 Stardust

《星条旗》 The Star-Spangled Banner

《幸运的人》 Lucky Man

《叙事曲》 *Ballad*

Y

《摇滚的深紫》 *Deep Purple in Rock*

《一本道》 一本道

《一触即发》 一触即発

《一点点死去》 なしくずしの死

《音乐即兴公司》 *The Music Improvisation Company*

《银座的恋之物语》 銀座の恋の物語

《硬汉山下毅雄》 ヤマタケ・ハードボイルド

《永远的草莓地》 Strawberry Fields Forever

《永远的山下毅雄》 ヤマタケ・フォーエバー

《有时像没有母亲的孩子》 時には母のない子のように

《雨之歌》 Rain Song

《原子心之母》 *Atom Heart Mother*

《朱塞皮·洛根四重奏》 *The Giuseppi Logan Quartet*

《月光》 clair de lune

《月之暗面》 *The Dark Side of the Moon*

Z

《再见了猪肉派帽子》 Goodbye Pork Pie Hat

《在前卫村的一夜》 *A Night at the Village Vanguard*

《詹姆斯·邦德主题曲》 James Bond Theme

《斩杀山下毅雄》 山下毅雄を斬る

《展览会之画》 Pictures at an Exhibition

《直到现在》 *Up-To-Date*

《直立猿人》 *Pithecanthropus Erectus*

《至上的爱》 *A Love Supreme*

《中央线》 中央線

《竹田的摇篮曲/给我翅膀》 竹田の子守歌/翼をください

《转变》 *Transition*

《追赶》 *Get Up with It*

《紫雾》 Purple Haze

《自由爵士》 *Free Jazz*

《最后的约会》 *Last Date*

《昨日重现》 Yesterday Once More

《昨天》 Yesterday

其他

《007/你死我活》 007/Live and Let Die

《21世纪精神异常者》 21st Century Schizoid Man

《Smokin' Boogie》 スモーキン・ブギ

《Tamori》 タモリ

《X级》 Rated X

其他译名对照

（按中译名首字拼音顺序）

A

《阿松》 おそ松くん

《阿修罗》 アシュラ

《肮脏的哈里》 *Dirty Harry*

《奥特Q》 ウルトラQ

B

《百发百中》 100発100中

《百万人的大合唱》 百万人の大合唱

《被禁之歌——朝鲜半岛音乐百年史》
禁じられた歌——朝鮮半島音楽
百年史

《不要滑稽杂志！》 コミック雑誌な
んかいらない！

C

《超级杰特》 *Super Jetter*

《超级情报员麦汉》 *Shadowboxer*

《冲击时间猜谜》 *QUIZ TIME SHOCK*

《初步收音机》 初歩のラジオ

催眠 Hypnosis

D

《大人的漫画》 おとなの漫画

《大叔局特工》 *The Man from
U.N.C.L.E.*

《大友良英的JAMJAM日记》 大友良
英のJAMJAM日記

《道别在今日》 さようなら・今日は

《德里克·贝利——即兴物语》

*Derek Bailey and the Story of Free
Improvisation*

《缎带骑士》 リボンの騎士

F

《肥皂泡假日》 シャボン玉ホリデー

芬克斯兄弟 The Funks

《风云爵士帖》 風雲ジャズ帖

《弗林特》 *Our Man Flint*

G

《搞怪警官》 がきデカ

H

《海螺小姐》 サザエさん

《海女》 あまちゃん

《河童的三平　妖怪大作战》 河童の
三平　妖怪大作戦

《湖中的女人》 *Lady in the Water*

《虎胆妙算》 *Mission:Impossible*

《黄金七人》 黄金の七人

J

《即兴》 *Improvisation*

《间章著作集》 間章著作集

《间章著作集Ⅱ〈一点点死去〉的笔
记和碎片》 間章著作集Ⅱ〈なし
くずしの死〉への覚書と断片

《今日料理》 きょうの料理

世界摇滚音乐节　World Rock Festival
《寺内贯太郎一家》　寺内貫太郎一家

T
《泰次的乱七八糟小鬼道讲座》　ヤス
　　ジのメッタメタガキ道講座
太阳33　TAIYO33OSAKA
《天才妙老爹》　天才バカボン
《铁臂阿童木》　鉄腕アトム
《铁甲人 THE ANIMATION——地球
　　静止之日》　ジャイアントロボ
　　THE ANIMATION——地球が静止す
　　る日
《铁甲人》　ジャイアントロボ

W
《伍德斯托克》　Woodstock
伍德斯托克音乐节　Woodstock Music
　　& Art Fair
无限音乐节　Music Unlimited

X
《夏娃之子》　イブの息子たち
《现代音乐》　現代の音楽
《笑一笑又何妨！》　笑っていいと
　　も！
《谢谢蜘蛛乐队！》　スパイダースあ
　　りがとう！
《新·少爷》　新·坊っちゃん
《新日本纪行》　新日本紀行
《新音乐秀》　Young Music Show
《旋律制造者》　Melody Maker

Y
一步之遥音乐节　One Step Festival
《阴阳魔界》　The Twilight Zone
《银河电视小说》　銀河テレビ小説
《音乐》　MUSICS
《应有的未来之物》　時代の未明から
　　来たるべきものへ
《永远的三丁目之夕阳》　ALWAYS 三丁
　　目の夕日
《游步人》　遊歩人

Z
《周刊大漫画精神》　ビッグコミック
　　スピリッツ
《周刊少年 Magazine》　少年マガジン
《周刊少年 Sunday》　少年サンデー
《总天然色奥特 Q》　総天然色ウルト
　　ラ Q

其他
《20 世纪少年》　20 世紀少年
《3 丁目 4 番地》　3 丁目 4 番地
《JAMJAM 日记》　JAMJAM 日記
《Tamori 的日本夜未央》　タモリのオ
　　ールナイトニッポン
V.S.O.P. 五重奏　V.S.O.P. THE
　　QUINTET

图书在版编目（CIP）数据

我成长的音乐时代 / （日）大友良英著；尹宁译
. -- 北京：北京联合出版公司，2022.4
　　ISBN 978-7-5596-5730-5

　　Ⅰ.①我… Ⅱ.①大… ②尹… Ⅲ.①随笔—作品集
—日本—现代 Ⅳ.① I313.65

中国版本图书馆 CIP 数据核字 (2021) 第 229078 号

我成长的音乐时代

作　　者：[日] 大友良英
译　　者：尹　宁
出 品 人：赵红仕
策划机构：明　室
策 划 人：陈希颖　赵　磊
特约编辑：廖　婧　赵　磊
责任编辑：牛炜征
装帧原案：加藤贤策（LABORATORIES）
美术编辑：山　川

北京联合出版公司出版
（北京市西城区德外大街 83 号楼 9 层　100088）
北京联合天畅文化传播公司发行
北京市十月印刷有限公司印刷　新华书店经销
字数 206 千字　787 毫米 ×1092 毫米　1/32　11.25 印张
2022 年 4 月第 1 版　2022 年 4 月第 1 次印刷
ISBN 978-7-5596-5730-5
定价：68.00 元